法藏知津

九 編

杜潔祥 主編

第 26 冊

《大正藏》異文大典
（第七冊）

王閏吉、康健、魏啟君 主編

花木蘭文化事業有限公司

國家圖書館出版品預行編目資料

《大正藏》異文大典（第七冊）／王閏吉、康健、魏啟君 著
－－初版－－新北市：花木蘭文化事業有限公司，2023〔民112〕
目 2+200 面；19×26 公分
（法藏知津九編 第 26 冊）
ISBN 978-626-344-435-5（精裝）
1.CST：大藏經 2.CST：漢語字典
802.08　　　　　　　　　　　　　　　112010453

ISBN-978-626-344-435-5

法藏知津九編
第二六冊　　　　　　　　　ISBN：978-626-344-435-5

《大正藏》異文大典（第七冊）

編　　　者　王閏吉、康健、魏啟君
主　　　編　杜潔祥
副總編輯　楊嘉樂
編輯主任　許郁翎
編　　　輯　張雅淋、潘玟靜　美術編輯　陳逸婷
出　　　版　花木蘭文化事業有限公司
發 行 人　高小娟
聯絡地址　235 新北市中和區中安街七二號十三樓
　　　　　　電話：02-2623-1455 ／傳真：02-2623-1452
網　　　址　http://www.huamulan.tw 信箱 service@huamulans.com
印　　　刷　普羅文化出版廣告事業
初　　　版　2023 年 9 月
定　　　價　九編 52 冊（精裝）新台幣 120,000 元

《大正藏》異文大典
（第七冊）

王閏吉、康健、魏啟君　主編

目

次

K

喀

郝：[宋][元]、[明][宮]1425 著地使。

揩

錯：[三]203 磨其間。

墮：[元][明]、階[宮]330 大火恐。

概：[三][宮][聖]606 還自然。

階：[三][宮]2104 闡。

楷：[甲][乙]2393 摩令光，[甲]1828 天地經，[明][宮]2060，[明]196 式合五，[明]1442 定諸臣，[明]1571 定亦違，[明]2122，[明]2122 少好釋，[明]2149 則更莫，[三][宮]1423 身波逸，[三]1015 捭，[三]2110 範作物，[聖]2157 定所以。

摸：[聖]1440 軌若摩。

模：[宮]2060 揩罕有。

偕：[元][明]639 正語心。

揺：[原]2196 生火。

振：[明]但不明 170。

脂：[三][宮]2122 布散諸，[聖]1427 摩洗浴。

指：[甲]1999。

鑽：[宮]659 從中火。

開

礙：[明]997 法。

闇：[三][宮]645 獄繫，[乙]1816。

閉：[丙]973，[宮][聖][另]1435 戶向內，[宮]1425，[宮]2122 門即作，[甲]1112 心門三，[甲]1969，[甲]2035 今指權，[甲]2299 方便即，[甲]2299 塔分身，[三]、門[宮]736 鎖五木，[三][宮]397 八，[三][宮][聖]1462 失鉢二，[三][宮]2122 乃還見，[三]13 所犯令，[三]100 時須達，[原]973 口不得。

標：[甲][乙]1866 宗宗乃。

冊：[甲]2039。

得：[原]1936。

敷：[甲][乙]2192 妙法蓮。

縛：[聖]100 等一切。

該：[原]、該[甲]2006 歷歷。

關：[丙]2163，[丙]2173 一，[宮]2074 外道俗，[甲]1778 別惑答，[甲]2266 每擁玄，[甲]1778 佛性，[甲]1828 鍵者三，[甲]1863 淨心，[甲]1965 只

應，[甲]2036 之南今，[甲]2082 是監察，[甲]2128 患反衣，[甲]2128 爲棍子，[甲]2167 兼二十，[甲]2183，[甲]2196 二種，[甲]2204 鑰開，[甲]2250 中謂之，[甲]2263 上諸句，[甲]2299 内疊影，[甲]2335 脈義，[明]883 喜眼喜，[明]2034，[明]2110 元前有，[三]99 其住處，[三]152 閉聞四，[三][宮]1442，[三][宮]2034，[三][宮][聖]1595，[三][宮]263 入，[三][宮]1451 從先業，[三][宮]2060 覽大小，[三][宮]2060 以，[三][宮]2060 徵研五，[三][宮]2060 質斷巧，[三][宮]2102 默語之，[三][宮]2102 塞異教，[三][宮]2102 陽，[三][宮]2103 四大假，[三][宮]2122 鎖以火，[三][宮]2123 閉，[三][宮]2123 心故劉，[三][聖]190 穿一切，[三][乙]1092 閉一切，[三]210 閉必固，[三]1610 閉具此，[三]2060 閉同，[三]2103 照期神，[三]2125 中噉服，[三]2145 法師書，[三]2145 默而驛，[三]2145 通至於，[三]2145 希，[聖]291 達是爲，[聖]1425 達彼外，[聖]1462 智慧人，[聖]1763 故也第，[聖]2157 元一切，[宋][宮]381 入博聞，[宋][宮]2103 非義饒，[宋][元][宮]2103 西，[宋][元][宮]2112，[宋][元]2103 西域遣，[宋]190 閉，[乙]1821 現比，[乙]2249 彼師義，[乙]1822 閉眼同，[乙]2254 聲云云，[乙]2263，[乙]2263 眞理也，[乙]2376 大道示，[乙]2376 道誠須，[元][明][宮]2060 稟學，[原]1764 小乘於，[原]1780 中舊

義，[原][甲]1781 次雙，[原]1744 捨命又，[原]1780，[原]1818 故一處，[原]1851 報盡是，[原]2339 如是開，[原]2339 涉遠方。

合：[甲]2367 三爲一，[乙]2391 掌者口。

迴：[三]202 可衆臣。

會：[甲]2304 三。

間：[宮]278 敷鮮，[宮]425 導主欲，[宮]1509 化，[宮]1808 不同，[宮]2121 關入獄，[甲]1830 導依述，[甲][乙][丙]876 炳現阿，[甲]2067 自劭，[甲]2299 顯實義，[三][宮]683 福天人，[三][乙][丙]873 想召無，[三]152 關復之，[三]194 甘露，[聖]1451 時作聲，[聖]2157 西明齊，[宋][元][宮]2122 皇中蜀，[宋]2103 金泥剖。

皆：[甲]2299 教門終。

淨：[宮]581 意解即。

決：[三][宮]1425 水令去。

覺：[三]220 悟欲能。

闍：[宋][宮]322 士慈氏。

來：[甲]、未[乙][丙]1132 敷蓮華。

立：[甲]2195 五教輒。

門：[宮]674 敷面，[宮][甲]1912 故，[宮]2060 宗故入，[宮]2121 召呼前，[宮]2122 之空，[甲][乙][丙]2381，[甲]1122 眞言曰，[甲]2035 即閉迦，[甲]2299 也，[甲]2401 常，[明]201 口取錢，[明]1459，[三][宮]1644 關南，[三]193 開，[聖]1721 或合故，[宋][元][宮]2121 七塔，[元][明]2016 八萬法，

[原]1818 七別即。

悶：[原]1764 故漸略。

明：[宮][甲]1805 即屬未，[甲]1822 九，[甲]2323 因中亦，[甲]1736，[甲]2227 恐由放，[甲]2305 三重集，[甲]2339 一實方，[三]2151，[另]1428 顯淨行，[原]1818 章門至。

某：[甲]1998 自幼年。

闢：[明]2110 基締構。

破：[三][宮]2121。

啓：[三]、闢[宮]2121 白徑來。

勸：[三][宮]544 化之唯。

缺：[宋]866 目。

闊：[宮]1808 背請若，[甲]1724 敬證涌，[甲]1833 而顯得，[甲]2168 子一卷。

設：[聖]2157 教者如。

深：[三][宮]651 不淺不。

升：[甲][乙][丙]2092 則金盤。

生：[乙]1736 故偈中。

聲：[明][甲]1177 演。

是：[甲]1805 六夜緣。

舒：[甲][乙]2390 二水輪。

說：[甲][丙]1958 淨土法。

算：[原]2271 之五十。

聽：[宮]1911 徹無明。

同：[甲]2339 異二種。

微：[乙]2385 割之蓮。

圍：[丙]2381 場由來。

爲：[乙]2263 第二時。

聞：[宮]263 佛說法，[宮]292 度人，[宮]310 此法藏，[宮]374 智慧捨，[宮]619 解隨，[宮]2059 書大驚，[宮]2060 尚矣琳，[甲]1834 而靡，[甲]1721 衆，[甲]853 法印故，[甲]1708 慧益，[甲]1721 三顯一，[甲]1733 覺喩喩，[甲]1735 悟約義，[甲]1816 爲二此，[甲]1918 故如法，[甲]1969 佛乘頓，[甲]2087 三淨之，[甲]2193 五乘道，[甲]2250 五里又，[甲]2261 分別摩，[甲]2274 性因二，[甲]2299 華嚴敎，[甲]2339，[甲]2397 此經無，[甲]2837，[明]2060 宣衆議，[明][宮]2053 當我皇，[明]189 悟我情，[明]211 解唯願，[明]220 此經典，[明]278，[明]400 明大菩，[明]2076 運，[明]2123 魚腹抱，[明]2131 與欲說，[三][宮]636 慧之，[三][宮]1547 則知或，[三][宮]532 三千無，[三][宮]2060，[三][宮]2060 道岳法，[三][宮]2060 經說爲，[三][宮]2102 道伏用，[三][宮]2122 佛教前，[三][宮]2122 見之者，[三][宮]2122 其年冬，[三][宮]2122 已皆送，[三]186 信值佛，[三]202 解得須，[三]1339 今日已，[三]1340 過去諸，[三]1440 某，[三]1485 道法，[三]1527 此法曾，[三]2059 方爲後，[三]2088 佛名則，[三]2103 而啓請，[三]2145 異言傳，[聖]278 敷一切，[聖]99 覺已欣，[聖]158 法稱音，[聖]211 德人，[聖]268 諸法藏，[聖]278 演雜語，[聖]586 佛道經，[聖]1425 大罪門，[聖]1452 者於病，[聖]1579 彼功德，[聖]1721 小滅非，[另]1721 二別初，[另]1721 三顯一，[宋][宮]222 導乎佛，[宋][宮]222 度

利，[宋][宮]285 解學者，[宋][宮]425 外士名，[宋][宮]2121，[宋]397 示雜四，[宋]885 曉，[宋]1037 慧具行，[宋]1244，[宋]2059 遮亦異，[宋]2153 化經一，[乙]1772 大法故，[乙]2092 輔重基，[元][明]170 解人亦，[元][明]1425 故無罪，[元]365，[原]1818 佛知見。

問：[宮]2122 鵝腹而，[甲]1805 貫頭衣，[甲]2035 置同席，[甲]1731 四句一，[甲]2250 亦有不，[甲]2274 爲，[甲]2288，[甲]2299 及通故，[明]不明 170 化尊功，[三][宮]2060 禪府苦，[三]1，[三]2060 講誓窮，[聖]613，[宋][元][宮]269 演於未，[宋]21 事海事，[宋]193 泥洹門，[原]2248 既云坐。

閑：[甲][丙]1141 七種諸，[明]2060 遊止，[三][宮]292 靜，[三]125 又得，[三]2145 方言求，[宋][元]1092 十指如。

向：[明]202 門視。

一：[宮]225 士者紹。

因：[甲]2196 爲二就，[甲]2270 故云現。

用：[甲][乙]2391 散而按，[甲]1851，[甲]2274 二答雖，[乙]2394 合等異，[乙]2397 實。

雨：[明]316 七覺華。

則：[甲]1875 百義。

張：[甲]2128 也律文。

剅

斲：[三]100 刺牽傷。

凱

愷：[宮]2060 師筆迹，[三][宮]2103。

慨

既：[三][宮]2122 時脩短。

䰄：[三]2151。

楷

階：[甲][乙]2250，[三]、揩[宮]1443 拭香。

揩：[明]2131，[宋][宮]2059 素有學，[宋][元][宮]2059 弟子。

鬔：[三][聖]643 七寶。

愷

概：[三][宮]381 心不怯。

灌：[甲]2299 受法師。

闓

開：[三][宮][聖]225 士字。

鎧

燈：[宮]322 爲精進，[三]2063 等。

鐙：[宮][聖]419 雖，[三]、證[聖]425 一會説，[三][宮][聖]425 上首智，[三][宮]425 人。

端：[宮]1428。

鐵：[三]190 甲手執。

要：[聖][另]310 於時極。

顗：[宋][宮]310 譯。

鎮：[聖]425 及行定。

欬

咳：[宮]2060 之聲至，[甲]2053 遂爾開，[三][宮]2123 唾時此，[三]187 嗽不止。

疾：[三]153 逆頭痛。

聲：[三][宮]1425。

嗽：[三][宮][聖]1425 消盡，[三][宮]721 逆四百，[三][宮]1548 病嘔吐，[三]1548 嘔吐下。

噓：[明][宮]2122 作聲。

嘅

咳：[三][宮]2060 曙余親。

刊

創：[原]1310 於死籍。

剌：[原]1205。

到：[甲]2130。

利：[甲]2039 生夫人，[明]2103 獨高斯，[元][明]2103 之遐。

判：[甲]2263 定唯自，[甲]2281。

刑：[元]2061 修用實。

勘

勅：[丙]2286 責時云。

第：[甲]2270 一釋中。

堪：[宮]671 解師弟，[甲]1512，[甲]1733 説故在，[甲]2157，[宋][宮]2060 讎之惟。

銓：[三][宮]2060 定光祿。

勘：[明][甲]997 不。

有：[甲]2263 法差。

堪

此：[甲][乙]1822 能故無。

達：[三][宮][甲]2053。

當：[明]2076 繼嗣曰。

得：[三]156 幾日。

兼：[元]1056 助伴於。

皆：[甲][乙]1822 爲。

進：[宮]797 進退無。

境：[甲]1724 五無量。

勘：[甲]1828 非前，[聖][另]1522 受調，[聖]1509 任得道，[另][倉]1522 辯，[另]1733 受故此。

能：[三][宮]263 發遣解，[聖]376 世尊虛。

其：[三][宮]425 處世間。

任：[甲]1708 得道常。

甚：[明]1433 能作羯，[三][宮][聖]1462 親友住，[三][宮][聖]1579 攝受而，[三][宮]2122 能心生，[三][宮]2123 至藏陰，[三]192 勤此二，[三]620 至陰藏，[元][明][聖]190 能時淨。

應：[三][宮]1421 受供養。

有：[明]1988 什麼共。

湛：[甲][乙]1822，[聖]1763 忍地是。

諸：[甲]893 法此。

戡

戡：[宮]2060 定文軌。

龕：[三][宮]2060 定江淮。

龕

合：[三][宮]2122 藏騰於。

堪：[聖]1421 像於外，[聖]1425 及塔園，[聖]1425 中以物，[宋][宮]816 及臥處。

戡：[元][明]2103 荒服故。

籠：[宮]2060 之，[甲]2128 即盛也，[三][宮][另]1451。

翕：[三]2087 翕匝四。

坎

岸：[宮]263 時。

坂：[三][宮]2102 之淵未。

地：[甲]2087 地藏。

墳：[甲]2082 纔令沒。

垢：[宮]、坑[聖]310 四者愛。

埳：[三]153 索。

轗：[元][明][甲]1007 軻常無。

坑：[三][宮]2102 凡人爲，[三][聖]190 越馬射。

損：[甲]1821 不得衣。

埳

坑：[三][宮]1428 悉齊人，[元][明]、坎[宮]669 我今頂。

陷：[三][宮]1428 溝坑陂。

侃

怛：[甲][乙]2390 他引譏。

侶：[宮]2060 姓湯晉，[甲]2039 珍子孫。

侶：[宮]2060 傳，[甲]2262 疏十云。

仁：[甲]2263 疏對。

埳

陷：[明]2060 者乎因。

檻

函：[三][宮]1425。

艦：[三]2145 轉迫去。

鑑：[宮]1506 衆合大。

檻：[乙][丙][戊][己]2092 窈窕連。

看

覻：[三][宮]638 之如近。

觀：[三][宮]1425 病比丘，[三][宮]1435 淨居天，[聖]190 其餘，[聖]1427。

見：[聖]1721 窓牖窓。

覓：[甲]2266 論議，[乙]2795。

犐：[三][宮]2059 羊豈非。

省：[甲]、看[甲][乙]1796 他面乃，[甲][乙]1796 方便也。

首：[甲]1141 臨時就，[元]26 之爲優。

聽：[三][宮][另]1428 伎樂，[三][宮]1431 伎樂者。

望：[三][宮]1428 若無人。

向：[宮]2025 神示名。

有：[明]1577 悲者有，[三][宮]2040 之良久，[三][宮]2121 病比丘，[聖]1509 我如父，[元]2016 靜師曰。

瞻：[三][宮]1435 病人餘。

照：[甲]2006 鏡。

者：[宮]895 亦不毀，[宮]1425 指押，[宮]2040，[宮]2121 歡，[甲]1733，[甲]2044 無有，[三][宮][聖]292 其有菩，[三][宮][聖]1462 正可知，[三][宮]1421，[三][宮]1432 若，[三][宮]2122，[三]203 婦共要，[聖][另]1442 其誕孕，[聖]190 迴還見，[聖]272 我面者，[聖]379 我入般，[聖]663 次第漸，[聖]1440 病人以，[聖]1441 病應與，[聖]1441 見此比，[聖]1463 病之功，[另]1428 知得胎，[另]1453 撿房舍，[另]1459，[另]1463 已然後，[乙]2186 養而今。

着：[甲]2003 高著眼，[甲]895 鏡中即，[知]1587 色聽聲。

之：[甲]1911 云云又，[三]202 而自慶。

指：[三]201 示及語。

至：[三]、著[宮]2059 舉國奔。

諸：[三][宮]1462 眾生見。

著：[宮]1509 指不知，[甲]1834 我婇女，[甲]1920 心，[甲]2402 燈，[明]1428 時夫人，[明]1437 五衣波，[三][宮]1425 女色優，[三][宮]1425 雖蹈無，[三][宮]2122 指求月，[三]221 諸三昧，[聖]1437 比坐鉢，[另]1428 亦莫示，[宋][元]2034 真彌勒，[宋]1092 地迅誦，[乙]2350 衣師收，[元][明][甲] 1181 病者所，[元][明]1341 衣角中，[元]201 所云吉，[原]、[甲]1887 集者名。

自：[宮]1500 他。

瞰

噉：[三][宮]397 馬麥又，[三][宮]579 舐嘗無，[三][乙]1092 欲界一，[宋][元][宮]2060 千里古。

故：[三][宮]1428 所以供。

粎

粳：[乙]1723 糯之總。

康

安：[甲][乙]2092 中北海，[三][宮]657 耶答言。

秉：[三]2053 在藻而，[三]2063 皇帝雅，[原]1722 那律師。

處：[甲]2300 僧朗講，[宋][元][宮]2122 東北蔣。

庚：[知]2082 抱者江。

公：[三]2154 云出阿。

穇：[元][明]721 稻次。

虔：[宋]2059 康居人。

秦：[三]2145 元六年。

唐：[宮]2060 人也稚，[甲]2053 國王及，[聖]26 康化共，[聖]2157 珠白法，[宋]2154 郡淨土。

虛：[甲]1821 強有差。

應：[原]、已下奧書甲本無之2301 永二十。

糠

粳：[甲][乙]1796 米等潔，[宋][元][甲][乙]901 米乳糜。

精：[明]1050 米見善。

康：[乙]966 糟灰炭。

糠：[另]1442 米。

糖：[三][宮][聖]1462 一燒再，[聖]1435 若焦土，[宋][明]1272 火炙已，[宋][元]2122 繪如白。

糟：[宋]468 繪文殊。

亢

凡：[宋][元]2045 音通。

坑：[三][宮]2122 陽舉兵，[聖]411。

危：[三][宮]397 宿參宿。

無：[三]24 厚南方。

元：[甲]2039 寧寺獨，[甲]2128 聲亢音，[甲]2128 聲論本，[甲]2128 蟇皆聲。

允：[三][宮]2102 當。

呪：[聖]983 旱疾疫。

伉

抗：[元][明]411。

抗

打：[元][明]1096 其聲。

杭：[甲]1932 大達者，[甲]2087 策平道，[甲]2128 莖上康，[宋][宮]2122 選得開。

航：[三][宮]2103。

亢：[宮]2108 禮寧容，[三]2110 禮充等，[宋][宮]2108 禮宸居，[宋][元][宮]2108 禮豈惟，[宋][元][宮]2108 禮萬乘。

坑：[宮]2103 儒士非，[甲]2035 之俄有，[明]2102 遣燎於，[宋]、杭[元][明]2122 之山呼。

折：[明]2149 論者皆。

枕：[宮]2112 首高據，[三][宮]2103 平原之，[宋]1018 奴散泥。

忼

慷：[三][宮]2121 愾悲痛。

炕

亢：[三][宮]847 旱。

釭

砧：[三][宮]721 上鐵椎。

碪：[三][宮]1435 著肩上。

尻

房：[甲]2730 鳥居邊。

頭：[原]2412 以輪。

丸：[聖]1582 是。

考

拷：[明]606，[明]1521 掠割截，[明]下同 606 治若干，[三][宮]606 治不過，[三][宮]1521 掠搒笞，[三][宮]322 掠搒笞，[三][宮]391 治苦痛，[三][宮]392 推諸沙，[三][宮]534 長夜受，[三][宮]606 治百千，[三][宮]657 掠是，[三][宮]657 掠受諸，[三][宮]737 治掠笞，[三][宮]1425 掠楚毒，[三][宮]1506 掠此多，[三][宮]1509 掠種種，[三][宮]1521 掠，[三]

[宮]1521 掠磨碎，[三][宮]1521 掠畏者，[三][聖]200 打唱言，[三][聖]211 掠萬毒，[三]67 掠之處，[三]67 治，[三]86 掠之處，[三]125 掠，[三]200 掠榜笞，[三]1331 楚萬端，[元][明]26 汝如治，[元][明][宮]614 未決，[元][明][乙]1092 治一切，[元][明]26 治截手，[元][明]361 掠勤苦，[元][明]2045 掠酸楚，[元][明]2121 楚殺戮，[元][明]2122 死，[元]743 治劇是。

栲：[三][宮]1545 楚觸處，[三]42 問或將，[宋][元]、拷[明]99 治強梁，[元][明]26 治我亦。

可：[宋]2145 定務。

剠：[聖]224 責人道。

老：[丁]2244 吉祥之，[三]606 長生也。

若：[三][宮]2034 論眞偽。

孝：[明]2103 儀，[三]2112 芒天二，[聖]2157 行崇諡。

學：[甲][乙]2207 者往而。

以：[三][宮]2121 白王。

者：[甲]1823 等取心，[甲]2128 聲云詰，[甲]2128 聲云圓，[宋][元]2104 擊共紋。

拷

考：[明]2122 問將何，[三][宮]263 掠燒炙，[三][宮]583 掠五毒，[三][宮]1509 掠刑戮，[三][宮]2028 治五毒，[三]203 楚之痛，[三]945 爲縛歷，[聖]411 其身或，[聖]1421 責金銀，[聖]1509 掠苦畜，[聖]2157，[另]1435 治云何，[宋]26 治截手，[宋][明][宮]、者[元]581 掠，[宋][元][宮]、栲[明]606 之又復。

栲：[甲]2012 爾，[三][宮][聖]1549 便出聲，[三]2122 掠唯以，[宋][元][宮]310 楚飢渴。

栲

考：[三][宮]2122 打問，[三]2149 楚遂妄。

拷：[三][宮]1442 楚之餘。

靠

抵：[三][宮]2122 塔之。

苛

呵：[三]2149 字。

荷：[三][宮]1478 輕躁不，[宋][宮]2122 酷貪，[宋]152 民困怨，[宋]403 戒其意。

拘：[宋][宮]403 有定名。

可：[三][宮][甲]901 吒二合，[乙]1086 反薩婆。

苦：[三][宮]2122 酷故欲。

惱：[三][宮]403 故不可。

奇：[元][明]2103 察而四，[元]2061 政者哭。

珂

阿：[甲]2281 雪，[明]263，[三][宮]2122 沙書疏，[三]984，[聖]1509 梨，[另]613 雪見一。

𩲖：[宋][元][聖]201 形色如。

呵：[明]498 哩，[明]883 鉢囉二。

河：[宮]895 貝邊，[甲]2087 咄羅國。

柯：[三][宮]2122 等名清，[聖]1595 等淨土，[乙][丁]2244。

軻：[宋][宮][聖]354 莊嚴手，[宋][宮]288 列豎法，[宋][宮]2122 雪，[宋][聖]157 貝園林，[宋][元]1546 玉石摩，[宋]1521 脣如丹，[知]1522 貝。

琦：[三][宮]、奇[聖]627 珍從生。

軻：[聖]1548 貝璧玉，[宋][宮]671 乳及石。

行：[三][宮]2121 樹諸。

住：[宋]、佉[元][明]985。

柯

阿：[三]984 羅龍王。

祠：[宮]231 羅。

枸：[宮]2034 迦羅出。

抲：[高]1668 伊哦。

訶：[宮]2033 僧耆柯，[甲]2244 羅墮闍，[明]1595 等以自，[乙]2309 及毘提。

迦：[宮]1647 王由此。

珂：[三][宮]1595 等，[三]1559 寶耳根。

可：[明]2131 大論翻。

拖：[宮]2033 部。

相：[三][宮]2033 與一摩。

科

稱：[元][明]224 限佛語。

禰：[宮]2060。

秤：[甲]2270。

斷：[甲]2274 簡。

果：[甲]2266 亦。

解：[乙]2173 文一本。

蝌：[三][宮]748 蚪形黑。

利：[宮]2108 簡懲彼，[甲]1805 收之勘，[甲]1786 調試，[甲]2184 見述，[甲]2290 也或。

料：[甲]1795 簡若，[甲]2290 簡不同，[甲]1717 簡中圓，[甲]2266 金沙者，[甲]2266 之意後，[三][宮]1509 理在可，[三]2149 簡沙門，[聖]1763 簡虛空，[聖][甲]1733 簡後，[聖]1717 目無不，[聖]1763 簡始末。

祥：[甲]2299 最。

庶：[甲][丙]2120 得齊糧。

斜：[聖]1721 行陰是。

義：[甲]2299 次第。

種：[甲]2299 諍論。

軻

珂：[三]44 王之所，[三]44 主四天，[三]193 音動天，[元][明]44 王，[元][明]1301 行。

痾

阿：[三]2125 鉢底鉢。

病：[三]2125 生即須。

瘂：[三][宮]826。

搕

榼：[三]1425 頭鋸。

窠

巢：[三]221 窟之行，[元][明]309

窟無法。

科：[宮]309 窟有其，[宮]656 窟，[宋][宮]309。

顆：[甲]1733 別故。

弋：[宋][元][宮]、戈[明]2123 施張弶。

窠：[三]212 窟必有，[三]212 窟展。

薖

邁：[三][宮]2060 軸之士。

榼

搕：[三][宮]1559 則應相。

猛：[甲]1229 杵於佛。

磕

搕：[宋][宮]、榼[元]2122 兩山下。

頦

額：[三][宮][聖]1443。

胲：[宋][明][宮]、頦脈[宋][宮]、頦解[元]669 三者額。

顏：[聖][另]1442 拄著膝。

顔：[三]987 痛咽喉。

顆

果：[三][宮]2122 柰色香。

裹：[三][宮]2060 舍利。

顯：[甲]1112 珠過周。

顒：[宋][宮]2102 從。

髁

胯：[三][宮][聖][另]1458 持於物。

跨：[三][宮]1431 衣者波。

殼

藏：[三][宮]2103 命促縮。

穀：[三][宮]2122 果之，[聖][甲]1763 未分不，[乙]1772 也馱都。

肉：[聖]1425。

可

阿：[宮]1595 離第，[宮]2034 閦佛經，[宋][宮]492 罔於人。

本：[明]2131 爲依境。

彼：[宮]310 於此法。

畢：[甲][乙]1929 承信所。

別：[甲][乙]1821 說也或。

不：[敦]1960 爲，[宮]468 斷故是，[宮]225 見不可，[宮]322 可爲若，[宮]382 見如如，[宮]425 敬畏降，[宮]2078 説不思，[己]1830 然雖初，[甲]2249 名，[甲]2290 知取意，[甲][乙]1822 相似，[甲][乙]2328 説大乘，[甲]1728 知修禪，[甲]1736 知者即，[甲]1744 得是，[甲]1828 是疏家，[甲]1921，[甲]2217 以比，[甲]2266 如所說，[甲]2266 言無遍，[甲]2266 有約，[甲]2290 通矣，[甲]2339 爾既是，[明][宮]374 愛處，[三][宮]691 彌多無，[三][宮]1425 得誰犯，[三][宮]1435 得出家，[三][宮]1462 藏棄之，[三][宮]1579 懷愍，[三][宮]1595 信

受，[三]626 見諸法，[三]1441 見不可，[三]1562 然何故，[三]1604 然第八，[三]2060 別叙，[聖]223 見住，[聖]1428 於彼，[宋]220 思議若，[乙]2194 以今經，[乙]2249 緣，[乙]2263 爾易緣，[乙]2263 屬二乘，[乙]2263 爲此，[乙]2390 用一一，[元][明]197 得如是。

此：[甲]1736 知疏若。

存：[甲]1969 之時家。

打：[三]193 膝傷。

待：[甲]1881。

當：[三][宮]1459 持作法。

得：[甲]2006 彰，[甲]2428 云即身，[三][宮]263 邊崖，[三][宮]382 聞敬法，[三][宮]553 愈太后，[三][宮]1435 食不答，[三][宮]1464 入王家，[三][宮]2104 爲非詔，[三]202 賣誰當，[三]202 取，[乙]901 思議呪，[原]1744 無。

等：[甲]1832 齊賣。

丁：[甲]952 反娑馱。

動：[三][宮]266 搖。

度：[聖]1421 度度如。

而：[甲]2273 爲異品，[甲]2313 我今身，[明]2016 謂大道。

耳：[敦]1960 當除，[甲]、故[乙]1821 從色染，[甲]1805 改妄習，[甲][乙]1775 非爲，[甲]1873 無餘事，[甲]2196 此異空，[甲]2299 同之，[甲]2400 輪邊以，[乙]2296 雖是非，[原]1775 時有一，[原]2196，[原]2201 釋檀義。

爾：[原]2262 故故經。

法：[明]221 無所有。

煩：[乙]1816 知佛以。

方：[甲]2006 爲種草，[甲]2393 作奉請。

奉：[三][宮][另]1428 行十善。

福：[乙]1816 數故此。

復：[甲]1775 近捨丈。

丐：[甲]2128 非丐音。

敢：[甲]2006 與。

剛：[宮]866 怖畏金。

各：[三]264 共求之。

更：[三]553 白汝長。

廾：[聖]211 怙。

共：[三][宮]1509 往觀之。

故：[三][宮]1633。

呵：[甲]1733，[甲]1804，[甲]1828，[甲]2255 也，[甲]2299 衆人即，[三][宮]1470 止不得，[三]206 止不，[原]1776 若所得，[原]1780 二見斥。

訶：[甲]、呵[乙]2376 別神力，[宋]375 盡涅槃。

合：[甲]2250 坐四。

何：[博]262 承攬其，[宮][另]1435 以罵我，[宮]720 以與有，[宮]2111 須，[甲]1805 爲問五，[甲]1805 言縱欲，[甲]1848 修行止，[甲]2299 滯定有，[甲]1728 能感聖，[甲]1763 者經之，[甲]1781 見諸佛，[甲]1789 所緣而，[甲]1792，[甲]1863，[甲]2299 爾若欲，[甲]2339 教佛如，[甲]2400 反婆縛，[明]997 存若無，[明]

1225 聽護尊，[明]1428 起世尊，[明]1562 法滅已，[明]1562 依此説，[三]152 趣即上，[三][宮]310 供養，[三][宮]342 造立思，[三][宮]399 謂，[三][宮]403 謂脱矣，[三][宮]1425，[三][宮]1442，[三][宮]1507 以一手，[三][宮]1562 問記二，[三][宮]2102 破使其，[三]125 急速報，[三]1442 畏聲云，[三]1564 燃無燃，[三]2103 進之，[三]2122，[三]2122 須道時，[聖]99 説我唯，[聖]190 畏或喚，[聖]190 以故此，[聖]210 羞不羞，[聖]223 以供養，[宋][宮]、－[元][明]810 所不無，[宋][元]2103 益哉又，[宋][元][宮][聖]1425 痛可憐，[宋][元]1092 反娜，[宋]1694 謂四相，[乙]2249 一云難，[元][明]125 還至，[元][明]186 所事神，[元][明]471 須捨爾，[元][明]1501 染百千，[元][明]1509，[元]1092 反下，[元]1451 愛，[原]1829 別今反，[原]2208 及。

河：[宮]606 名水者，[甲]1969 久寂已。

荷：[明]316 伏慢過，[三][宮]672。

乎：[元][明]212 謂五欲。

許：[三]125 之出家，[三]200 時諸民。

或：[甲][乙][丁]2244 智羅輸。

間：[三]631 而致劇。

見：[甲]997 得以知，[甲]2266 轉故其。

今：[三][宮]1507 殺此雞。

京：[乙]2194 經奏外。

句：[甲]1735 爲因三，[甲]1828 八明十，[甲]2266 等一行，[三]1458 詰之即。

俱：[宮]273 取亦應。

肯：[三]143 作使不。

了：[甲]2266 如所説，[甲]1823 語無正，[甲]2290，[三]2123，[乙]1821 知故三，[乙]2296 而，[乙]2296 因佛性，[原]2435 知名爲，[原]1065 反摩合，[原]1825 分別諸，[原]2271。

令：[甲]2202 就翻譯。

名：[三]100 乘不具。

乃：[三]、爲[宮]2122 驗又，[三]212 謂，[三]2125 消食去。

能：[明]278 得知何，[三][宮][聖]380 盡，[三][宮][聖]586 窮盡如，[三][宮]345 發起講，[三][宮]1486 盡十者，[三][宮]1521 盡況我，[三]152，[三]375 一時。

其：[明][甲]1216 灰到彼，[三][宮]2103 謂至德。

奇：[宮]397 身不止。

且：[乙]2249 依被餘。

取：[三][宮]1523 信人無。

如：[甲]2255 釋法華。

汝：[明]1450 於最後。

若：[甲]2312 爾見分，[三]1562 有苦相，[元][明]2060 方茲感。

上：[三]1562 品。

生：[甲]2218 得矣此，[甲]2434 不滅若，[明]1509 著法若，[三][宮]221 有所生。

士：[乙]2249 用。

事：[聖]1428，[宋]220 名菩薩。

數：[三][宮]1458 數。

説：[宮]2121。

思：[三][宮]1681 議，[三][宮]278 議，[三][宮]278 議説法，[三][宮]401 議。

四：[甲]2299 爲定。

所：[甲]1973 謂棄却，[甲]2255 有此永，[甲][乙]894 樂無諸，[甲][乙]1822，[甲][乙]1822 怖畏事，[甲][乙]1822 得法至，[甲][乙]1822 離中有，[甲][乙]1822 爲，[甲]997 讚諸天，[甲]1733 愛翻己，[甲]1781 不及豈，[甲]1828 諫違可，[甲]1828 畏此如，[甲]1828 有發心，[甲]1828 知，[甲]1873 校量以，[甲]2196 集，[甲]2219 謂眼根，[甲]2255 生集是，[甲]2271 燒可，[甲]2296 如，[明]1331 寄財物，[明]1521 作及易，[明]2076，[明]2110 以爲善，[三]273 有，[三][宮][甲]901 以，[三][宮]223 知無知，[三][宮]402 覺者釋，[三][宮]435 濟巍巍，[三][宮]470 可説亦，[三][宮]1588 殺佛告，[三][宮]2059，[三][宮]2102 基，[三][宮]2103 惡餘人，[三][宮]2123 信者斷，[三]201 愛戀應，[三]205 頓止處，[三]221 世間所，[三]682 能表，[聖][另]1543 繋，[聖]190 觀瞻即，[乙]1822 説言二，[乙]1822 言依，[乙]2249 修近分，[乙]2263 建立精，[乙]2263 攝也遣，[乙]2286 言秦代，[元][明][宮][聖]223 爲，[元][明]1649 説

是故，[原]1840 聞瓶有，[原]2416 隨惑歟。

他：[三][宮]611 自觀者。

同：[甲]2339 有十地，[明]2123 限量故。

万：[甲]1816 言説故，[宋]、方[元][明][宮]1459 是行婬。

爲：[宮]278 教化一，[甲]2195 樂佛法，[三]201 奇，[聖]223 侵陵，[乙]2263 通假。

我：[甲]2266 及諸佛，[明]1451 先立要。

無：[三][宮]222 樂想諸，[乙]2261 非悟境。

下：[甲]1805 點古非，[甲]1816 正理是，[甲]1828 辨生滅，[甲]2128，[甲]2259 取六識，[甲]1828 云雖得，[甲]2434 引釋論。

向：[三]7 般，[三]2106 驛食來，[元][明][乙]1092 補陀，[元]657 無憂言，[原]1700 説如須。

須：[三][宮]1458 互攝若。

牙：[甲]2400 略。

言：[宮]1571 説果從。

也：[三]237 世尊不，[宋][宮]237 世尊何，[原]2259。

一：[宮]1545 有是事，[甲]2218 道之乘，[甲]2300 知。

宜：[甲]1969 乎對曰。

以：[宋][宮][石]1509。

亦：[甲]2263 有悲增，[甲][乙]1821 與餘尋，[甲]1735 名方便，[甲]1958 得言童，[甲]2039 紹，[甲]2270

離不定，[甲]2879 得見彌，[明]2059
牽故入，[元][明]419，[元][明]2103
妄乎。

易：[三][宮]2102 準夫以。

因：[明]210 婬入，[三]211 婬入
胞，[聖]397 見又復，[原]1828 思惟
能。

印：[元][明]656 衆生是。

應：[甲][乙]2250 知，[甲][乙]
2263 然，[甲]2230 以掉舉，[甲]2230
作疎稀，[甲]2250，[甲]2266 爲量法，
[甲]2273 正，[三][宮][另]1458 問於
障，[三][宮][另]1458 於屏，[三][宮]
1435 擯是不，[三][宮]1435 取，[三]
[宮]1451 作錫杖，[三][宮]1458，[三]
[宮]1521 善知，[三][宮]1581 爾無，
[三]375 隨意諮。

用：[宮]225 計計爲，[原]2362 爲
龜鏡。

有：[宮]1451 借，[甲][乙][丙]
2249 深意所，[甲][乙]1822 釋也於，
[甲]1736 怯畏所，[甲]1927 總別二，
[甲]2250 生疑，[甲]2263 間斷，[甲]
2399 得失耳，[三][宮]483 所生致，
[三][宮]1425 信，[三][聖]100 攀挽無，
[三]202 違即與，[三]374 逃，[三]1340
敷施時，[乙]2408 然可決，[元]1331
稱數阿，[元][明]152，[元][明]2103
食。

又：[甲]1965 彼佛毫。

于：[明]1486 劍林一。

於：[元][明]341 世尊前。

與：[三][宮]1425 迦羅。

欲：[宋][元][宮]1670 所。

樂：[元][明]612 多罪自。

云：[甲][乙]1816 見佛無，[甲]
[乙]2263 爾歟況，[甲]2195 斷其種，
[乙]2263 唯在人，[乙]1816 得其自，
[乙]1816 具説故，[乙]2328 爾但麟。

災：[元]、可畏[明]245 難一切。

在：[明]310 文字世。

之：[三][宮]2102 厚于何，[三]1
時王見。

旨：[三][宮]2102 振民育。

至：[三]220 證得善，[三]291 得
還，[三][宮]1421 生天云。

中：[甲]2261，[甲]1816 有福既，
[甲]2195 有文攝，[甲]2261 唯世間，
[三]1559 見境前，[聖]225 取泥洹。

周：[聖]1543。

呪：[甲]952 依如王。

住：[宮]1435 依止。

子：[三]190 各願下。

自：[三][聖]375 差。

宗：[甲]2274 正。

足：[宮]1649 知又如。

作：[三][宮][甲]901 貧賤修。

渴

浧：[甲]2128 者麁醜。

唱：[三][宮]721 聲觸味。

淳：[三][宮]1549 善易化。

得：[甲]1304 大悉地，[三][宮]
1647 愛一期。

德：[宮]425 仰飢虛。

乏：[甲]2879 男子受。

寒：[三][宮]703 消削眼。

喝：[明]1388 帝引尾。

河：[三][宮]1548 餓禽獸。

偈：[乙]897 仰之心，[原]1249 爐。

竭：[甲][乙][丙][丁][戊]2187 仰於佛，[甲]1813 誠，[甲]1823 衆山洞，[明]1450 王聞語，[明][聖]663 羅王，[三][宮]416 肌膚散，[三]192 久乏水，[聖]515 所，[宋][元][宮]278，[元][明]2122 如是處。

漫：[三]985 地洛迦。

侵：[三][宮]720。

溢：[宮]1555。

食：[三][宮]2122 老等更。

誦：[聖]1723 等五柔。

溫：[宮]2123 渴病良。

消：[甲]1828 變。

心：[三][宮]2060 振。

暍：[宮]1646。

謁：[甲]2053 彼苾芻，[聖]1544 又無間，[聖]1579。

闕：[元][明][乙]1092 伽放大。

瞻：[三]212 仰如來。

逐：[三]220 焰之水。

濁：[宮]721 愛無厭，[宮]721 五者涼，[甲]1832 觸體，[甲]2261 三氣分，[聖]310 心想見，[聖]2157，[元][明]158 時仁爲。

謁：[甲]1007 仰倍自。

克

充：[乙][知]1785 益説者。

聰：[三][宮]2102。

剋：[丙]2092 城邑絶，[甲][乙][丙]1866 彼果義，[甲][乙]1866 其本唯，[甲]1222 獲成就，[甲]1783 果法冥，[三][宮][聖][另]285 無益衆，[三][宮][聖]285，[三][宮]458 識所作，[三][宮]2060 必固定，[三][宮]2060 昌金陵，[三][宮]2060 留疾所，[三][宮]2060 日送寺，[三][宮]2060 遂先摸，[三][宮]2112 己施仁，[三][聖]125，[三]201 獲解脱，[三]2110 意令終，[三]2145 明自安，[宋][宮]639，[乙]1723 無人能，[元][明]187 期同集。

尅：[三]945 己辛勤。

目：[元][明]、先[宮]2103 陵雲之。

先：[三][甲][乙]2087 伏所。

堯：[明]2110 平，[聖]2157 彰掩仰。

刻

劾：[甲]1805 決正非。

克：[三]191 日併，[聖]1463。

剋：[宮]1421 晝色赤，[三][宮]1546 契斷九，[三][宮][聖]1425 上如摩，[三][宮][聖]1547，[三][宮]607 星宿須，[三][宮]1421 故謂之，[三][宮]1425 鏤種種，[三][宮]2121 責悔無，[三][宮]2122 檀，[三][甲][丙]1202 之頭如，[三][甲]1229 之呪，[聖]1462，[聖]1462 鏤種種，[聖]1462 石柱記，[聖]2157 注洪，[宋][宮]2042 汝骨

髓，[宋][宮][聖]1425 鏤種種，[宋]
[宮]227 頃置是，[宋][宮]901 作其形，
[宋][元][宮][聖]1462，[宋][元][宮]
1425 鏤種種，[宋][元][聖]1582 木造
作，[宋][元]1191 之間於，[宋][元][下
同 1227 本尊長，[宋]152，[宋]152 鏤
無好，[宋]956 爲，[元][元][宮]1425 鏤
種種。

尅：[甲]867，[三]193 吏懷惡。

列：[甲]2128 也説文。

挈：[三][宮]2103 船待。

剹：[乙]2296 船守株。

刉：[三]125 斷其命。

剋

到：[丁]2089 是故衆。

對：[甲]2249 實若通。

冠：[宋]2122 除諸亂，[原]2248
今門佛。

克：[宮]263 諧無數，[甲]1784
難思之，[甲]1973 荷斯道，[明]293 責
勤力，[明]400 而打擲，[明]2103 昌
夷叔，[明]2103 寧社稷，[明]2122 龜
茲即，[明]2122 堪，[明]2151 暢玄門，
[明]2154 龜茲即，[明]2154 捷旋旆，
[三][宮]1464 辦王問，[三][宮]1509
己自勉，[三][宮]2059，[三][宮]2060
己而，[三][宮]2060 己修身，[三][宮]
2060 就以天，[三][宮]2102 半焉，[三]
[宮]2102 己者，[三][宮]2102 堪釋僧，
[三][宮]2102 允又云，[三][宮]2103 誠
可以，[三][宮]2103 己，[三][宮]2103
己戒人，[三][宮]2121 今此色，[三]

[宮]2121 口吐熱，[三][宮]2121 旋本
國，[三]212 獲宜還，[三]212 勵復知，
[三]375 獲即作，[三]2059 基修德，
[三]2087 自古已，[三]2110 佛在，[三]
2110 己苦躬，[元][明]2059 長安，[元]
[明]2122 己言常，[元][明]2145 明。

刻：[甲]1799 也皆時，[甲]1965
舟之學，[明]6 鏤地集，[明]2016 而
措言，[明]2016 忘，[明]2121 鏤種種，
[三][宮]618 骨苦即，[三][宮]309 記
隨類，[三][宮]736 之念不，[三][宮]
1425 筋曲脊，[三][宮]1462 不，[三]
[宮]1462 皮作鹿，[三][宮]2122 十月
十，[三][宮]2122 一念一，[三][聖]224
作機關，[三]125 鏤或學，[三]2063
意，[三]2123 一移之，[聖]1421 木作
男，[乙]1909 行道安，[乙]2192 也當
知，[元][明]310 奪財物，[原]、克[甲]
1179 作蓮華，[原]1141 作千佛，[原]
2431 諸弟子。

勉：[甲][乙]2263 勵修任。

乃：[三][宮]839 獲功德。

殺：[三][宮]2042 害一切。

所：[甲]2339 體非因。

獻：[宮]263。

曉：[三]202 即往其。

則：[三][宮]2123 夢見是。

恪

辭：[甲][乙][丁]2092 請懇至。

敬：[明]1521，[三][宮]425 受持
書，[三][聖]100 獲得於，[元][明]425
一切衆。

恪：[三]、俗[宮]2045 想不樂。

裕：[宮]2060 專思行。

客

各：[甲]2266 經多俱。

害：[甲]1851，[甲]1851 衆生無，[甲]1921 近請不，[甲]2297 文立義，[元][明]616 即應除。

家：[聖]1421 語婦言。

舊：[宮]1428 比丘説，[聖]1435 比丘一。

空：[宮]1596 名分。

略：[明]745。

密：[聖]397 雲故名，[原]2339 口一音。

名：[三]2154 瞿曇流。

僕：[明]1521 等不能。

人：[三][宮]2121 斯賢劫，[聖]200 極遇厄。

容：[宮]222 來，[宮]1428 比丘來，[宮]1599 無畏及，[宮]1808 來須，[宮]2060 禮令老，[宮]2060 寫送文，[宮]2103 旅上摛，[甲]、察[乙]1709 使開府，[甲]1806 作婢，[甲][丙]2003 家禪客，[甲][乙]2317 引起善，[甲]1709 住故故，[甲]1723 利豐廣，[甲]1828 名亦可，[甲]1830，[甲]1921 戒根本，[甲]2087 告與同，[甲]2087 希世間，[甲]2087 夜分已，[甲]2087 遊，[甲]2266 無亂境，[甲]2367 生死，[甲]2787 身屋者，[明]201 殺，[明]1428 比丘須，[三]2103 等並江，[三][宮][甲]895 及僧房，[三][宮][聖][知]1579 尋思隨，[三][宮][聖]1585 捨彼定，[三][宮][聖]1602 受及客，[三][宮][倉]1522 故非，[三][宮]1579 受客善，[三][宮]2060 節卷，[三][宮]2103 登座右，[三][宮]2103 錦章戴，[三][宮]2103 之，[三][宮]2108 業寡才，[三][宮]2108 字少微，[三]2060 知，[三]2110 不墜彝，[聖][甲]1733 捨故，[聖]538 奴婢坐，[聖]823 瞿曇流，[聖]1421 上座衣，[聖]1421 行失道，[聖]1421 有舊得，[聖]1425 比丘來，[聖]1451 苾芻緣，[聖]1458 縫人鐵，[聖]1585 障覆令，[聖]1733 依主瑜，[另]1442，[另]1451 答曰我，[另]1451 來遂被，[另]1451 情懷怯，[另]1459 作者，[宋][宮]721 皆悉具，[乙]1816 其性應，[元][明]2145 書之家，[元]2122，[原]1780 謂是對，[原]2271 非實立，[原]1780 謂是，[原]1887，[知][甲]2082 使者令。

審：[三][宮]1464 也。

隙：[三][宮]2123。

備：[三][乙]895 擔死屍，[三]55 書若學。

之：[宮]2122 就觀者。

主：[聖]200 獲大珍。

尅

超：[甲]2339 性出分。

克：[宋][宮]425，[元][明]26 彼何，[元][明]210 度岸如。

刻：[元][明]99 須臾轉。

課

　諫：[甲]2035 人，[明][宮]2060 篤數村，[三][宮]1463。

肯

　背：[明]1682 反沒鄧。

　得：[甲]1736。

　來：[三][宮]1442 相逐然。

　能：[三][宮]374 惠我半。

　態：[三]、能[宮]1548 欲渴欲。

　胥：[宋][元]2061 湖南北。

　宜：[元][明]1689 見前我。

　有：[明]201 買者衆，[三][宮]624 說者而，[三]20 塗行降，[聖]125 承受是，[聖]211 廢佛知。

　欲：[三]201 殺王又。

　旨：[宮]399 勸化於，[甲]2035 傳布天，[甲]1710 趣求非，[明]2145 起又益，[乙]2192 不違明。

狠

　懇：[甲]2128 聲狠音。

　貌：[三][宮]2102 清心穢。

　頻：[甲]1512 解故云。

墾

　貌：[聖]383 於地而。

　藝：[三]2110 也賤左。

懇

　懲：[乙]2317 自責發。

　既：[三][宮]2045 責其心。

　艱：[原]2339 辛玄。

墾

　徵：[宮]2122 徵。

　敏：[三]2063。

　貌：[三][宮]2122 所從來。

　慊：[三]2063 至稱佛，[元][明][宮]2059 至二人。

　請：[三]2088 無不畢。

　懇：[聖]2157 朕甚嘉。

　志：[三][宮]2066 勤勤無。

阬

　坑：[宮][聖]278 及水輪，[三][宮][聖]278 潤當願，[三][宮][聖]278 受大苦。

坑

　岸：[三]201。

　補：[聖]1425 中猶復。

　地：[原]2408 印具。

　軌：[元][明]2060 跡狀若。

　机：[宋]513 五杌裸。

　抗：[聖]1425 赴火自。

　硫：[宋][宮]2121 深廣千。

　阬：[甲]1828 潤，[甲]1828 生渴愛，[三]374 即前欲。

　堀：[原]2266 語別有。

　瓶：[甲]1040 之中。

　燒：[宮][聖]834 盡其。

　沈：[宮]606 爾，[三][宮]606 底復出。

　説：[三][宮]1545 言亦總。

　想：[宮]1509 何以。

鏗

　堅：[三][宮]2103 固自守。

鑑：[宮]2060。

鏘：[三][宮]2060 然無撓。

空

安：[宋]375 貧窮之。

寶：[甲]2300 而立，[甲][乙][丙]2394 便憶本，[甲][乙]2219 之藏第，[甲]853 泮吒。

本：[明]220 非受想。

比：[乙]2296 量如世。

變：[原]2299 亦。

不：[原]、不[甲]2006。

出：[三][宮]2122 行又世。

處：[三][宮]1584 處無一。

地：[甲]2400 各開立。

等：[甲]2273 後三第，[三][宮]222 正使三。

定：[宮][聖][石]1509，[宮]653 相當樂，[宮]2120 襄縣檀，[甲]2196 寂行離，[甲][乙]1929 捨空，[甲][乙]1929 諸受及，[甲][乙]2390 手同前，[甲]850 智加上，[甲]1735 門相行，[甲]1735 有栴檀，[甲]1816 攝一切，[甲]1828 從果行，[甲]1828 爲，[甲]1839，[甲]1839 中第二，[甲]2217 也彼滅，[甲]2309 理心，[甲]2390，[甲]2434 故等云，[明][宮]309 力善清，[三][宮][聖][石]1509 相故畢，[三][宮][聖]1509 法爲三，[三][宮][聖]1509 法則不，[三][宮][聖]1549 設此微，[三][宮][知]384 三，[三][宮]224 諸法，[三][宮]1509 畢竟空，[三][宮]1546 有何功，[三][宮]1646 心，[三]

[宮]1646 心內，[三][宮]2103 門之秀，[三][甲][乙]1200 中所見，[三]26 無量識，[三]76 澡鉢如，[三]158 解脫我，[三]418 慧佛尊，[三]418 行欲諷，[三]1562 想依此，[三]1616 顯佛，[聖][另]1548 無我思，[聖]1509 處空處，[宋]220 本性空，[乙]850 加於水，[乙]1816 過者不，[乙]1830 故，[乙]2254 盡時業，[乙]2795 分齊如，[知]266 虛空無，[知]414 見菩。

爾：[石]1509 空中有。

法：[甲]1786，[甲]2261 者即有，[三][宮]639，[三]267 之體性，[聖]221 及所有，[宋][宮]223 亦空非。

風：[聖]1199 和合竪。

宮：[甲]1335 夜叉乾，[甲]2266 唯異生，[甲]2387 以，[甲]2401 室，[三][宮]721 中受五，[三][聖]172 何，[聖]1721 地亦爾，[宋][元]2041 現爲佛，[乙]867 亦如是，[乙]2087 城十數，[原]1112 室戶扇。

共：[乙]2223 一切羯。

谷：[三][宮]384 中。

故：[明]220 遠離無，[三][宮][聖]1552 空空十。

觀：[甲][乙]2263 生空，[甲]2263 之生觀。

害：[宮]1521 諸佛所。

互：[宋][宮]、底[元][明]624 故無悕。

皇：[甲]2271 晴僧都。

寂：[明]2076 而妙，[三][宮]384，[三]418 三昧，[原]1781 故煩惱。

減：[三][宮]2121 唯舍利。

經：[乙]2408 諸佛側。

究：[宮]271 無物性，[甲]1709 無願相，[聖]1788 故不。

覺：[甲]1795 覺性無。

孔：[宮][聖]606 心意識。

恐：[明]2131 五衆即。

控：[甲]2075 曠有爲。

苦：[甲]2400 由金剛。

誆：[三][宮]310 求名利。

牢：[三][宮]2102 閣如來。

理：[知]1785 非假次。

立：[甲]2266 非，[元][明]1509 般若波，[知]353 亂意衆。

露：[元][明]991 地實淨。

羅：[宋][元]2061 時時反。

密：[乙]2227 蘇者，[乙]2391 觀。

蜜：[甲]、甲本頭註曰、空猶唯也謂唯酥一種也下皆準同 893 蘇爲，[三][宮]1509 發心此。

豈：[甲]2266 列中字。

器：[宮]1611 淨水。

丘：[甲]、近[乙]2254 像。

忍：[三][宮]810 則行恭。

容：[原]1833 但法外。

沙：[宋][宮]、步[元][明]2122。

山：[三][宮]2122 中至此。

上：[宋]480 等。

生：[甲][乙]2194 法所證，[甲]1709 菩薩摩，[甲]2775 怪而問，[明]316 於彼一，[三][宮]2103 慧日將，[三]200 無主，[元]1568 何以故。

聖：[甲]2255 是實空。

實：[甲]2217，[甲]2255 名色故，[乙]1816 聞佛説，[原]1781 智也方。

識：[三][宮]1545 無邊處。

室：[宮]309 總持菩，[宮]2104 其爲虛，[甲]1512 也，[甲]1718 即具一，[甲]1816，[甲]2128 之本時，[甲]2244 仙仙，[甲]2261 今此釋，[甲]2266 若菩薩，[甲]2266 於中，[明]310 逮得總，[三]306 中見種，[三][宮][聖][另]342 宅是文，[三][宮][聖]585，[三][宮]810，[三][宮]2102 無損輪，[三][聖]、至[宮]585 所在造，[三]945 羅城去，[宋]、明註曰空南藏作室 2122 便往到，[宋][宮]2060 於聰師，[宋][元][宮]1428 中杖時，[元][明]474 舍安諸，[元]2145 非，[原]、室[甲]2006 裏眠石，[原]1819 穴中闇。

水：[宋][明][宮]、明註曰空南藏作水 1509 相。

説：[宋][元][宮]1653 無果果。

宿：[三][宮]、實[聖]292 無所有。

壇：[乙]2408 器所。

疊：[明]2076。

堂：[宋][宮]2060 中。

通：[甲]2901 無礙譬。

痛：[聖]222 習。

王：[三][宮]1451 室燒盡。

妄：[甲]1763 之惑也，[三][宮]1428 應滅擯，[三][宮]268 而無怯，[三]1525 名爲菩，[聖]397 不可，[元][明]2016 執四爲，[原]、[乙]1744 法。

望：[明]2123 之本念，[聖]2060 但言本，[乙]2296。

微：[甲]2266 若不可。

偽：[聖]99 正智正。

味：[甲]1786。

文：[甲]2217 智。

屋：[三]2123 上安鐵。

無：[甲]1710 如應者，[甲]1781 此第三，[甲]1828 漏故二，[甲]1828 門中景，[甲]1929 門但四，[三][宮]627 子且，[宋][元]384，[乙]2263 偏執，[原]、[甲]1744 故名不。

悉：[元][明]309 如。

心：[甲]1304 合掌以。

行：[宮]309 非身之。

性：[三][宮][聖][中]223 世間空。

虛：[丙]1823 金剛山，[宮]425 消除名，[宮]812 無井樹，[甲][乙]2309 妄分別，[甲]867 界，[甲]1733 大次二，[三]212 豈有身，[三][宮]、虛無[知]741 爲上學，[三][宮]223 非，[三][宮]656 寂無形，[三][宮]222 無不可，[三][宮]378 無有譬，[三][宮]398 無念猶，[三][宮]399 常平均，[三][宮]425 無如須，[三][宮]512 來至，[三][宮]721 而遊善，[三][宮]810 空，[三][宮]1425 而還時，[三][宮]1436 誑妄語，[三][宮]2040 執，[三][宮]2102，[三][聖]190 而去見，[三][聖]643 而至毘，[三]100 自在行，[三]125 而來行，[三]184 還，[三]196 佛告比，[三]309 空有識，[三]643，[三]721 雖堅固，[三]865 藏，[三]956 與一切，

[聖]1512，[聖]397 何以故，[聖]397 言沙門，[聖]1463 而行遶，[聖]1509 若我若，[聖]1721，[石]1509 不世尊，[宋][明][聖]1 如來知，[宋][明]2087 至此國，[宋]309 無之，[宋]409 無菩薩，[乙]957 空，[乙]2385 心合掌，[元][明][聖]99 而遊行。

宣：[甲]2119 寂之境。

穴：[甲]2082 中試令，[乙]2390 也團團，[元][明]2122 中試令。

雪：[甲]1960 過於下。

崖：[三]2103 博敝。

言：[甲]2219 下結上，[甲]1828 修等者，[甲]2202 乎其空，[甲]2300 也，[甲]2301 何今言。

宜：[甲]2266 密説非。

以：[元][明]247 離性，[原]2196 有二一。

意：[甲]2434 識。

義：[甲][乙]2250 實難信，[甲]1782 云二乘。

因：[甲]1863 性體。

音：[三][宮]656 響度無。

有：[甲]1911 不散故，[甲]2266 之眼也，[甲]2312 及其依，[原]2299。

於：[宋][元]、于[宮]229 無相無。

曰：[三]375 不空如。

雲：[宮]606 中遠近，[甲]2255 塵霧是，[三][宮]294 法門以，[三]2106 而去唯，[乙]1225，[乙]1709 山嶮處，[元][明][宮][石]1509 中火水。

者：[聖]222 其無爲。

眞：[甲]1735 故不，[甲]1736 故下此，[甲]2006 無。

震：[甲]、虛[乙][原]2190 朗昏夜。

之：[甲]2195 觀也二，[甲]2293 菩提心，[三]2122 中。

執：[甲]2434 攝。

至：[元]223 乃至無，[元]2122 中作。

智：[原]、[甲]1744 知藏。

中：[三]185 譬如芭。

諸：[元]1509 故衆生。

住：[宮][聖]1579 二十中。

自：[三][宮]1578 性是故。

字：[甲]1816 中畢竟，[甲]2266 居天下，[甲]2390 是記者，[聖]1509 名虛妄。

宗：[甲]2270 共，[甲][乙]2296 非，[甲][乙]2296 非空既，[甲]1929 亦是嗟，[甲]2273 等亦有，[甲]2299 爾也攝，[明]1571 證解脱，[三][宮]1631 亦説名，[宋][元]1570 不空應，[原]2262 即是有。

坐：[甲]1718 座蕩一，[明]424 而下禮，[三]99 閑林中，[聖]26，[聖]222 者則不。

悾

控：[元][明]1341。

孔

此：[甲]2250 隙住腐。

哆：[三]987 羅禰利。

公：[明]2102 豈欺我。

吼：[甲]1700 常流臭，[甲]1782 所出鷙，[甲]1932 含納思，[甲]2255 菩薩言，[甲]2434 必先奮。

九：[宮]2112 昇天十。

絶：[三][宮]2103 潤首太。

空：[聖]606 體空亦。

口：[宮]1670 皆臭處。

禮：[甲]2300 正義曰，[三][宮]2060 門所輕，[三][宮]2103 教不行。

毛：[三][宮][聖][石]1509 孔。

乳：[宮]384 上下徹。

是：[甲]2266 多光。

穴：[三][宮]1425 泥。

引：[宋][宮]2103 教誡。

中：[三][宮]606 諸物解。

恐

悲：[甲]2312 悲哉何，[甲]2313 可恐。

必：[三]、惡[宮]2122 當見殺，[三][聖]200 墮餓鬼，[三]375 不顧念。

怖：[宮]657，[明]196 不知所，[三][宮]657 畏天鼓，[三][宮]2121 此人生。

愁：[三]154 此兒五。

怛：[三][宮]2122 遭暴患。

毒：[三]362 橫爲非。

功：[三][宮]2102 福在此。

懷：[三][宮]402 怖不入。

惶：[聖]1425 怖處防。

或：[三]125 能有變。

即：[甲][乙]1822 繁不述，[甲]

[乙]1822 執常我，[乙]1832 不當經。

驚：[三]1097。

況：[甲]2266 又，[聖][乙]953 餘有情，[元]2122 戒神。

慮：[三][宮]2122 不復見。

愍：[元]224 不怖不。

怒：[甲][乙][丁]2092 謂左右，[明]606 於人無，[三]220 不報，[三][宮]2121 曰汝眼。

熱：[元][明][聖]664 驚懼怖。

上：[甲][丙]2397 此猶是。

思：[甲]2339 難信故，[甲]2261 違集旨，[甲]2410，[原]2208 繁略之。

逃：[三]193 怖惶，[三]193 美之明。

愐：[宮]2043 往末田。

畏：[三][宮]1425 燒床褥，[聖]1425。

文：[甲]1735 繁不叙。

悉：[宮]1809 污好穀。

徙：[宋][明][宮]、從[元]2121 目。

想：[甲][乙]1821 成斷滅。

心：[原]1818 怯弱故。

疑：[三][宮]1458 應遣在。

亦：[甲][乙]1822 非應理，[甲]2195 非也淨。

怨：[明]293 怖奪其，[三]199 無上除，[三]206 也佛言，[三][宮]1462 怖處護，[三][宮]1488 無畏咸，[三][宮]1537 怖大喬，[三][宮]1584 憎因緣，[三][宮]2102 招臧氏，[三][宮]2122 輒擊阿，[三]42 閻羅言，[三]

198 見尊敬，[三]198 捨嫉念，[三]1006 怖常無，[三]1015 爲是空，[聖]512 難而得，[宋]263。

知：[三]2125 施主性。

衆：[明]2154 梵。

恣：[甲]2362 良有以，[甲]2870，[三][宮]1558 心於。

控

害：[宮]1605 牛縛。

鞚：[元][明]152 士馬震。

攝：[三][宮]2103 御光時。

副

甌：[三]、副中拘[宮]1435 中。

摳

樞：[明]1225 瑟，[三][甲][乙]901 沙摩座。

口

白：[明]2053 馬無數。

班：[三][宮]425 宣心念。

肙：[三][宮]2122 缺者前。

宮：[甲]1059 諸疾病。

故：[甲]1839 也舊云。

見：[宋]554 童子今。

今：[甲]2214 傳云以。

空：[宋]397 所得惡。

力：[明]384 度脱衆。

流：[甲]1250 皆作神。

面：[三][宮]674 滅塵破。

目：[宮]2060 者觀道，[甲]2128 而出曰，[三]1169 有一十。

乃：[三][宮]2123 不言了。

品：[宮]602 說是。

曰：[宮]760 識爲御，[甲]2128 鈎反廣，[聖]1763 殺三者，[乙]2391 授之此。

舌：[明]626 身意，[三][宮]263 雅妙，[三][宮]434 及於身，[三][宮]627 身心識，[三][宮]627 身心亦，[三][宮]637 所識味，[三][宮]638 身，[三][宮]1546 觸生愛，[三][宮]2123 亦爾身，[三][聖]125 身意不，[三]20 身所更，[三]125 身心此，[三]125 身意之，[三]212 知味起，[聖]125 身意此，[元][明]310 身體手，[元][明]398 身諸所，[元][明]403 身意亦。

聲：[明][乙]1086 引句捨。

尸：[甲]2128 孔聲也。

石：[明]2103 妙義掩。

示：[原]2412 云。

授：[原]2411 傳。

穌：[三][宮]2121 雀。

所：[甲]1733 言故也，[三][宮]1463 房施設。

田：[宋]443 常出優。

冂：[甲]2128 説文邑。

頭：[聖]2157 絹九十。

外：[三]2059 有寺人。

韋：[明][甲]1988 希禪子。

問：[明]459。

我：[三][宮][聖]1462 瞋故虛。

心：[明][甲][乙]1225 所祈上，[明]1648，[三][宮][聖]425 立行方。

宣：[丁]2089 詔曰大。

胭：[宮]544。

以：[宋][乙][丙]865 反能滿。

亦：[三]125 不作是。

因：[甲][乙]1909。

語：[甲]1736 今云智，[三][宮]660 意。

曰：[丙]2392 可開大，[甲]2128 侯反尚，[甲]2068 譯秦語，[甲]2128 捲，[甲]2392 此印當，[明]26 聞我如，[三][宮]1452 淨，[三][宮]1521 供養敬，[聖]1763 密，[宋]2122 業不善，[乙]2408 傳或用，[元]、白[明]1033 授眞言，[元]1441 道過齒，[元]1463 向一人，[元]1808 言。

召：[乙]1250 請一切。

之：[三][甲]1229 其人口，[三]125 勿作是。

止：[原]2408 流出。

中：[宮]384 意亦爾，[明]643 出亦照，[三][宮]721，[三][宮]1546 戒答曰，[三][聖]211 逢，[三]643 生華葉，[聖]1509 出，[宋]101，[元][明]2123 解十二，[元][明]2123 解十二，[元]274，[元]1509 業亦似，[元]2122 解十二。

自：[甲]1728 佛去爲，[三]2122 七業即。

足：[三]212 五親相，[聖]1428 之所制。

叩

即：[宋]2122 頭流血。

叫：[三][宮]2108。

扣：[三][宮]313 作，[三][宮]2122
閣者。

却：[聖]210。

印：[聖]1421 王樓柱。

扣

和：[宮]2053 擊之大，[三][宮]
2042 出種種，[聖]2157 問沈。

叩：[宋]1092 城四門，[原]2339
聖義言。

相：[聖]1537 鉢吹螺。

支：[宮][聖]379 頭悵快。

恂

鉤：[三]1451 紐，[宋][元]、[明]
[宮]1451 紐或方。

冠

冠：[甲]2128 者律文。

寇

盜：[明]2076 起師領。

冠：[宮]2060 斥山侶，[三][宮]
513 宜時歸，[宋]1257 惡難。

設：[甲]2053 賊二千。

蔻

蔻：[甲]2092 口嚼檳。

刳

刮：[三][宮]1428 鉢中食。

枯

巢：[三][宮]2104 穴能事。

壞：[三]2149 唯舌如。

桔：[原]2001 歷歷智。

括：[甲][乙]1796 反焰部。

拈：[宋]2125 復皆露。

茄：[宋]1 潤澤鮮。

榮：[甲]1918 道品又。

物：[明]、枯[宮][聖]1442 出於。

相：[宮]2123 骨。

消：[三][宮]1435 瘦兒胎。

朽：[三][宮]2060。

祐：[甲]2128 反考聲，[三][宮]
[聖]425 地休息，[三][宮]263 者爲火，
[宋]2122 而白首。

招：[三][宮]1421 苦爾時。

枯：[明]24 無復遺，[三][宮]1451
及，[三][宮]1458 受四衣。

哭

厄：[甲]2217。

呼：[明]174 遠睒尸。

喚：[三][宮]2121 佛知故，[三]
[宮]1425 佛知而，[三][宮]2045，[三]
212 歌舞喜。

箸：[三][宮]607 或瞋已。

淚：[宮]754 長跪合。

明：[宮]1548 追憶並。

慼：[宮]2122 超然。

泣：[三][宮][聖]383 震動徹，
[三][宮][石]1509 不食王，[三][宮]263
淚出，[三][宮]481 痛不可，[三][宮]
1435 而來佛，[三][宮]1442 報言，
[三][宮]2122 而來，[三][聖]26 諸親，
[三][聖]375 提婆達，[三]201 彼人悲，

[三]211 計無所，[聖]211 寧可言，[宋][元]374 提婆達。

失：[聖]639 言笑響。

天：[元][明]212 喚呼吾，[元]379 波旬汝。

笑：[宮]638 謂，[甲][乙]2070 曰即此，[甲]2255 既已許，[三]375 菩薩摩，[三][宮]1548，[元][明][宮]374 聲而。

坐：[宮]2123 不能自。

堀

掘：[明]126 摩羅芯，[明]2076 逼佛時，[宋]、屈[元][明]1462 陀迦經。

窟：[甲]2255 也所言，[三][宮]1482 室婬。

權：[原]1898 劉曜都。

窟

宮：[三][宮][甲]901 第四萬。

害：[三][宮][甲][乙]848。

虎：[三][宮]2060 辯號懸。

及：[甲]952 中。

崛：[宋][宮]2122 一名爲。

空：[三][宮]2122。

六：[甲]2299 中云金。

屈：[甲]2266 故居在，[三][宮]294 頭摩城，[三][宮]1597 對治此，[宋][元][宮][乙][丙]866 其初分，[宋][元]1092 縒眞言。

山：[宮]、出[聖]1547 中本盡。

室：[甲][乙]859，[明]190 四事供，[三][宮]2043 中，[三]190 四事供。

塔：[元][明]2122 外方。

屋：[明][甲]1216 及河側，[三][宮]272 宅資生，[三][宮]744 止宿其，[三]108 室床榻。

穴：[三]、[宮]2122 盜取官。

圓：[乙]2376 教大戒。

雲：[三][宮]2121 中。

座：[三][宮]1648 不近不。

苦

安：[三]1243 樂輪迴。

悲：[三]156 懊惱愁，[三]192，[乙]1724 遲。

病：[三]154 比丘當。

懺：[三][宮]2122 悔當得，[元][明]2059 悔當得。

長：[甲][乙]2390 聲安額。

愁：[三][宮]1428 復作是，[三][宮]2122 痛惱，[聖]223 惱大苦。

答：[甲]2261 空。

道：[三][宮]1546 斷乃至。

地：[甲]1813 獄。

登：[元][明]410 彼岸。

等：[宮]1589 報由彼，[甲]1708 故名信，[三][宮]1562 別者如。

諦：[甲]1912 俱名。

動：[甲]2255 業得不。

毒：[三][宮][聖]376 果樹沾。

斷：[聖]1541。

厄：[明][聖]663 及諸有，[三]194 至無爲。

惡：[三][宮]1437，[三][宮]1809
業以滅，[三]1427，[聖][知]1581 於此
衆，[聖]1425 活爲又。

法：[明]885，[三][宮]1546 智未
生，[元][明]1563 集智各。

煩：[甲][乙]1909 惱意慮，[三]
[宮][聖]586 惱故梵，[三][宮]2123 惱，
[三]100 惱。

蓋：[三][宮]459 修學大，[原]、
若[乙]1744 乃形上。

告：[甲][乙]2219 也此連，[甲]
1781 天下諸，[三][宮]1451 誰當用，
[三][聖]125 汝勤加，[聖]1421 此比
丘，[聖]1723 愛反甲，[宋][元][宮]、
訶[明]1421 責爲諸。

各：[甲]2196 果故言。

根：[明]1541 喜捨根。

共：[宮]411 不見怖，[宮]1562 非
聖説，[甲]、若[甲]1851 法忍等，[甲]
[乙]1816 見，[甲][乙]2259 無明能，
[甲][乙]2259 相無漏，[甲][乙]2263
施設，[甲][乙]2309 是因名，[甲]909
木降伏，[甲]1763，[甲]1828 招一果，
[甲]2250 法智已，[甲]2266 佛法妙，
[甲]2266 若所化，[甲]2273 無，[三]
[宮]721 惱之若，[三][宮]1546 身見
是，[三][宮]1551 法念處，[三][宮]
1559 樂聖人，[三][宮]2121，[三]99 戰
若諸，[三]152 乏無者，[聖]376 治又
復，[另]1543 共八苦，[石]1509 行食
果，[宋][元]99 之樂唯，[乙]2296 大聖
格，[乙]1822，[元][明]1425 索今者，
[原]1851 相收攝，[知]2082 也令不。

古：[元][明][乙]1092 反下。

故：[甲]1820 即精進，[甲]1828
集諦中。

過：[乙]1909 當此之。

害：[丙]1823 故有説，[三][宮]
426，[三][宮]1525 二者，[三][宮]2121
佛言，[三][聖]99 亦不應，[三]202 死
而復，[三]375 善男子，[三]1579 若
不。

胡：[三][聖]26 豆芥子。

壞：[甲]1782 苦皆是。

患：[甲]1909 大衆，[三][宮]620，
[聖]211。

吉：[宮]1647 根，[宋][元][宮]
1648 樂。

急：[明]261 難者無。

集：[甲][乙]2263 云云，[宋][元]
397，[原]2264 二。

賤：[乙]1816 等皆輕。

盡：[明]1543 未知智。

咎：[三]196 如是佛，[元][明][聖]
125 汝今何。

俱：[甲]2324 非二想。

懼：[甲]2195 如未敢，[三]2151。

空：[甲]1763 平等之，[甲]1763
悟理者，[三][宮]1539 若無我，[乙]、
一[丙]2777 義大乘。

恐：[聖]211 畏福。

枯：[三]125 竭衣裳。

困：[宮]534，[甲]2870 厄乃至。

力：[三][宮]1546 無勢莫。

悋：[明]318。

名：[原]1819 二句名，[原]1819 義斯其。

難：[明]2122 不侵九。

惱：[明]220 增長善，[三][宮]1428 所纏三，[三][宮]1451 心，[三][宮]2123 連綿爭，[三]985 又復所。

菩：[明]220，[明]1339 報聲汝，[明]939 惱已還，[明]2151 行經一，[聖]1425 晝則風，[聖]1546 遲，[另]1543 邊或蠻。

其：[甲]2814 所以恐。

切：[三]202 極理道。

去：[三][宮]1596 歸命離。

若：[宮]657，[宮]1539 法智已，[宮]1545，[宮]1545 先喜憂，[宮]1545 真是苦，[宮]1646 爾時是，[宮]1647 修道辦，[宮]278 難發起，[宮]310，[宮]310 無我及，[宮]626 天子上，[宮]649 忍受爲，[宮]669，[宮]721 復更走，[宮]754，[宮]761 者名爲，[宮]838 智者見，[宮]1425，[宮]1425 酒，[宮]1425 須何等，[宮]1509 本何復，[宮]1542 不復當，[宮]1543 二餘或，[宮]1543 法智苦，[宮]1545 不起彼，[宮]1545 集道現，[宮]1545 已方生，[宮]1546，[宮]1558 由煩，[宮]1562，[宮]1602 集若眞，[宮]1646 果若説，[宮]1647 上獨存，[宮]1651 三攝十，[宮]1662 樂等亦，[宮]2087，[宮]2112 見誣必，[宮]2122 者當學，[甲]1723 解脱方，[甲]1805 論違制，[甲]1928，[甲]2261 得如實，[甲]2266 受已前，[甲][乙]1821 等三行，[甲][乙]1822

所斷隨，[甲][乙]2070 空每月，[甲][乙]2309 事萬劫，[甲]970 爲，[甲]1512 行，[甲]1719 並云一，[甲]1724 下無明，[甲]1724 又言，[甲]1724 樂，[甲]1735 法救能，[甲]1736 無苦苦，[甲]1736 要故疏，[甲]1736 一切法，[甲]1775 衆生也，[甲]1778 治衆生，[甲]1782 別離生，[甲]1799 樂神蕩，[甲]1816 此能對，[甲]1830 十五，[甲]1830 果今解，[甲]1830 無，[甲]1830 也彼唯，[甲]1830 樂異熟，[甲]1911 緣空多，[甲]1918 集爲，[甲]1999 如蚖，[甲]2006 高名上，[甲]2035，[甲]2128 怯怯者，[甲]2129 未有定，[甲]2250，[甲]2250 依立世，[甲]2261 斷有餘，[甲]2261 行邊佛，[甲]2261 有帶數，[甲]2266 愛若願，[甲]2266 等九德，[甲]2266 集二迷，[甲]2266 時具善，[甲]2266 行苦，[甲]2266 因苦，[甲]2266 有不至，[甲]2269 是亦通，[甲]2269 下明第，[甲]2274 聲生論，[甲]2290 相，[明]220 未得解，[明]228 受應當，[明]882 如鈴聲，[明]1340 無邊四，[明]1545 集滅，[明]1546 集諦中，[明]1546 所逼尊，[明]1554 類智與，[明]1584 等住亦，[明]2042 惱少息，[明][宮]1505 息法智，[明][甲]1177 心緣識，[明]1 行無等，[明]5 王及民，[明]99 空非我，[明]100 得解脱，[明]125 際是時，[明]133，[明]158 空無常，[明]196 無報今，[明]201 毒割此，[明]210 愚，[明]220 集滅道，[明]220 痛故衆，[明]

220 行備受，[明]272 道，[明]489 行
咸悉，[明]588 器想，[明]605 想苦，
[明]656 行三十，[明]721 彼天聞，
[明]721 波滿其，[明]721 處是合，[明]
721 惱時天，[明]725 樂隨自，[明]
829，[明]969 身生天，[明]1012，[明]
1341 極爲大，[明]1421 見罵辱，[明]
1425 問爲如，[明]1428 如是無，[明]
1428 損減不，[明]1435 二者，[明]
1462，[明]1463 酢酒不，[明]1478 如
是女，[明]1482 爲常爲，[明]1486 是
事樂，[明]1509 皆悉永，[明]1522 他
語令，[明]1530 集諦實，[明]1541 諦
身見，[明]1542 所斷隨，[明]1543 聖
諦及，[明]1543 未知智，[明]1544
智，[明]1545 不生恚，[明]1545 根若
生，[明]1545 集諦攝，[明]1545 如是
諸，[明]1545 耶屠兒，[明]1546 痛若
受，[明]1546 智異者，[明]1547 繫義
是，[明]1550 因疑見，[明]1550 陰説
十，[明]1551 彼説見，[明]1551 斷故
爲，[明]1551 果，[明]1551 見集所，
[明]1559 聚緣和，[明]1566 樂等依，
[明]1577 使一切，[明]1579 對治樂，
[明]1579 引因者，[明]1582 八者營，
[明]1599 三一取，[明]1602 變，[明]
1647 受，[明]1648 所斷煩，[明]1649
樂無，[明]1680 行是其，[明]2060 相
從來，[三]、菩[聖]224 能，[三][宮]
1425 治我罪，[三][宮]1545 彼受二，
[三][宮]1648 滅事成，[三][宮][聖]
1544 樂若苦，[三][宮]425 如空忍，
[三][宮]585 如鹽斯，[三][宮]766 有，

[三][宮]1425 辦此房，[三][宮]1489
於一切，[三][宮]1505 十惡之，[三]
[宮]1505 外是彼，[三][宮]1507 氣閉
如，[三][宮]1521 物施已，[三][宮]
1539 見圓滿，[三][宮]1545 集智相，
[三][宮]1545 現觀四，[三][宮]1545
現觀一，[三][宮]1545 有四智，[三]
[宮]1546 處所有，[三][宮]1546 有少
樂，[三][宮]1548 無我想，[三][宮]
1549 則有等，[三][宮]1562 滅道攝，
[三][宮]1579 惡趣中，[三][宮]2053
釋同於，[三][宮]2121 見聽得，[三]
[宮]2122 失則大，[三][宮]2122 以爲
請，[三][宮]2122 自譽讚，[三][聖]190
疲莫辭，[三]99 無常苦，[三]190 身
意口，[三]197 卿指授，[三]201 盡得
解，[三]222 無所得，[三]410 蒙光觸，
[三]1056 求出世，[三]1505 不，[三]
1544，[三]1545 言所，[三]1552 法智
是，[三]1558，[三]1571 何所惱，[三]
2102 此矯不，[三]2123 行者忍，[三]
2137 增長則，[聖]272 言如是，[聖]
311 應當捨，[聖]361，[聖]1421 身備
賃，[聖]1562 集滅非，[聖]1595 不願
彼，[聖]1595 起救，[聖]1595 無明，
[聖]1723 果放逸，[另]1721，[宋]220
憂惱純，[宋]1191 趣住者，[宋]1443
有姉妹，[宋][宮]310 無我不，[宋][宮]
2122 楚百許，[宋][元]1545 遲通行，
[宋][元][宮]225 故當忍，[宋][元][宮]
1545，[宋][元][宮]1546 諦是，[宋][元]
26 彼爲眞，[宋][元]26 行，[宋][元]
1550 習斷一，[宋][元]1562 故空故，

[宋][元]1563 第三刹，[宋][元]1568 樂
去住，[宋][元]1584 諸，[宋][元]1594
不能退，[宋][元]1646 受中有，[宋]
[元]1810 際若不，[宋][元]2103 樂非
真，[宋]25 切難忍，[宋]99 如實知，
[宋]220 果今在，[宋]220 聖諦，[宋]
225 生死牢，[宋]228 乃至不，[宋]229
行有苦，[宋]231 即得安，[宋]375 醋
味無，[宋]375 得是羅，[宋]375 惱衆
生，[宋]639 如夢知，[宋]721，[宋]721
此中具，[宋]1421 惱欲，[宋]1539 所
斷諸，[宋]1543 根憂，[宋]1546 所苦
衆，[宋]1548 不，[宋]1562 説名爲，
[宋]1562 無我，[宋]1662 樂亦平，[宋]
2122 惱故雖，[宋]2151 應經一，[乙]
1821 法忍位，[乙]1821 非，[乙]1821
易脱中，[乙]2408 無，[元]220 聖諦
真，[元]220 思惟香，[元]220 未爲供，
[元]374 過去有，[元]639 緣心不，[元]
1488 喜造苦，[元]1579 及身壞，[元]
1660 不欲自，[元][明]579 盡是名，
[元][明]847 行精進，[元][明]1579 傍
生餓，[元][明][宮]1545 受不與，[元]
[明][宮]1509 無我門，[元][明][宮]
1545 三種集，[元][明]96 人有是，[元]
[明]99 汝，[元][明]285 行欲度，[元]
[明]313 如，[元][明]397 空非，[元]
[明]397 是爲苦，[元][明]397 行時復，
[元][明]1341 食彼虫，[元][明]1341 有
第一，[元][明]1421 彼人聞，[元][明]
1425 和上阿，[元][明]1435 切，[元]
[明]1435 切羯磨，[元][明]1443 爲，
[元][明]1509 生，[元][明]1545 所斷
煩，[元][明]1563 謗，[元][明]1563 果
爲無，[元][明]1579 觸隨轉，[元][明]
1579 由此因，[元][明]1603 麁重相，
[元]32 從，[元]99 輪屢那，[元]190 行
求菩，[元]221 言，[元]223 是名入，
[元]273 海以如，[元]574 得，[元]1341
聖諦者，[元]1425 痛嬰兒，[元]1425
治我，[元]1435，[元]1442 彼之妻，
[元]1463 是名苦，[元]1543 智是謂，
[元]1545 現觀四，[元]1546 受果是，
[元]1547 如是廣，[元]1559 受所逼，
[元]1559 受所領，[元]1566 無人前，
[元]1579 等以要，[元]1579 故又，[元]
1579 苦果故，[元]1579 贍侍病，[元]
1579 所化有，[元]1581 諦空諦，[元]
1582，[元]2121 時阿羅。

苦：[宮]397 伽婆優，[甲]2125 盧
斯等，[明]2131 末羅此，[三][宮]451，
[三][宮]1549 摩利瞻，[三]1283 吒，
[宋][元]2061 蓋而中，[元][明]410 婆
梨四。

善：[宮]462 當往白，[宮]765 果
報無，[宮]1464 責諫責，[宮]2034 經
一卷，[甲]1335 欲無生，[甲]1717 相
爲機，[三]198 尊言離，[三]309，[三]
1582 言呵責，[聖]1548 不樂報，[宋]
[明]100 説苦出，[宋][元]、明註曰苦
宋南藏作善 279 行，[宋][元]1335 哉
諸羅，[宋][元]2040，[元][明]425 本
是曰，[元]2016 哉一切。

舌：[甲]1735 爲業然，[明]1636
惱希望。

身：[己]1958 終不遠。

甚：[三][宮]721。

生：[甲]2371 都無苦，[三][宮][知]1581 又九種，[東][宮]721，[宋][宮]221 以，[元][明]379 增長諸。

失：[乙]1821 救第三。

食：[三]2059 自業宋。

世：[明]275 法不爲。

受：[甲][乙]2263 處爲。

死：[三]99 磨挻衆，[元]2016 之。

所：[三][宮]1546 行苦，[三][乙]1092 反下同。

痛：[三][宮][聖]1421 罰即便，[三][聖]125。

脱：[宋]1331 今世後。

亡：[三][宮]721 不畏所。

我：[三][宮]2123 厄佛知，[三]212 空無我。

無：[宋]813。

兀：[三][宮]2122 之切酷。

昔：[甲]2266 傳來名，[原]2425 行具足。

喜：[明]26 不樂捨，[三][宮]1509 樂故，[聖]291 患地，[元][明]223 樂。

行：[甲][乙]1822 法智。

修：[三]1545 所斷法。

業：[宮]653 則能厭，[甲]1829，[三][宮]411 流如是，[三][宮]810 諦無所，[三][宮]1501 我寧殺，[三][宮]1558 受，[三][宮]1559 受業心，[三][宮]1646 從耳識，[三][宮]2045 報受此，[聖]26 行，[聖]292 諸痛亦，[聖]1562 難行業，[另]1442 報。

依：[三][宮]1647 四諦義。

異：[明]2106 氣。

義：[宋]967 故爲一。

因：[三]1581 未來苦。

音：[甲]2128 夬枯怔。

憂：[三]374 惱覆自。

於：[三]99 集滅道。

緣：[甲]2337 不得。

樂：[宮]468 住家者，[甲][乙]1821 覺者經，[明][宮]721 不及此，[三][宮]2123 住，[三]125 而後，[三]125 復，[三]186 稽首禮，[聖]272 不，[宋][宮]1509 非我非，[原]2264 苦。

在：[甲]1861 生，[甲]1816 平等彼，[聖][甲]1733 是故雙。

造：[三]、吉[宮]1525 行如是。

栴：[原]2250 檀之類。

薔：[元][明]100 婆羅最。

者：[甲]、昔[乙]1724 未迴非，[甲][乙]1822 有二種，[甲][乙]1822 智問何，[明]312，[三][宮]389 之良藥，[三][宮]695 乃浴佛，[聖]1428 彼，[宋]、苦者[元][明][宮]374 所謂命。

眞：[三][宮]1548 實如爾。

之：[甲]2266 受有。

知：[宮]1547 盡如是。

止：[甲]2266 對治於。

智：[甲][乙]1822。

中：[宮]721 此中具。

諸：[三][宮]281 惱罪從。

自：[三][宮]603 證解，[宋]1694 證解相。

罪：[甲]2250 人也此，[三][宮]721 此中具，[三][宮]746 不可稱，[三]

[宮]1435 汝母語，[三]2151 經一卷。

庫

寶：[明]828 藏而不。

藏：[宮]1425 中離車，[甲]871 菩薩即，[甲]974 明眞言，[明][甲]1056 菩薩如。

處：[宮]1810 若温室。

穀：[聖]514 百物皆。

故：[甲]853。

匣：[元][明]6 藏既殯。

虛：[宮]1536 盈溢故。

佐：[宮]2122 無大輔。

袴

胯：[三]197 腰兩手。

酷

哭：[明]1563 聲悲叫。

酢：[三][宮]310 或有。

夸

誇：[明]2131 之人，[三][宮]2059 強摧侮，[三][宮]2060 罩蒙俗。

誇

跨：[宮]653 衆人毀，[三][宮]1507 王。

謂：[宮]639 談証誘。

挎

幹：[甲]2183。

胯

髁：[宮]1442 而泄精，[三][宮]

1442 膝乃至。

膝：[宋]1125 右手調。

跨

髁：[三][宮]1459 持物路。

袴：[宋][宮]2122 腰兩。

誇：[三][宮]2102 尚，[乙]2092。

胯：[明]310 正等而，[三][宮]1655 並皆麁，[三][宮][甲]901 上以，[三][甲][乙]901 連覆膝。

骻：[元][明]618 骨。

骻

胯：[三][甲]1227 用阿迦。

凷

田：[甲]2128 也非本。

快

恢：[三][宮]1548 是名災。

扶：[聖]1763 方能伏，[宋][宮]、榑[元][明]2103 桑融冶。

故：[聖]613 樂佛告。

怪：[宮]374 哉是風，[三][宮]2058 其若此，[三][宮]2058 師聞其，[三][宮]2058 哉無常。

恒：[宋]635 甚乃爾。

懷：[三]125 愁憂是。

決：[三]152 心之士，[聖]823。

決：[宮]722 樂受盡，[宮]2040 修梵行，[甲][乙][丙][丁][戊]2187 定知水，[甲]1719 妙事心，[甲]2075 然欲辭，[三][宮]269 法安，[三][宮]624 深法無，[三][宮]1478 惡他人，[聖]

[知]1581 淨心十，[聖]446 斷意佛。

慢：[宮]1562 樂哉四，[甲][乙]2309 心於空。

善：[三][宮]683 哉。

使：[宮]263 樂積累，[宋][元]299 說世尊，[中]440 光明佛。

馳：[三]2123 馬顧，[元][明]2123 馬捧奔。

收：[三]1300 攝四名。

說：[宋][宮]810 欲相。

香：[三]185 美且香。

快：[甲]1778 四釋有，[明]309 說斯言，[三][宮]310 何可，[宋][元][宮]1507 然。

悅：[甲][乙]2397 樂取意，[三][宮][聖]376，[三]24 樂受悅，[聖]1425 樂善學。

擇：[甲][乙][丙]2381 樂自他。

之：[三][宮]721。

仲：[宮]1421 作功德。

諸：[三][宮]2122 樂當作。

狀：[元][明]210。

塊

壎：[宋]2145 然無主。

埋：[甲]2207 不變百。

片：[宋][元][宮]310 而。

土：[聖]1646 耶鴿耶。

凶：[三][宮]2060 持操。

由：[明]212 仰，[宋]190。

鄎

劊：[明]2053 已下猶。

獪

檜：[原]、楡[原]1091 亥丑波。

膾

儈：[宋]375 家畜養，[宋]375 獵師畜。

鮎：[甲]1728 狼籍痛。

繪

繢：[元][明]2102 之遺。

糟：[三][宮][聖]376 世俗法，[三][宮]2122，[乙]1796 灰。

鱠

膾：[三][宮]2122 裏何期。

寬

多：[甲]1961 則心。

廣：[甲]2266 通，[甲][乙]2263 等無間。

緩：[三][宮]1421 然後坐。

竟：[甲]2426。

覺：[甲]2274 惠非思，[三][宮]263 恕。

亮：[三]187 我父。

冥：[原][甲]1851 通說爲。

寔：[甲]1851 通是其。

實：[明]1585 不共故。

意：[乙]2261 狹所以。

寬

救：[三]118 濟窮。

桄

桄：[三][甲]951 食若已，[三]1005 三十二，[原]904 等食亦。

欥

伏：[三][宮]2121 獲賜，[宋][元][宮]2121。

凝：[三][宮]2122 冬華而，[宋][明]、疑[元]2123。

親：[宋]187 附稽首。

幸：[三]212 到爲本。

疑：[宮]2060 遇言及，[宮]2103 者悉令，[宮]2122，[甲]2035 接加禮，[明][宮]1537 情實若，[三][宮]2122 得金百。

款

歎：[三]2053 於茲日。

疑：[甲]2087 玉門貢，[聖]190 種種善。

匡

臣：[明]2110 贊有。

迻：[甲]2300，[聖]2157 化爲彼。

巨：[明]2110 一治耳。

眶：[元][明]721 已心得。

曲：[三]724 肋費衣。

凸：[元]、㾭[明]2122 肋費衣。

王：[宋]2122 衆宜自。

正：[三][宮]1434 救僧衆。

主：[三][宮]、注[知]741 正識眞，[宋]、[元][明]1007 其肘作，[宋][元]2110 以興運。

住：[明]、筐[宮]2103 三概勿。

迋：[宮][丁][戊]、迷[甲]、遠[乙]1958 紹菩薩。

總：[三]118 勒四部。

恇

惟：[三]192 然無所。

筐

匡：[三][宮]2102 三趣莫。

逆：[聖]1425 撲地嫌。

篋：[三][宮]397 盛四種。

扛

牴：[三]2121 患。

杜：[三]184 殺。

非：[三]1362 橫及諸。

誹：[三][宮]495 謗清高。

桂：[三]153 萬姓擁。

橫：[三][宮]1559 死於經。

誡：[知]598 命以爲。

經：[乙]1709 功力如。

狂：[甲]1896 濫也有，[明]154 自在放，[三][宮]2104 之論不，[宋][宮]、恇[元][明]514 攘骨節。

誑：[三][宮]2102 過正以，[宋][宮]、枉[元][明]721。

任：[知]、誑[宮]741 汝罪人。

枉：[甲]1799，[甲][乙]下同 1799 習，[甲]下同 1799 入，[甲]下同 1799 習爲因，[明]68 卿王言，[明]2016 受困不，[明]196 橫志行，[明]721 謗他語，[三]、扛發落癈[宮]1428 發者或，

[三]、柱[聖]210，[三]、柱[聖]210 治士罪，[三][宮]1545 禁親教，[三][宮]1596 橫及時，[三][宮][聖]272 治道增，[三][宮][西]下同 665 死悉，[三][宮]309，[三][宮]310 舍利子，[三][宮]435 若行賊，[三][宮]518 殺便葬，[三][宮]624 尊來到，[三][宮]768 人民受，[三][宮]1452 斷其命，[三][宮]1558 橫緣，[三][宮]1631 橫而難，[三][宮]1647 不疑是，[三][宮]2121 常有慈，[三][宮]2121 刻百姓，[三][宮]2121 苦，[三][宮]2121 人又召，[三][宮]2121 殺我者，[三][宮]2121 威尊接，[三][宮]2122 請高同，[三][聖]383 直由，[三]153 設父於，[三]171，[三]202 殺善人，[三]202 者豈少，[三]209 加神仙，[三]212 物理不，[三]220，[三]398 橫以邪，[三]1579 度時日，[三]2122 無令國，[三]2145 其請哲，[聖]189 及無辜，[聖]211 願小垂，[宋][明][宮]、柱[元]1631 橫而難，[乙]1909，[乙]1909 夭無辜，[元][明][聖]361 無有拘，[元][明]403 是謂法，[元][明]403 顏色和，[元][明]553 殺者悉，[元][明]606 我親友，[元][明]721 常受重。

往：[明]212 乎時，[明]212 殺生類。

在：[宮]1799 外護慚，[甲][乙]1822 橫緣死，[甲]1846 世。

住：[宮]374 橫死也。

柱：[明]2063 必釋秉，[三]、柱[宮]2121 殺我父，[三][宮]522 常有慈，[三][宮]2060 濫今陛，[元][明]362 無有拘。

狂

反：[宮]2121 反。

犯：[甲]1893 癡暗無，[甲]2068 專唱賊，[三][宮][聖]1462 病者隨，[聖]765 亂吐血，[聖]1425 如是習。

抂：[甲]897 是故應，[原]1309 死矣愼，[原]2011 喪。

誑：[明]2146 經一卷，[三][宮]1470 語四者，[三][宮]1509 人令喜，[三][宮]2060 言修身，[三][宮]2121 惑各，[三]125，[另]1721，[元][明][宮]374，[原]2395 相宗指。

贏：[三]361 不及逮。

亂：[聖]1463 心所作。

品：[乙]2397 說如彼。

強：[三][宮]2104 助。

任：[甲]1717 惑去遍，[甲]2128 犬也左，[聖]1763 也，[宋][元]、住[明]1425 不自覺，[宋]2145 耳聾口，[宋]2147 經一卷，[乙]1816 無量那。

妊：[甲]1728 男子也。

若：[三]1441 比丘受。

王：[明]1336 鬼病若。

枉：[甲][乙]2250 橫緣二，[甲][乙]2263 文相無，[甲]2219 讀文點，[三][宮]、抂[聖]278 橫病鬼，[三][宮][久]1486 橫言非，[三][宮][聖]278 橫遠離，[三][宮]2123 亂之語，[聖][另]1459 心亂病，[乙]2376 不求他，[原]1308 之事秋。

往：[甲]1805，[另]1543 象形馬，[宋]328。

在：[元][明]1428 言。

住：[明]1276 走。

柱：[宮]2104 斯濫哲。

誑

謗：[聖]1465 諸始學，[宋][宮]2122 力諍。

諂：[三][宮]721 幻器仗，[三][宮]1547 依五見。

掉：[三]、[宮]1523 非真。

妬：[宮]310 諂曲貢。

訛：[丙]2397 諂與害。

護：[聖]1509 如無爲。

淮：[甲]、稍字註未詳[原]2135 上多。

假：[原]、[甲]1744 不實又。

狂：[甲]1717 小，[甲]2036 於閻閻，[明]1536 諂若有，[明]381 詐化惑，[三][宮]656 惑愚癡，[三][宮]708 語爲悲，[三]21，[三]125 惑，[三]168 詐之言，[宋]1185 説非法，[乙]957 心，[元][明]21 語所以。

勸：[三]203 夫設會。

任：[宋]26 度彼岸。

誰：[宮]2122 人巧地，[甲]1721 之人四，[甲]1736 並，[三][宮]721 心中有，[聖]272 諸凡夫，[聖]953 散動心，[聖]953 者於師，[聖]1509 以不真，[聖]1723。

枉：[宮]729 多行，[三][宮]2121 閉。

妄：[三][宮]616，[三][宮]657 相者無，[三][宮]1458，[石]1509 是人則。

誘：[三][宮]657 惑多人。

語：[宮]721 人詐言，[宋][宮]1509 諸賈客。

詐：[甲][乙]1832 果如臣，[甲]1782 名淨歡，[甲]1782 無天實，[甲]2250 憍，[三][宮]324 惑眾人，[三][宮]544 是行人，[三][宮]1462 言上座，[三][宮]2042 作實非，[三][宮]2121，[三][宮]2121 不知，[三]1331 過失非，[聖]211 不知羞，[宋][宮][石]1509 顛倒故，[乙]1821 言見等。

詔：[三][宮][聖]1581 謂不。

諍：[宋]1562。

諸：[宮]721，[三][宮]1424 天魔梵。

況

此：[甲]1973 阿彌陀。

次：[甲]2195 依六十。

法：[宋][元]951 諸小魍。

凡：[甲]2036 天下之。

汎：[明]1563 進求勝。

放：[甲]1828 執取養。

更：[原]904 無一物。

故：[乙]1821 浪加，[乙]2370 今引之。

海：[宋][元]1521 回飲何。

何：[宮]238 非法復。

既：[甲][乙]2309 若中，[甲]1736 涅槃云，[甲]2195 十住第，[甲]2195

無量義，[甲]2195 下根人，[甲]2195
一乘開，[甲]2254 佛未出，[甲]2309，
[乙]2263 根識取，[原]2208 有他力。

　　旡：[乙]2263 同類遍，[乙]2263
西明疏。

　　簡：[元][明]2103 而入。

　　決：[甲]1724 一生等，[乙]2408
之也師。

　　覺：[甲][乙]1225 已勿復，[甲]
2195 知如來。

　　侃：[明]2103 乃桑門。

　　恐：[甲]2087 乎此論，[甲]2281
如今會，[甲]2290 於字義，[甲]2299
復設，[甲]2401 瓦礫之，[乙]2309 不
活。

　　覘：[三][宮]2103 隨。

　　沒：[聖][另]1543 陰蓋纏。

　　泥：[明]1453 諸餘外，[元]2102
交氣丹。

　　然：[三]125 汝等。

　　若：[乙]2263 諸教所。

　　設：[乙]1723 佛。

　　沈：[宮]1545 於踈遠，[甲]1828
於定不，[甲]2039 囊錐既，[甲]2339
於煩惱，[明]1571 餘有性，[三][宮]
796 沒愚癡，[三][宮]1513 理別也，
[宋][元]2061 思兀然，[元]220 觀一
切，[原]1308 申己對。

　　說：[甲]1786 果佛口，[甲][乙]
950 成就以，[甲][乙]1705 聖人說，
[甲][乙]1866 已斷智，[甲]1733，[甲]
1733 金器，[甲]1733 可知，[甲]1733
前中二，[甲]2214 令彼得，[明]2016

皆喻見，[三]2110 浮圖經，[聖][德]
1563 可，[聖]1851 法是金，[宋][宮]
2103 也上書，[原]1776 無故不，[原]
2248 貫義又。

　　所：[石]1509 顛倒是。

　　謂：[甲]1782 無分別。

　　無：[三][宮]1563 勝解脫。

　　兄：[宋][宮]2122 卿情好。

　　以：[原]、[甲]1782。

　　應：[乙]2309 知由智。

　　又：[甲][乙]2263 諸乘章。

　　喻：[乙]2263 依他耶。

　　呪：[宮]1799 能潛護，[甲]893
餘諸類，[甲]904 一方所，[甲]952 餘
諸小，[甲]1103 二十一，[甲]1718，
[甲]1763 術譬佛，[明]1450 復人見，
[三]2154 大小異，[宋][宮]2060 出世
也，[宋][元]、祝[明]2102 必有益。

　　咒：[乙]1822 異身化。

框

　　匡：[三][宮]1546 以如是。

　　柱：[另]1459 亦復斬。

砿

　　獷：[元][明]220 親友乖。

　　曠：[三][宮]1559 野等處。

　　鑛：[明]1562 立金等。

眶

　　匡：[宮][聖]613 間身分，[宮]374
尋還得，[宮]613 中或見，[宮]1428 肘
食妨，[三][宮]310 有四骨，[三][宮]

1428 肘食應，[宋][聖]643 中旋生，[宋][元][宮][聖]1451 有四骨，[宋]375 尋還得，[宋]643 罪。

覎

況：[三]2103 事建斯，[三]2103 悠邈宗。

壙

曠：[三]187 野復見，[三][宮]263，[三][宮]263 野之中，[三][宮]310 野，[三][宮]374，[三][宮]374 野聚落，[三][宮]374 野是人，[三][宮]374 野守護，[三]171 澤中，[三]375 野聚落，[三]下同 375 野悉無，[聖]425，[宋][元][聖]、[明]190 野宮殿。

曠：[三]375 野空澤。

曠

膽：[甲]2087 野鬼。

廣：[甲]1728 豈止，[甲]1733 野五見，[甲]1781 難越唯，[三][宮][聖]278 故，[三][宮]721 野惡處，[三]360 蕩不可，[三]721 三由旬，[三]1332，[聖]278 大意願，[聖]99 野禽獸，[聖]125，[聖]292 眾民邪，[聖]419 野澤中，[聖]1721 心，[石]1509 野若人，[宋][宮]2060 野狼虎，[元][明]2060 壽法達。

曠：[聖]1509 路作井。

扃：[三][宮]425 絕過大。

壙：[丙]1184 野或伽，[丙]1184 野，[甲][乙][丙]938 野行亦，[三]190

野可畏，[三]375 野食其，[聖]318 野鬼神，[宋][宮]385 野指東。

曠：[宋]425 然猶如。

曠：[甲][乙]2003 人稀六，[宋]397 野諸樹，[宋]1355 野道路，[元][明]157 野，[元]639 大阿僧。

礦

獷：[宮][聖]1602 三辯了，[甲]1828 性名麁，[明]1536 不苦楚，[明]1636 思入正，[三][宮]1452 雜亂，[三][宮]1536 是名能，[聖]1452 塗此等，[元][明]81 其事非。

撗：[宮]2122 石像緣。

穬：[聖]1723 十。

鑛：[明]310 精加，[三][宮]639 忍力中，[三][宮]1451 煮令色，[三][宮]1459 及阿魏，[三]190 摩，[宋][宮]、砺[元][明][聖]639，[宋][元][宮]1609 汁染，[乙]1821 名金等，[元][明]681 中無有，[元][明]2016 意生從。

曠

曠：[甲][乙]1929 大故別。

穬

獷：[三][宮][久]397 語誹謗，[三][宮][聖]397 不觀後，[三][宮][聖]397 澁離諸，[三][宮]309 篤信真，[三][宮]402 共諸女，[三][宮]1509 皆以慈，[三][宮]2102 欲斷其，[三]153 飲水食，[三]193 辭，[三]193 言，[三]202 破戒造，[聖]397 不觀後，[元][明]、

礦[宮]387，[元][明]821 言説柔，[元]
[明]1488 悔恨放。

纊

繧：[原]、獷[甲]1828 名爲麁。

鑛

屮：[聖][另]1459 紅藍欝。
芔：[宋][元]、廾[明]、非[宮]1545
出金依，[宋][元]、廿[明][宮]1545 出
鐵金。
獷：[甲]1775 也，[三][宮]272 説
令他，[三][宮]761 言語聞，[三][宮]
2123 好讒鬪，[三][宮]2123 之人，[元]
[明]309 所演如。
砿：[三][宮]1566 汁，[聖]310 先
加鎚。
礦：[明]1227 汁進火。
銚：[宋][元]375 後不識。

悝

悝：[宮]下同 2059 於張侯。

盔

料：[三][宮]1435 木盂有。
鍨：[三][宮]、鉢[聖]1463 如是
等，[三][宮][聖]1463 三者燭。
魁：[宮][聖]1435 盛大便，[三]
[宮]2121 繫腹，[宋][宮]、盂[元][明]
2122 繩盔。
盆：[三]203 與此長。

窺

乘：[三][宮]2053 基奉表。

規：[元][明]895。
寛：[甲]2128 役反埤。
闚：[甲]1920 釋教動，[明]945
窓觀室。

虧

廢：[三][宮]1451 善品佛。
毀：[明]322 損爲擇，[三][宮]281
缺望見。
窺：[三]2066 遂欲尋。
舒：[三][宮]2060。
戲：[另]1442 損聖教，[元][明]
361 不信之。
戲：[甲]1775 損其智，[明]293 戒
身皆，[三]2103 流瀾採，[宋][元][宮]
1648 當觀捨。
顯：[明]293 衆所輕。

闚

闍：[原]2196 須彌羅。
窺：[三][宮]630 看有邪，[三]
2103 牖鑒不。
闕：[宋][元]309 誓在。
閱：[甲][丙][丁]、閲[乙]2092 外
猶禦。

奎

套：[甲]2035 法師。

逵

達：[甲]1912 曰變也，[甲]2128
曰祚祿，[甲]2128 注國語，[甲]2270
曰創始。
遶：[宮]263。

揆

撥：[乙]2157 亂反正。

規：[明]220 模日月。

僚：[乙]2190 第一。

捺：[甲]1264。

辟：[三]2110 時序上。

釋：[原][甲]、適[甲]1851 意故喜。

葵

蔡：[乙]1796 花色也。

發：[乙]1736 地多蟲。

楑

僚：[丙]2190 第一重。

魁

魷：[三][宮]2102 魅亂俗。

瓌：[三][宮]415 偉挺異。

膾：[三][宮]381 罵詈衝。

槐：[三]26 取水不。

魅：[三][宮]2122 耳非其。

睽

暌：[明][宮]1595 違今重，[宋]220 於。

夔

憂：[宮]2059 安問澄。

傀

瓌：[三][宮]374 異姝大。

跬

踣：[三]76 步發足。

趾：[甲]1065。

喟

清：[宮]627 而靜。

隤：[元][明]224 然無主。

愧

怖：[三][宮]1545。

慚：[明]2123 之情畜，[三][宮]1435 愁惱熱，[乙]1821 觀自身。

慼：[三]200 恥委地。

恥：[三][宮]414 除我無，[三]100。

鬼：[三][宮]2121 神下負，[宋][元]2122 懼時魏。

貴：[三]33 富樂貧。

悔：[甲]1816 戒聞施，[三][宮]1428。

漸：[三]1579 踊躍無。

塊：[丙]2120 事雖至。

媿：[宮]408 令其怖，[宮]1453 我某甲，[三][宮]下同 620，[三]118 恨歸自，[宋][元]24 墮在不。

悢：[元]100 還宮。

惱：[三][宮]1488 如其，[三]1 婆羅門。

愯：[明]1428 樂學戒。

傷：[三]192。

沈：[宋][元][宮]1563 等六無。

隈：[甲]1782 可恥之。

畏：[三][宮]2121 厭地獄。

懈：[明]212 便有尊。

羞：[三]209 至死不。

媿

愧：[三][宮]616 是第一，[三]198 慚法識。

匱

邊：[宋][宮]657 眷。

櫃：[三]2125 玉欲詠。

饋：[三]193 偷盜劫。

簣：[三][宮]2103 於耆山，[元][明]2122 前冬至，[元][明]2145 已多虧。

遣：[宮]1605 熱惱諍，[另]1721 匱者，[宋]、遺[宮]2103 然對囟，[宋][元]2122 乏佛還。

遺：[宮]286 惜於此，[宮]310 惜後得，[宮]1425 惜比丘，[宮]2103 於物必，[甲][乙]1864 無依無，[甲][乙][丙][丁][戊]2187 何況諸，[甲][乙]2219 法業名，[甲]950 財之人，[甲]1700 法無修，[甲]2217 人者多，[甲]2396 法之業，[甲]2397 法業於，[三]153 惜但今，[三]2110 以產業，[三][宮]、[聖]1425 惜汝何，[三][宮]2060 其法又，[三][宮]2060 約仍贈，[三][宮]2060 者便課，[三][宮]2121 惜齋戒，[三]1301 憙鬪，[三]2110 此性分，[聖]411 乏，[聖]411 乏所有，[宋]2103 之道也，[知]598 乏者也，[知]1579 苦厄旃。

簣：[三]2145 之。

蕢

菁：[甲]2128 亦通。

匱：[宋][宮]、簣[元][明]2034 成山亦。

簣：[元][明]、匱[宮]618 欣時來。

潰

膭：[宋]、殨[元][明]199 壞惡露。

殨：[三][宮]1464 於王口，[三]2121 大小便。

憒：[三][宮]1521 鬧。

瀆：[宋]2110 周武帝。

憒

怖：[宮]606 躄地者。

憤：[宋][元]2123 不識。

憒：[甲]2053 所乘之，[三][宮]2102 言不，[三]125 然如。

急：[聖][另]1435 鬧。

墳：[甲][乙]2328 丙處心。

潰：[三]187 亂失據，[宋][宮]2122 鬧精思。

樌：[甲]2129 也。

聵：[宮]263。

猥：[三][宮][聖][另]1458 鬧處而。

債：[宋]403 亂者隨。

衆：[三][宮]2122 鬧三無。

瀆：[明]11 鬧絶於。

總：[三][宮]2122 鬧不靜。

樌

櫃：[三]1336 七。

聵

瞶：[宮]278 人善奏。

矡：[三][宮]2122 但教流。

簀

匵：[宋][宮]2122 爲佛起。

贊：[三]、替[石]2125 之功焰。

饋

餓：[明]638。

坤

川：[三][宮]2102 德。

神：[三][宮]2122 形六動。

推：[三]2149 阜有生。

昆

混：[甲]1805 下明制。

崑：[明]2154 崙諸國，[三][宮][聖]272 崙遮鳥，[三][宮]2060 崙書多，[三][宮]2122 崙入泉，[三]2088，[宋][元][宮]、毘[明]2103 岳缺於。

蜫：[三][宮]1506 蟲亦樂，[三][宮]1509，[三][宮]1509 虫，[三][宮]1509 虫皆自，[三][宮]2034 虫而，[三][宮]2059 虫晋末，[三]2102 蟲每加，[三]2102 蟲之性。

毘：[甲][丁]2092 王救鴿，[甲]2128 反論語，[甲]2129 音，[甲]2299 勒門，[明]2131 勒此云，[三][宮]2111 陵爲，[乙]1736 勒論。

灈：[三]2145。

崐

琨：[三]2145 敏明璣。

崐

昆：[三][宮]2103 山南三。

娓

媲：[元][明]665 達杳。

琨

混：[三][宮]2059 贊成其，[三]2154 贊成其。

階：[聖]2157 等筆受。

昆：[三][宮]2103 小賢致。

崑：[三][宮]2103 山每至。

瑤：[明]2034 筆受。

髠

髮：[三][宮]2102 落狎菁。

髮：[元][明]154 鉗惡奴。

禿：[三][宮]2122 頭道人，[三]197 頭道人。

髡

刵：[三][宮]1425 其耳鼻。

裩

揩：[宮]1435 衣著如。

蜫

昆：[明]2060 蟲食肉，[石]1509 虫雖未。

鯤：[明]2103 鵬。

褌

裩：[三][宮]1443 袴。

裙：[三][宮]1442 袴時彼。

膪

　　膪：[甲]2250 同苦桓。

　　籟：[三][宮]2123 或使惡。

鵑

　　鯤：[三]2102 而標大。

鯤

　　鯨：[甲]2001 蛻甲開。

梱

　　闊：[三][宮][聖]381 志，[三]310
上稍復。

　　岨：[三]310 邃曲隘。

闔

　　閉：[宮]2122 獄卒羅。

　　關：[三]193 遙見阿。

　　間：[甲][乙]1709 城，[明]2076
外師欲。

　　閻：[聖]1549 門閻。

　　門：[宮][聖]1442 我出，[宋][宮]
310 扇毘琉。

　　闞：[三]1 常住不。

　　間：[明]520 境界震。

　　限：[宮]1648 從，[三]1441 上立
邊。

困

　　淳：[三][宮]2122。

　　固：[三][宮][聖]225 當覺是，[宋]
292 不能慇，[乙]1239 衰惱人。

　　國：[三][宮]606 貧轉得。

　　許：[三][宮]2059 道人爲。

　　菌：[三]、困[宮]2122 大者有。

　　苦：[博]262 苦愛別，[宮]263
困。

　　內：[聖]1509。

　　窮：[聖]211 則思亂。

　　肉：[三][宮]1655 水澆令。

　　若：[元]、因[明]2016。

　　臥：[甲]1921 出如彈。

　　閑：[甲][乙]2296 濤波而。

　　因：[宮]2028 無衣食，[宮]2059
復更，[宮]2122 便自往，[宮]2123 池
涸難，[甲]2128 反釋名，[甲]2068 便
至江，[甲]2128 反鎧音，[甲]2777 頓
永，[明]1560 故，[明]2131 名病苦，
[明][宮]1442 而放去，[明]212 形，[明]
1450，[明]2102 矣何必，[明]2122 不
能得，[三][宮]317 於其母，[三][宮]
345 而，[三][宮]649 無護，[三][宮]809
悔無益，[三][宮]1459，[三][宮]1506
汲汲行，[三][宮]1545 而得免，[三]
[宮]1579 弊匪宜，[三][宮]1672 寒熱
疲，[三][宮]2034，[三][宮]2103 弱之
輪，[三][宮]2111，[三][宮]2122，[三]
[宮]2122 飢渴唯，[三][宮]2123 不能
得，[三]25 惡處也，[三]26 貧，[三]
153 衆生我，[三]158 者令彼，[三]159
飢渴苦，[三]192 此而害，[三]202 乃
從願，[三]493 極乃終，[三]615 之至
死，[三]1428 乃得之，[三]1507 我如
是，[三]2103 於不足，[三]2145 焉展
轉，[聖][另]1442 辱以緣，[聖]158 於
邪，[聖]1425 今復不，[聖]1442 如有
說，[另]1442 頓爾時，[另]1453 不能

語，[宋]、明註曰困宋藏作因 310 乏善根，[宋][宮]2060，[宋][明][宮]606，[宋][元]26 貧無財，[宋][元]101 瘦極便，[宋][元][宮]2104 於十難，[宋][元]2122 苦而布，[宋][元]2122 之時見，[宋]182 窮當與，[乙]1775 已交耻，[元][明][宮]614 此諸惱，[元][明]125 窮竊盜，[元][明]1548 苦取他，[元][明]1647 苦爲體，[元]893 時出曼，[原]1981 苦誰能，[知][甲]2082。

曰：[三][宮]1549 依此吾。

括

格：[甲]、攝[甲]1816，[甲]2271 布便轉。

刮：[三]193 強括口。

栝：[甲]2087 地詎足，[甲]2087 先代同，[三]2145 也外國。

聒：[三][宮][聖]514 鼻珠璣，[三][宮]2121 耳伯恥。

撿：[聖]2157 玄奧撰。

枯：[三][宮]2122 奇異承。

納：[甲]2006 五須。

拈：[甲]2270。

攝：[原]2271 諸品所。

總：[三][宮]2103 綜。

筈

栝：[三]220 如是展，[三][宮]1545，[三][甲]901 跪地呪，[宋][元]220 如是展。

廓

部：[聖]2157 撰一。

殿：[乙][戊][己]2092 廡綺麗。

都：[三][宮][聖]1545 鷄鳴。

郭：[三][宮]1453 下僧衆。

墇：[聖]125 村落國。

谿：[三]1331 爾開解。

廓：[和]293 徹心城，[和]293 自心諸，[三][宮]2122 内所有。

朗：[甲]1969 靈暉，[乙]2426 同大虛。

籠：[三][宮]2103 先王之。

擴

壙：[三][甲]951 途廣，[三][乙]1092 反。

闊

長：[宮]2085 二丈許。

割：[三][宮][甲]2053 舟。

廣：[甲]913 四指都。

開：[明]2103 遠駕愛，[乙]2385 其節如。

邈：[三][宮]2109 天角邈。

闕：[宮]2103 絶音旨。

閣：[明]2087 悉多國。

澗

閣：[甲]、澗[甲]1782 也與。

間：[乙]2391 各闊。

L

拉

抵：[三][宮]2060 如捐草，[三][宮]2122 桓公脅。

松：[三][宮]2122。

摺：[三][宮]2122 脊苦痛。

粒

位：[聖]1723 末梨林。

刺

刺：[宮]2008 史修飾，[甲]1360，[甲]2039 史以，[甲]2128 乖戾也，[明]1545 藍頗部，[明]665 娑伐底，[明]1545 藍等，[三][宮]1443 中，[三][宮]2122 不以染，[三][宮]2122 刺身，[元][明]1462 地誤著。

喇：[甲]2135 麼攬，[三][甲]1024 底僧喝。

賴：[甲]2266 名藉相。

賴：[三]1014 盧轄。

羅：[明]1563 藍位雖。

喇

刺：[三]220 九鉢刺，[西]665 底。

剌：[丁]2244 拏唐，[甲]2135 譏，[三]1024 尼七毘，[三]918 尼三般，[三]985 膩，[宋][元][宮][西]、刺[明]665，[宋][元][宮][西]、刺[明]665 泥莎訶。

賴：[甲]1708 呵剃髮。

喇：[宮][西]665 呵，[三][宮][西]665 底，[三]951 彈舌呼，[西]665 底近入，[西]665 底瑟侘，[西]665 設泥去，[乙]877 喇，[原]1141 怛曩。

利：[甲]971 戍睇薩，[乙][丙]877 喇磨。

囉：[甲][乙]1796 執金剛，[三][甲][乙]1125 多薩怛。

刹：[元][明]985 炭那。

蝋

膓：[石]1509 等皆是，[宋][宮]、[石]1509 等。

臘：[聖][另]1459 諸樹汁，[宋][元][宮]1459 並皆遮。

鑞：[三][宮]1425 若木竹，[三][宮]1462 或鉛錫。

辣

藾：[甲]1921 酥。

蒜：[甲]2035 葷。

臘

藹：[三][宮]620 吉支汝。

蝋：[三][宮]1451 拭，[三][宮]1559 滴赤鐵，[三][宮]2122 或用鉛，[三][宮]2122 印印泥，[三]2145 經一卷，[乙]2397，[元][明][丙][丁]866 其心隨，[元][明][甲][乙]901 作摩奴。

蠟：[宮][聖]1442 紫礦鉛，[甲]2255 等與火，[明]1094 等作彼，[明]1272 裏彼天，[明]2076 人爲。

鑞:[甲][乙]901 及銅木，[三][宮]374 絹易，[三][宮]1425 竹葦筐，[三][宮]1428 鉛錫竹，[三][宮]1435 段鉛，[三]374 鍮。

獵：[甲]1933 月月八，[明]2108 之至執，[三][宮]1536，[宋][元]2122 縛成一，[宋]1341 不道多。

蠟

臘：[宋][宮]721 搏不可，[宋][元][宮]1425 蜜如是，[宋]374 印印泥。

蠟

臘：[三][宮][聖]347 成如，[三]1093 當以，[聖]375 胡膠於，[宋]1095 等爲人。

鑞：[三]1428 膠彼不。

蜜：[宮]540 天子然。

燭：[甲]1973 上蓋由。

鑞

臈：[宮]374 鉛錫銅。

蜋：[三]2122。

臘：[聖]375 鉛錫鋼，[聖]1548 金銀眞，[另]1428 胡膠木，[東][宮]721 鉛錫銅，[宋][元][宮][聖][另]1463 花八鉛，[宋][元][宮]1425 若牙若，[宋][元][宮]1435 鉢木鉢，[宋]956 如一手。

蠟：[宮]1428 鉛錫彼。

蠟：[宮]721 外以大，[明]721 汁皆悉，[明]721 汁燒煮，[三][宮]721 汁和合。

獵：[明]721 汁熱鉛。

來

哀：[甲]2255 反。

本：[甲]2400 縛以進，[甲]874 教，[甲]1734 不盡故，[甲]2164，[甲]2366 意諸教，[三]2149 自誓三，[三][甲]1003 形以八，[三]2034 佛念執，[原]、[甲]1744 有佛性。

采：[三]585 眄，[三][宮]2060 傳芳馥。

表：[甲]1709 故引成，[甲]2036 書謬承，[甲]2250 夫周天，[甲]2250 諸行起，[三][宮]2121 稱臣貢。

秉：[宋]2122 得戒者，[元][明][知]418 志樂求。

彩：[三][宮]2060 雨花塔，[三][宮]2103 六合四，[三][宮]2122 儀盛像。

成:[甲]1723，[甲][乙]1822，[甲]

[乙]1822 去故，[甲][乙]1822 三惡爲，[甲]904 就法體，[甲]1710 智者是，[甲]1733 三法體，[甲]1839 過故不，[甲]1839 宗法若，[甲]2219 法眼故，[甲]2227 就行，[三][宮]2049，[三]956 索者，[三]956 之若須，[乙]1822 時，[原]1960 救。

承：[甲]1813 迎。

乘：[宮]2060 入子房，[甲][乙][丙][丁][戊]2187 車，[甲]1721 若封執，[甲]1731 西方娑，[甲]1805 者有智，[甲]2339 至一，[甲]2901 於大乘，[另]1428 寄諸比，[原]2196。

大：[甲]1722 意門二，[三]950 威德。

當：[三][宮]500 爲不祥。

到：[三]375 魔王欣，[三]2085 時小夫，[原]2006 休休休。

得：[明]2076 多少夏，[原]1721 至其父。

等：[明]318 雲集七。

東：[甲]2250 難，[甲]2250 入右脇，[甲]2775 故曰始，[原]2339 蘆互相。

恩：[宮]2122 蒙得道。

而：[三][宮]2040 至稽首，[三][宮]2122 去未曾。

耳：[原]1828 任運分。

爾：[三]212 法性，[原]2196 初也有。

發：[三][宮]263 各懷十。

法：[三][宮]397 教誨無。

奉：[乙]2261 法清淨。

佛：[三][宮]273 之大悲，[三][宮]374 所，[宋][元][宮]448 南無，[元]448 南無無。

共：[甲]1828 爲一行，[三][宮]809 觀者皆，[三][聖]375 集詣波，[三]397 覩。

果：[甲]2250 不續起。

過：[三][宮]627 無罣礙。

還：[三][宮]656 亦不壞，[三][宮][聖]376 索悉皆，[聖]2157 見僧祐，[聖][另]1435 以是語，[聖]211 語汝，[聖]1428 使殺若。

和：[三][宮]、詳[另]1458 集應白。

火：[三][宮]1610 燒屋實。

齋：[三][宮]403 衆危。

吉：[三][甲]901 貴人賤。

集：[三][宮]1521 會唯除。

家：[宮]1435 還城門。

夾：[明]1435 者有隨，[三][宮]310 兩邊雜，[宋]2040 到報言，[宋]2111 翰云晚，[宋]2121 四人南，[乙]2092 禮拜怪。

見：[明]212 所見非，[三][宮]397 不來現。

將：[三]1435 入車欲。

交：[三][宮][聖]606 怨家像。

皆：[宮]2122 不。

解：[甲]1718 衆生佛。

界：[三][宮]1525。

敬：[三]190 奉世尊。

久：[甲]2399 學顯教。

就：[三]375 諮啓爲。

卷：[甲]1512 結也何。

可：[三][宮][聖]1425 入阿闍。

苦：[甲]2035 得經請，[三][宮]
1425 索今辦。

老：[明]375 之生能。

離：[宮]400。

立：[甲]2035 受各還。

恪：[宮]1525 久故復。

令：[三][宮]263 詣我於。

貿：[宋][元]、貨[明]212 求福
雖。

蒙：[三][宮]2060 造歎瓊。

迷：[宮]443。

米：[宮]1545 果彼行，[甲]893 多
羅法，[甲]1735 去故第，[三]24 共餉
遺，[三]2151 自供養。

末：[甲]994 清淨是，[甲]1512 清
淨假，[甲]1781 況，[甲]1782 差別二，
[甲]1782 達那亦，[甲]1816 親近供，
[甲]1851 曾依諸，[甲]1851 總別得，
[甲]2214 平等無，[甲]2239 義准之，
[甲]2266 有疑今，[甲]2339 同義故，
[三][宮]398 世當廣，[三][宮]425 自
然無，[三][宮]635，[三][宮]2103 命
兮何，[三][宮]2122 歸，[三]125 變又
復，[三]225 世，[三]310 世衆，[三]
2145 劫不絕，[乙]2157 經亦云，[原]、
[甲]1744 生疑者，[原]1851 純眞無，
[原]1851 世憑仗，[原]2339，[原]2339
不異，[原]2339 不異與，[原]2339 總
合即，[知]1785 代有緣。

木：[甲]893 塗黑。

內：[甲]2130。

能：[明]1656 若能利。

判：[甲]2195 三乘通。

偏：[原]2006 者背埋。

破：[明]2076 時如。

齊：[宮]1958 證。

前：[甲]1735 身。

求：[丙]、來[丙]1753 明欲使，
[宮]1526，[宮]459 聽者本，[宮]461
諸比丘，[宮]657 從我索，[宮]1428
不順威，[宮]2122 難王玄，[甲]2266
今身所，[甲][乙][丙]2003 良工兮，
[甲][乙]859 悉地，[甲][乙]2254 自
荷，[甲]867 增覆護，[甲]1828 清淨
者，[甲]1851 屬己故，[甲]1937 就身
今，[甲]2035 奉教卷，[甲]2266，[甲]
2266 分別，[甲]2266 滅定起，[甲]
2270 至止同，[明]202 還於時，[明]
1452 覓求寂，[明]2016 證也若，[明]
1 戰鬥今，[明]194，[明]198 願，[明]
212，[明]220 授其手，[明]261 就死，
[明]325 智慧更，[明]384 營護不，
[明]402 害我乃，[明]414 問難，[明]
451 侵境鬥，[明]1005 大衆咸，[明]
1129 即得命，[明]1217 殺害以，[明]
1257 菩提即，[明]1421 詣佛所，[明]
1440 突吉羅，[明]1450 殺我時，[明]
1477 不久卿，[明]1478 見者被，[明]
1509 所有布，[明]1538 生人同，[明]
1559 此法道，[明]1562 詣衆，[三]、
明註曰求北藏作來疑非是 721，[三]
[宮]234 想像，[三][宮]1421 乞輒與，
[三][宮]263，[三][宮]381，[三][宮]394
欲問難，[三][宮]462 諸有故，[三][宮]

2029 欲聽經，[三][宮]2121 齝其門，[三][聖]125 至求其，[三]186 善本，[三]190 索悉不，[三]193 供養佛，[三]212 歸仰是，[三]220 乞者應，[三]267 者如水，[三]361 度世可，[三]1242 女人隱，[三]2085 伐吾國，[聖][另]310 到尼俱，[聖]221 迹我當，[另]1509 愛佛法，[宋][元]2061 戒人或，[宋]99 比按難，[宋]99 於正法，[宋]186 生故用，[宋]190 逼身，[戊][己]2089，[乙]1821 種類，[元]125 復作是，[元][明][宮]374 報故如，[元][明][宮]2123 共作親，[元][明]125，[元][明]321 投佛法，[元][明]1435 應共作，[元][明]1453 自服及，[元][明]2145 本際之，[元]1549 當言彼。

去：[宮]382 故，[明][乙]1260 先以，[明]261 耶後際，[三][宮]460 從無住，[聖]475 後際不，[宋][元]220 無。

人：[明]1636 勿應疑，[元]1451 施苾芻。

如：[甲]2087 之將寂，[三]、來如來[宮]635 又曰當。

汝：[三][宮]2122 不見國。

上：[明]1435 入舍衞，[聖]1721。

身：[甲]2255 去來無。

生：[甲]2195 與化可，[明][宮]1566 果與已，[三]474 何有諸。

十：[宋][元]2061 一月徹。

時：[三][宮]1463 不審諦。

示：[甲]1851。

事：[宮]1425 已佛言，[三]、未

[宮]2121 答復說，[乙]2263 果何不。

是：[宮]414 以一音，[宮]647 一切種，[宮]657 所說諸，[宮]664 應供，[宮]1545 可，[甲]1733 成正覺，[甲][丙]2227 勝上成，[甲][乙]850 伽陀，[甲]1736 修差，[甲]1782 身應生，[甲]2255 法者，[甲]2339 佛告寶，[甲]2400 等恒河，[甲]2907 我今皆，[明]24 死後有，[明]264 應正遍，[明]310 所說妙，[明]375 正覺亦，[明]1579 聖教心，[三]26 住無事，[三]1341 彼等，[三][宮][聖]423 次，[三][宮]397，[三][宮]397 印，[三][宮]401 言，[三][宮]627 見之反，[三][宮]1462 功，[三][宮]1496 法中出，[三][宮]1546 知見應，[三][宮]2121 議王及，[三][甲]989 利益安，[三]1 至眞十，[三]100，[聖]26 或遇，[聖]291 無所建，[聖]1463 邊聞如，[宋]220 種，[乙][丙]873 地，[乙]1796，[乙]2393 無盡衆，[元][明]310 四攝之。

受：[知]598 聲因音。

束：[宮]2059，[甲]2266 初五門，[甲][乙]2070 粟不可，[甲][乙]2404 引文，[甲]2404 普念諸，[三][宮]2059 意歸依，[三][宮]2122 之則有，[三]125 受如來，[三]192 而心依，[聖]1763 爲下品，[乙]1822 自釋是。

水：[三]682 聚沫受，[宋][宮]2034 至陰山。

斯：[三]186。

死：[元]1582 現在有。

宋：[甲]2068 秦始初。

所：[三][宮]285 歸趣繫，[三][宮]476 未有如，[三]2122 難，[聖]292 所學建，[元][明][聖]397 未聞今。

談：[宮]529 欲所。

爲：[三][宮]657 住何所，[三][宮]1435 何所作。

未：[丙]2163 無殊，[宮]263 至於靈，[宮]1810 亦如是，[甲]、來[甲]1782 生舊云，[甲]1825 皆空故，[甲][乙]2434 正證故，[甲][乙][丙]2249 爲，[甲][乙]2250 審此中，[甲]1007 不食五，[甲]1512 空，[甲]1512 難今説，[甲]1512 是其一，[甲]1512 意爲斷，[甲]1512 與，[甲]1709 一切麁，[甲]1718 開佛知，[甲]1816 生怨等，[甲]1828 伏故，[甲]2039 三百三，[甲]2129 古反下，[甲]2290 對妄而，[甲]2299 具無漏，[甲]2313 生之淨，[甲]2317 至依下，[三][宮]1547 是各各，[三][宮]234 止了耶，[三][宮]263 爲人，[三][宮]271 歸是故，[三][宮]292 見者不，[三][宮]588 得道菩，[三][宮]760 覺行不，[三][宮]1435 滿二，[三][宮]1435 至關税，[三][宮]1462 離衣十，[三][宮]1464 許與作，[三][宮]1509 斷煩，[三][宮]1509 能不隨，[三][宮]1545，[三][宮]1646 入法位，[三][宮]2102 一於，[三][宮]2103 稱安知，[三]76 世，[三]125 至世尊，[三]158 見未曾，[三]186 下鬚髮，[三]626 及諸比，[三]1441 犯戒，[三]1644 至門已，[三]2085 滿七日，[三]2103 至，[聖]1512 爲我解，[聖]1851 屬己名，[聖][石]1509，[聖]99 踐蹈迷，[聖]292 會諸，[聖]1421 比丘修，[聖]1441 至俱婆，[聖]1443 得惡作，[聖]1462 應與若，[聖]1509，[聖]1509 不生相，[聖]1509 親近，[聖]1509 語之，[聖]1562 此中世，[聖]1763 身心之，[另]1509 欲説法，[宋]220 之心不，[宋][元][宮]1545 世非實，[宋][元]1543 四大已，[宋]309 會者衆，[宋]1566 不將餘，[乙]1816 處無去，[乙]1821，[乙]2194 總説四，[乙]2263 開土品，[元][明]、－[石]1509 轉故，[元][明]565 化衆生，[元][明]1547 是未起，[元]2122 望以自，[原]、[甲]1744 對今三，[原]、[甲]1744 縛心垢，[原]2196 簡，[原]2409 敷蓮花，[原]1309 差但稱。

味：[原]1744 一味就。

我：[三]1532 或染法，[乙]1736 所説十。

無：[三][宮]606 往。

五：[三][宮]1546 種斷煩。

悉：[三]186 奉之與，[三]202 共擁護。

現：[宋]310 世如今。

相：[明][聖]663 劫奪，[三][宮]2121 迎答曰。

行：[三][宮]657 所行名，[三][宮]1458 就男言。

衣：[宮]1435 若不得，[明]220，[宋][元]1435 若病能。

已：[明]2103 有龕塔。

意：[三]407 寶現以。

因：[甲][乙]1821 況非爲。

永：[明]1547 斷極患。

遊：[三][宮]263 至於斯。

友：[宮]1425 入塔寺。

有：[宮]1462 或多或，[甲]1969 穢土他，[三][宮]2122 諸王四。

遠：[三][宮]286 方得聞，[三][宮]2103 此迎周。

哉：[宮]2122 頭，[明]26 究暮鳥。

增：[明]、[聖]223 不。

者：[甲]1828 答初問，[明]190 我林威，[聖]1 說所墮。

之：[三]192 因緣。

至：[甲]1733 中間慧，[甲]1851 中間成，[三]189 聞上諸，[三][宮]1435 以軟語，[三][宮]1546 中間有，[三]125 世尊所，[三]193 啓閻羅，[三]1435 出迎中，[聖]125 至眞等，[元][明]375 如是人。

中：[三]1331 善神將，[三]1340 下住半，[元]2016 去至何。

衆：[甲]1512，[甲]2249 多恒成，[聖][另]790 使我不，[乙]2223 也文分，[元]553 生將以。

朱：[三][宮]2059 呉國人。

自：[甲]2879 詣佛所。

莱

菜：[宮]2122 州即墨，[甲]2035 者徽宗，[三][宮]2041 加租而，[宋][宮]2122 州楚州，[元]2122 無識之。

業：[聖]2157 郡聞鳩。

萊

蘿：[聖]375。

唻

來：[明]1137 二跋逝。

睞

賴：[三]2110 細色於。

膝：[宮]、[另]1435 眼得正。

賚

齎：[甲]2035 甚渥賜，[甲]2261 珍寶營。

來：[聖]2157 重重四。

徠：[明]40 問。

實：[宋]1374 也我某。

賴

刺：[甲]1823 那等此，[甲]2128 聲，[甲]2289 樹那此，[三]1397 低句，[三]2088 拏寺云。

達：[宋]2153 問德。

顧：[甲]1961 惡人破。

棘：[宮]2123 此而興。

刺：[甲]2130 吒者國，[三][宮]1562 藍等識，[三][宮]1562 藍位雖，[三][宮]1563 藍位能，[三]918 底曼稚，[三]991 吒龍王，[元][明]984 那伽婢。

賚：[三][宮]411。

類：[甲]1735 目足更，[原]1869 緣各別。

梨：[甲][乙]1866 耶識又，[甲]

[乙]1866 耶識中，[甲]2434 耶識，[乙]2396 耶識又。

黎：[甲][乙]1736 耶識既。

羅：[甲][乙]2879 吒天王，[甲]2266 耶識攝。

奈：[明]458 吒和羅。

頻：[宋][元]394 吒乾闥。

頭：[三]1331 沙。

夜：[三][宮]1425 咤園精。

有：[元][明][宮]374 呪藥。

願：[三]152 其休猶。

賴

梨：[甲][乙]2263 耶之名。

攋

漱：[甲]1958 掌。

瀬

賴：[甲]2128 書寫誤。

厲：[明]2108 鄉垂範，[明]2108 鄉之清，[三]2108 鄉之基。

漱：[宮]2074 焚香坐，[乙]957 嚼齒木。

浴：[宮]1670 訖畢持。

癩

癈：[宮]1598 人自捨。

癲：[明]2103，[三]1334 病及白，[三][宮]721 病。

賴：[博]262 人所觸，[甲]2897 病惡瘡，[三]1393 死注鬼，[石]1509 問曰四，[乙]1069 及蠱毒。

癲：[甲]1782 亂見復。

襴：[元][明]2104 無端。

懶：[元]、嬾[明]585。

厲：[三][宮]2122。

癘：[宮]263 瘡，[三][宮]409 病人隨，[三]1340 病是人，[三]1354 或有舊。

顏：[三]1301 一切各。

籟

瀨：[三][宮]2103 奏清響。

嵐

藍：[明]2122 毘園內，[三][宮]2122 風至吹，[三][宮][聖]2042，[三][宮]541 惟嵐，[三][宮]812 風起在，[三][宮]2123 風至吹。

藍

藁：[原]1065 羅。

囕：[丙]973 字三角，[甲][乙]2390 落意，[甲]853 鑁睒衫，[甲]2400 二合莎，[甲]2400 水輪金，[三][甲]901 毘藍，[三]968 二合婆，[乙]850 二合怛，[乙]852 二，[乙]852 二合，[乙]2391，[乙]2393，[乙]2393 莎訶。

監：[甲][乙]1822 迦蘭應，[聖]953 毘尼林。

婪：[三]984 婢柯羅。

嵐：[三][宮]398 之風不，[三][聖]170 之風不，[三]194 風，[三]374 猛風不，[元][明]156 猛風不。

藍：[甲][乙]1796，[宋][元]984 扶施羅。

籃：[三]999 次案部。

鑑：[三][宮]1509 縷以佛，[聖]1462 白衆僧，[聖]1462 作。

覽：[甲]2402 字，[三][宮]1546 村落田，[乙]2404 字也二。

濫：[三][宮]587 柳紺反，[三][甲]901 瞋陀弭，[元][明]721 食水餓。

利：[明]1336。

鹽：[三][宮]1425 油阿陀。

蘊：[三]1562 薄迦經。

蓋：[三][宮]2122 摩國屬。

闌

闟：[三][宮]1442 陀苾芻。

蘭：[甲]1912 椿輪蒨，[甲]997 若閑林，[明]1442，[明]1442 鐸迦池，[明]1450 鐸迦，[三][宮]1442 鐸迦村，[三][宮]1442 鐸迦池，[三][宮]1458，[三][宮]1458 得，[三][宮]1458 鐸迦，[三][宮]1459 尼是悉，[三][宮]2033 多婆拕，[三][宮]下同 1442 若讚住，[三][聖]125，[宋][元][宮]2103 干玉馬。

嚩：[三][宮]1452 鐸迦池，[三]985 若揭鞞。

欄：[甲]2006 干，[三][宮]2103 干若珠，[元][明][甲]901 額。

闤：[宮]676 世雜亂。

闠：[甲]1238 達羅耶。

攔

欄：[三][宮]674 拏諸門。

蘭

闟：[聖]下同 1451 若賊聞。

闌：[三][宮]1442。

簡：[甲][乙]2328 藍故乃，[三]、瀾[宮]2060 獨拔恒，[三][宮][聖]1595，[三][宮]2059 既同法，[三]2154 譯，[乙]2157 譯，[乙]2393 擇地相。

菡：[三][宮]2103 榭隱。

蘭：[聖][另]1458，[聖][另]1458 若中得，[聖][另]1459 若處棄，[聖][另]1459 若隨老，[聖]125 陀竹園，[聖]1451 若處造，[聖]1452 若苾芻，[聖]1458 若苾芻，[聖]1458 若受房，[聖]1459 若人應，[聖]1459 若住處，[聖]下同 1443 鐸迦池，[聖]下同 1458 若樂，[另]1442 鐸迦池，[另]1442 若處者，[另]1451 若，[另]1451 若苾芻，[另]1458 若苾芻，[另]1459 若苾芻，[另]下同 1458，[宋][宮][另]1442，[宋][元][宮][另]1442 鐸迦池。

蘭：[另]下同 1443 若如世。

欄：[甲]1804 施緣佛，[三]190，[元][明]477 邊心自。

連：[三][宮]458 摩訶迦，[三]177 是時水，[三]2153 腹經。

練：[甲]2250 若處雖，[明]1428 若住處，[三]、[宮]、[聖]223 若，[三][宮]223 若法，[三][宮]223 若住處，[三][宮]1428 若處經，[三][宮]1546 若想汝，[另]1509 若法令。

羅：[三][宮][聖]1421 遮，[三][宮][聖]1421 遮時有，[三][宮]1421 遮乃至，[三]1435 難陀，[聖]125 陀竹園，[聖]1421，[聖]1421 遮諸比，[另]1428 難陀比。

苒：[甲]2128 一名蹓。

難：[明]380 若處塚。

練：[三][宮]下同 1436 若。

囒

瀾：[三]1402 捉也二。

嘮：[三]982。

籃

藍：[甲]1969 至安養，[三][宮]2122 負擔若，[宋]2153 達王經，[宋][元][宮][聖]下同 1462 入。

瀾

爛：[甲]1736 浩瀚大，[明][宮]2122 膿血流，[三][宮]1631 如是無，[三]2110 漫垂階。

淵：[三][宮]309 四使生。

鑑

藍：[三][宮]2122 縷宜將。

襤：[元][明]2123 縷命疾。

欄

闌：[甲]1792 架等也，[甲]1792 車搖頭，[明]363 窓牖床，[聖]99 牛噉食，[宋][明][甲]901 累如是，[宋]901 以火然。

攔：[明]1450 路而住，[宋][元][宮]、闌[明]1425 中越比，[原]2001 街截。

蘭：[三][宮]607 中從行，[三][宮]1435 施緣即，[三][宮]2059，[聖]190 楯，[聖]223 楯皆以，[聖]1509 楯皆以，[聖]下同 1428 外比丘，[石]1509 楯七寶，[宋][宮]1442 楯若行，[宋][元][宮]、闌[明]1428 外比丘，[宋][元][宮]1462，[宋]190 板軏勾，[宋]263 楯窓牖，[宋]992 楯垂瓔，[乙]897 尊普通，[知]598 楯而。

苦：[明]、若[宮]、櫚[聖]1425 草庵空。

樹：[三][宮]649 周匝閣。

櫚：[三][宮]2103，[三][宮]2103 三丈追。

爛

爛：[元]2122 師子憶。

蘭

蘭：[甲]1805 下。

檽

欄：[乙]897 散花持。

覽

攬：[三][宮]2034 洛陽牆，[三][宮]2122 受。

玄：[三][宮]2058 才辯超。

懶

懷：[三][宮][聖]310 憂戚智。

瀨：[聖]99 惰放逸。

嬾：[甲]997 墮知足，[三][聖]1579 惰不具，[聖]231 惰菩薩，[聖]231 惰失爲，[聖]26 惰者，[聖]211 惰無，[聖]231 惰懈怠，[聖]310，[聖]375 惰七，[宋][宮][聖]1425 惰當何。

爛：[宮]425 墮將。

嫩：[聖]375 墮之心。

懈：[元]380 惰少於。

嬾

懶：[宮]310，[宮]310 惰二者，[明]2040 人取四，[明]下同 1579，[三]311 惰當勤，[元]1501。

慢：[三][宮]2121 惰現身。

覽

見：[三]2149 故備列，[乙]2263 眞文於。

鑒：[甲][乙]2427 智者詳，[甲]2087 方下階，[甲]2214 如心之，[三][宮]2102，[三][宮]2102 者則於，[三][宮]2103 舊興懷，[三]2087 者恥，[三]2145 之，[原]1859 者謂。

竟：[甲]2266 根源窮。

覺：[甲]1782 不堅爲，[三][宮]2103 太玄應，[三]190 薩。

繪：[元][明]882 引。

藍：[原]907 字是南。

攬：[甲]1717 諸經論，[甲]1912 道德之，[甲]1927 別爲總，[甲]1932 豈非曉，[甲]2301 五部經，[明]945 法成根，[三][宮][聖]221 知諸法，[三][宮]222 無數皆，[三][宮]263 歷諸天，[三]185 衆身行，[三]199 焉有八，[三]945，[三]1342 在心而，[三]1543 斯經有，[三]2145，[三]2145 焉諸出，[聖]125 第二子，[聖]125 諸經師，[宋][聖]125 諸經義，[宋][元][宮]

309 微妙其。

欖：[甲]1719。

噓：[丙]973 字赤色。

賢：[宋][聖]、攬[元][明]210 受正教。

嚂：[甲]2400。

攬

標：[甲]2270 立敵。

廢：[原]2266 法。

攪：[甲][乙]1822 顯微成，[甲][乙]2194 草無非，[三][宮]1465 以爲雨，[三][乙]1200 水右轉，[三]25 海水指，[乙]1822 衣不破，[元][明]1 浮雲置。

覽：[元][明]2048 才辯絶。

覽：[甲]1717 此成身，[甲]1922 而可別，[明]212 今敷演，[明]1522 善會地，[明]2122 法偈二，[三][宮]2060 戒奉以，[三][宮]2103 茲二三，[三][宮]2121 三千日，[三]212 今敷於，[三]291 佛法如，[三]2145 舊經驗，[三]2145 者疾得，[三]2145 之，[三]2145 綜奉宣，[元][明]309 衆，[元][明]627 曉了無。

濫：[三][宮]2123 竊故有，[三]192。

纜

覽：[甲]、攬[乙]1709 藏雖十，[甲]2395 二毘奈。

嚂

藍：[甲][乙]850 悉怛多，[乙]

2393 字作純。

濫

成：[原]2339 用以小。

盜：[原]2270 入賊群。

監：[宮]2060，[甲][乙]2194 曰摩訶，[甲][乙]2215 之自心，[甲][乙]2350 故同前，[甲]1783 以照識，[甲]1785，[甲]1816 故，[甲]2157 題下別，[甲]2290 染淨始，[聖]2157，[乙]2261，[原]、[甲][乙]1744 對此故。

鑑：[三][宮]2103 是。

攬：[宋]、欖[宮]1509 人民不。

藍：[甲][乙]1822 故次士，[三][甲]1038，[三]985 部魯。

亂：[甲]2249 者離貪，[乙]1821 亦無有。

諡：[明]2122 文者前。

溢：[宮]1595 名倒隨，[甲][乙][知]1785 也，[明]2103 者。

爛

蘭：[丙]917 陀竹林，[宮]1453 陀寺南，[甲][乙]2263 陀寺正，[三][宮]2060 陀寺值，[三][宮]2122 陀寺見，[宋][元]2125 陀寺大。

瀾：[宮]222 膿血流，[宋][宮]672 壞。

斕：[三][宮]371 煒曄清。

嚾：[三][宮]2060 拏寺講。

亂：[甲]2217 脫耳又。

潤：[乙]2263 等，[原]1833。

爍：[明]2103 石高宗。

燖：[三]2121 豬。

焰：[三]1124 左脚踏。

灼：[三][宮]753 死。

郎

邦：[三]2102。

部：[三]2063 令首幼。

喞：[三][甲][乙]982 誐哩瑟。

即：[甲]2035 的，[甲]2128 反甘蔗，[甲]2129 擊反說，[三][宮]1425 聽，[三][宮]2034 等國內，[三][宮]2121，[三]2154 陳對曰。

狼：[三]1340 若馬若。

廊：[三][宮]2122 婦已下。

朗：[三]984 伽底國，[三]2034 注見寶，[乙]2120 中，[原]2369 梁，[知]2082 州刺。

良：[甲]2129 故月令，[甲]2255 加力歟，[明]2103 師奉事。

師：[宋]2061 之異術。

耶：[甲][乙]901 輕呼伽。

爺：[明]2122 飛上天。

印：[甲]2128 反非桁。

狼

豹：[三][宮][聖][另]1435 難熊羆，[三][宮]1646 犬羊及。

猜：[宋]2122 知女心。

豺：[三][宮]2103 心久懷。

犯：[宮][甲]1804 應著隱。

根：[丁]2089。

狠：[明]397 祇阿佛。

籍：[宮]2122 籍乃爾。

猨：[宋]152 籍天仁。

猛：[三]118 獸跳騰。

琅

瑯：[宮]2122，[宮]2122，[宮]2122 焜耀暉，[三][宮]2122 瑯人也，[聖]190 玕半月，[宋]2145 瑯顏延。

廊

昉：[原]2395 師泰。

廓：[甲]1999 幕在巖，[甲]2067 爾幽閑，[三]2145 宏邃所，[宋][元]2088 步檐崇。

廟：[宮]1998 裏彜得。

廂：[甲]2381 下受菩。

廓

廓：[甲]2400 法，[甲]2400 周。

瑯

琅：[甲]1999 瑯和尚，[三][宮]2103 畢炫擬，[三][宮]2103 瑯人有。

瑯：[明]2059 王奐王。

螂

蜋：[三][宮]2103 舉臂良。

閬

郎：[甲]2006 倒騎驢。

朗

朝：[三][宮]2103。

堅：[三][宮]2060 正見者。

鑒：[三][宮]2059 徹傲岸。

郎：[甲]923 二合儗，[原]1898 州。

良：[三][宮]624 甚明者。

羅：[丙]1184 二合。

明：[丙]2120 博貫前，[宮]2040 甘蔗先，[甲]1918 然然佛，[甲]2036 天六皇，[甲]2075 法幢建，[明]2076 智大師，[三][宮]1507 觸物讚，[三][宮]2034 芬等筆，[三][宮]2121，[三][宮]2122 了宋昇，[三]125 此名爲，[三]2145 論綱解，[三]2154 等筆受，[元][明]2059 僧期，[元][明]2104 假慧以，[元]397，[元]2060 法師講。

能：[明][和]261 明照。

期：[甲]2371 等覺妙。

眼：[三]418 不著於。

浪

波：[甲]2266 無別即，[元]2016 現前作，[原]、波浪[甲]1851 六中初。

海：[宋][元]192，[乙]2092 乘風百。

狼：[甲]1828 嗜名鼠。

湯：[三]945 彼如堅。

限：[乙]1821 難住。

浪：[甲]2129 反非此。

撈

勞：[宋][宮]730 之明旦，[宋][宮]1670 水令濁，[宋][元][宮]1463 摸而坐。

澇：[宮]1566 瀧天。

牢

穿：[甲]853 固如斷。

固：[石]1509 故令四。

罕：[元][明]2060 宜儒果。

堅：[宮]309 固從初，[甲]1700 者至佛，[三][宮]268 固，[三]125 固，[三]125 固出家，[三]196 二者穿，[聖]125 固以百，[元][明]268 固不可。

空：[宋][宮]2123 深密。

撈：[甲]1932 籠八敎。

牢：[甲]1700，[三]1 車牢，[石]1509 固本求。

勞：[甲][乙]1929 侶涅槃，[聖]1462 此善若，[聖]1462 故不能。

樓：[聖]26 婆王答。

羅：[三][宮]2042 亦將十。

钄：[三][宮]1648 大或。

牟：[甲]1820 尼此。

守：[聖]1546 蓋口則。

雲：[宮]1452 衣便墮。

章：[甲][乙]1822 固復説。

子：[宋]2034 固。

牢

罕：[原]、[甲]1744 曰幽謂。

勞

埃：[三]193 不損佛。

安：[三]1547。

辭：[甲]1719 費。

動：[甲][乙]1822 引釋論。

洸：[三]、黷[宮]2060 聽覽琬。

方：[甲]2266。

芳：[三][宮]2060 問諦欣。

疾：[三][宮][聖]425。

苦：[甲]1921 且。

僗：[宋][元]152 起。

嘮：[甲][乙]850 涅哩，[甲][乙]2390 那。

老：[明]2122 百病生。

臂：[明][宮]2102 血於長。

劣：[甲]2266 倦而生，[元][明]234 乘聲聞。

惱：[三][宮]1421 諸比丘。

疲：[三][宮][聖]288 棄諸土。

勤：[元][明]658 苦汝今。

勦：[宋][元]勤[明]202 苦積聚。

榮：[甲]1921，[甲]2073 哀備焉，[三][宮]2103 役前詩，[三]193 動，[宋][宮]2060 問秦王，[元][明][宮]2102 如之。

設：[聖]125 爾時世。

身：[甲]2249。

繫：[三][宮]2122 四生之。

言：[宮][聖][另]1435。

營：[甲]2207，[三][宮][聖]1428 比丘有，[聖][另]1453 苦若我。

與：[乙]2207 度差角。

諭：[三]202 之下意。

者：[甲]2250 會釋今。

作：[三][宮]2122。

嘮

勞：[甲]2128 音丑交，[明]261 捼嚌二，[宋][明]1129 捼哩。

醪

醭：[三]下同 374 二煖角。

蟧

勞：[甲]2128。

老

病：[三]185 有。

差：[甲]2255 病者不，[甲]2266 耶答彼，[甲]2792 去無業，[三]188 王復遣。

瘥：[宮]810 亦復，[宋][元][宮]、差[明]2123 病須咽。

大：[聖]1425 截手截。

夫：[三]205 人。

父：[甲]2036。

高：[甲]1792 氣力衰。

盡：[甲][乙]2309 耶若不。

考：[甲]1780 宗問何，[甲]2128 反字從，[甲]2128 也從毛。

苦：[三]201 患。

量：[乙]2309 財。

名：[甲]2036 之既去。

尼：[三]833 乾無有。

年：[明]2149 而翹勤，[三][宮]638 乃得魔。

耆：[三][宮]2121 根，[三]60 宿，[三]99 根熟羸，[三]203 根鈍素，[三]2125 宿者乃，[聖]125 以向八，[聖]223 終不橫。

若：[明]1579 滅相當。

生：[甲][乙]1822 死有果，[三][聖]210 死惱，[三]1562，[乙]2227 不死之。

壽：[三][宮]1425 彫文刻。

死：[宮]309 病斷無，[甲]1912 病死故，[甲]1921 死七即，[甲]1969 苦非分，[明]212 也，[明]2110 鼠爲玉，[三][宮]2042 憂苦而，[三]212 所縛裹，[聖]224 病死悉，[聖]1788 遍無漏。

危：[甲]、老[甲]1781 人之在。

無：[宮]657，[甲]2250 中生無，[聖]、先[乙]2157。

西：[宮]263 耄於衆。

先：[明]1450 王立爲。

孝：[三][宮]2103 子，[宋]2154 而彌篤。

野：[明]2076 猿。

於：[宮]2103 子行無。

者：[博]262 年過八，[宮]340 苦死苦，[宮]489 死由，[宮]221 施諸福，[宮]837 我慢，[宮]1425 病當須，[宮]1428 母者今，[宮]1509 死生憂，[甲]1805 行事，[甲]1828 次從，[明]190 娑毘耶，[明]721，[明]1425，[明]1425 汝羯磨，[明]2103 國王聞，[三]1579 住無常，[三][宮]1425 名難提，[三][宮]1546 優陀，[三][宮]2108 之儔矣，[三]152 除饉其，[三]2110 高陽之，[聖]190，[聖]1421 忍默然，[聖]125 比丘亦，[聖]189 病死，[聖]1421 比丘，[聖]1428 老婆竭，[聖]1462 比丘，[聖]1462 出家往，[聖]1462 嫗在戶，[聖]1723，[另]1543 無常當，[宋][明]190 云何汝，[宋][元]

190 優陀夷，[宋][元]1546 死彼，[元]1478 病死更，[元][明]1 持戒守，[元][明]212 苦病苦，[元][明]1425 比丘及，[元][明]1428 所説文，[元][明]1461，[元][明]2034 葉，[元][明]2121 阿，[元][聖]1428 娑竭陀，[元]374 病死亦，[元]671 小爲是，[知]1579 病等種。

諸：[三][宮]1442 苾芻從。

子：[三][宮]2103 經書漢，[三][宮]2109 垂化安。

走：[甲]2128 反考聲。

左：[三][宮]1545 受作，[元][明]2060 以貞觀，[原]2409 拳面付。

佐：[甲]2087 臣進諫。

姥

結：[宋]1057 陀羅尼。

嫗：[三][宮]2060 內懷酒。

焴

燈：[甲]2068 其臂並。

㧓：[宮]2103 生靈自。

格：[宋][宮]2102 之苦豈。

鑠：[三][宮][聖]1425 小便道，[宋]、樂[聖]125，[宋][宮]1425。

酪

駱：[元]2016 未鑽搖。

解：[甲]1863 雖不生。

酷：[聖]606 則生息。

醪：[聖]1763 證無而。

落：[元][明]620 沙或復。

略：[甲]1763，[三][甲]1335 首般至。

酩：[元]1548 漿醪酒。

酥：[甲]1931 此從十，[明]1080 於五更，[三][宮]1421 乞，[三][宮]2042 取糗彼，[三][甲]、醋[宮]901 呪之一，[三][乙]1092 和施與，[宋][明]1191 乳蜜等。

樂：[乙]1736 況外道。

酌：[三]908 乳乳。

澇

勞：[聖]1549 爲鹽。

嘮：[宋]1027 捹囉薄。

潦：[宮]272 不，[三][宮][聖]278，[三][宮][聖]279 中，[三][宮]721 兵革軍。

榮：[宋][明]、𤇆[元]384 水甞之。

仂

勒：[三]6 求方便。

力：[三]210 不與命，[三]210 行勿臥。

勤：[三]、仂行度世行度世間[聖]211 行度世。

叻

叨：[甲]2135 哆迦。

了

畢：[丙]2164 仍更不，[甲]、一[乙]2263，[甲]、一[乙]2263 不許初，[甲]、不[甲]2195 更云，[甲]、云[乙]2263，[甲]、云[乙]2263 故知前，

[元][明]263 戾口目，[元][明]2121 戾略不。

明：[三][聖]375 了善男。

乃：[甲]、不[乙]2350 至量，[聖][甲]953 至得飛，[聖]2157 事僧專。

鳥：[原]1723 反。

清：[宋][宮]278 淨如夢。

求：[甲]2367 知三世。

日：[宮]309，[元]1442 日衆。

入：[宮]481 自然分，[三][宮]2103。

生：[甲]2274 因云非。

示：[甲]2230 一，[元][明][宮]1579 於語相。

是：[甲]1722 第一義。

嗜：[三]、受[宮]2103 味衆塵。

死：[三][宮]1509 汝今來。

湯：[宮]2025 別曰詣。

通：[宮]657 達故能，[宮]657 達是定，[甲]2215 達此無，[三][宮]657 達三，[三][宮]657 達佛慧，[三][宮]657 達三界，[三][宮]657 達神通，[三][宮]657 達無相，[三][宮]657 達已而，[三][宮]657 達眞，[聖]227 達般若。

聞：[乙]2396 故應重。

下：[甲]1736，[甲]2299 論家名。

小：[甲]2218 知不能。

曉：[甲]1717 順脩對，[甲]1927 順修對，[三][宮]288 一切有，[聖][另]1435 時。

行：[甲]1733 是此義，[甲][乙]1822 者也如，[三][宮]606 寂定，[原]

2212 知正是。

耶：[甲]2249。

也：[三][宮][聖]627，[乙]2263 重可問。

已：[丙]2396 即能自，[甲]2387 解前所，[三][甲]1085 珠安掌。

意：[明]1459 次下一。

義：[甲]1828 如上。

印：[乙]2408 之。

于：[三][宮]222 此當於，[三]154 本。

欹：[原]2408 金。

緣：[原]1840 瓶。

云：[甲]、畢[乙]2263 又色，[甲][乙]2263 云故知，[甲]2263 通別類。

在：[知]384 前人問。

之：[甲]2174 說不動，[三][宮]1458 時便成，[元]1808 亦有。

知：[和]293 善惡殺，[三][宮]627 之心者，[三]588 衆事爾，[三]682，[乙]1736 佛隨衆。

智：[甲]2274 所作故。

子：[宮]2121 盡唯有，[宮]1483，[宮]2053 及群僚，[甲]1112 觀虛空，[甲]1700 帝，[甲]2128 彫反孔，[明]1539，[明][宮]2121 盡無餘，[明]193，[三][敦]361 賢者不，[三][甲]1007 聲，[三]5 不與我，[三]193 當失供，[三]1301 有大財，[聖]231 知過去，[聖]1425 自稱得，[聖]1442 無二想，[聖]1562 義經故，[宋][元]2060 蠕蠕，[宋]310 所疑惑，[宋]1539 別有，[元][明][宮]310 能信，[元][明]2122。

勒

采：[甲]來[乙]2879 脚。

勒：[甲]2128 此類行，[明]2060 遠近咸，[三][宮]2034 安處大，[三]2041 六天并，[聖]2157。

動：[原]2001 圓攝一。

對：[宮]2034 那摩提。

觀：[明][聖][甲][乙][丙][丁]1199 南。

肋：[三][宮]1549 摧屋。

離：[三]125。

林：[宮]1435 樹長大。

彌：[明]2042 不可得。

勒：[宮][聖]397 那囉系，[宮][聖]1579 安，[宮]585 比丘，[甲]1830 之瑜伽，[甲]2339 攝衆生，[甲]1821，[甲]1828 方便等，[甲]1828 精進修，[甲]1830，[甲]1881 十玄緣，[甲]1969，[甲]2001 便能一，[甲]2001 且道如，[甲]2089 寺突，[甲]2250 出交州，[甲]2266 策男戒，[甲]2266 達切答，[甲]2266 精進爲，[甲]2266 勞而，[甲]2274 勇，[三][宮]1545 加行果，[三][宮]1545 宴那月，[三][宮]2049 日王知，[三][宮]2058 苦不得，[三]985 護吠率，[三]2146 摩提共，[宋][宮]398 其，[宋][宮]2103 繕寫各，[宋][明]199 國王傷，[宋][元][宮]2103 永使准，[宋]2040 出世諸，[宋]2112 大夏大。

佉：[三]125 顏。

弒：[甲]2036 弘自立。

陀：[明]1982 家。

鞅：[元][明]99 其頸行。

一：[宮]425 果貢上。

轉：[宮]625 菩薩天。

雷

當：[甲]1709 動雲行，[甲]2068 遇風波，[甲]2130 婆梨者，[宋]2060 次。

電：[宮]310 吼聲王，[甲]2243 也係，[甲]2434 村營聚，[三][宮]425 施佛，[三][宮]2122 霹靂元，[三]682 等，[三]1340，[宋]2061 交作其，[元][明]992 聲遠震，[元][明]1341 也如是，[元]448。

僵：[甲]1717 同，[甲]2362。

宿：[聖]158 王如來。

雪：[聖]125，[宋]2154 雨晦冥。

雨：[三][宮]285 響伎樂。

雲：[甲][乙][丙][戊][己]2092 車接，[明]293 聲香水，[三][宮]440 聲王佛，[三][聖][乙]953 震甚深，[聖]1563 琴，[宋]993 音寶枝。

縲

螺：[原]1248 第三院。

贏

都：[甲][乙]1822 劣故唯。

螺：[甲][乙][丙]1753 迦。

裸：[三][宮]497 形而不，[三][宮]1546 形狂走，[三]86 跣無所。

疲：[三]192 身得要。

窮：[三]161 吾故遠。

衰：[明]156 若當不。

損：[聖]663 瘦命將。

微：[乙]2263 劣豈不。

羸：[明]1604 故名力，[三][宮]2103 氏，[宋][元]2063 憊祈誠。

瀛：[明]2145 多病觸。

羸：[明]870 無始煩。

耒

耟：[宋]、[元]、揉[明]2110 始教天。

手：[明]1165 行列而。

誄

議：[三]2060 大乘教。

誅：[宮]292 之業好。

樏

疊：[三][乙]1092 中外院。

儡

雷：[元][明]2154。

壘

疊：[甲]2087，[甲]2087 石或鑒，[甲]2087 甎石，[三]2088 國南此，[三][宮]1435 壁安梁，[三][宮]1451 成形如，[三][宮]1451 雙足入，[三][宮]1451 甎高一，[三][宮]1463 泥作若，[三][宮]1545 兩足，[三][宮]2053 塼而成，[三][宮]2060 常辯弘，[三][宮]2060 僧侶因，[三][甲]2087 爲，[三]2088 爲基高，[宋][甲]2087 甎傳云，[乙]2087 石周垣，[元][明]、蹀[西]1496 足不得。

累：[宮]1644 其，[三][宮][甲]2053 右脇而，[三][宮][甲]2053 塼石，[三][宮][聖]1436 令堅牢，[三][宮]1435 壁搆架，[三][宮]1442 足而坐，[三][宮]1644 其，[三][宮]1644 其底岸，[三][宮]2122 而住依，[三][宮]2122 其外而，[聖]1421 階，[宋][元][宮]1644 其底岸，[宋][元][宮]2122，[宋][元]1644 底岸金。

瘰

疊：[宋][元][宮]221 含氣當。

肋

骼：[三]201 甚。

莇：[宋]、筋[元][明]187 現如。

筋：[三][宮]749 出五藏，[三][宮]1442 脊，[元][明][宮]374 出如朽。

勒：[宮]1435 是肋，[三]203 柴，[聖]125 一處或，[聖][石]1509，[聖]1421 骨截其，[聖]1425 折取，[石]1509 諸不淨，[宋][宮][聖][石]1509 骨脊，[宋][宮]221。

脉：[三]156 苦痛如。

脇：[三][聖]190 是如是，[宋]187 間旋迴。

肘：[宋]951 印呪曰。

助：[甲]1007，[宋][元]1227 骨於，[元]190 間迴轉。

泪

泊：[原]2395□□隱。

淚

淨：[三][宮]1428 巾爾時。

泪：[甲]2017 翹誠感。

冷：[宋]、零[元][明]196 趣佛。

唳：[宋][元][宮]2060 聲。

零：[聖]125 不能自。

尿：[三][宮]620 女精黃。

泣：[宮]374 交流生，[甲][丙]2381 交橫不，[三][宮]2059 含酸於，[三]172 滿目送，[三]188，[三]201 而說偈，[元][明]2122，[元]2122 而言。

泗：[三][聖]99 以衣拭。

涕：[明]152 曰豈有，[三][宮]2122 而去進，[三][聖]172 望，[三]201 而言我。

累

礙：[原][甲]1781 不住無。

報：[三]1340。

疊：[三][宮]606。

貫：[元][明]2053 轂駕肩。

果：[甲]2255 之義言，[甲]1775 於累既，[乙]2261 已盡故，[原]2339 縛身感。

還：[甲]1781 見其受。

黑：[宮]822 法，[聖]663 無量禪。

集：[三]310 功德不。

界：[甲]1969 繫之所，[明]212 不離於。

絕：[宋][元][宮]、結[明]2103 其既除。

壘：[甲]1969 巢窠，[三]24 七重寶，[三][宮]1545 足西面，[三][宮]1421 作，[三][宮]1509，[三][宮]1548 腳而，[三]5 集作城，[三]5 腳臥思，[三]2154，[宋][元][宮]1545 爲隣次，[宋][元]1 足而臥，[宋][元]99 足係念。

類：[明][乙]1092 皆消滅，[三]212 所以沈。

兩：[三][宮]754 世受苦，[三][宮]754 世受苦。

漏：[石]1668 故七者。

屢：[甲]2036 表求還，[明]2103 奏恐有。

慮：[甲]2006 他桶底。

頻：[三][宮]2060 逢草竊。

求：[宮]492 當云何。

素：[宋]2122 之訓出。

繫：[甲]2266 不說問。

囑：[甲]2192 義具付。

酹

醉：[甲]2001 淵明。

攎

擂：[明]2076 鼓轉船。

類

等：[三][宮]1458 或於外。

斷：[甲]2255 變易因，[甲]2299 其，[甲]2337 我執經，[另]1543 於此五，[宋]1558，[乙]2249 下八地，[原][甲]1851 不續是，[原]2339 二執平。

頓：[三]2103，[乙]1736 教中總，[原]2339 義同此。

額：[明][甲][乙]1225 於其頭。

頌：[甲]1735 不等或。

二：[明]1563 品五中。

法：[甲]2271 不同，[明]1544 智斷者，[三][宮]1562 忍等九。

翻：[甲]2219 顯也謂，[甲]2270 彼容立，[甲]2299。

觀：[三][宮]1545 智現在。

褉：[宋]、稷[元][明]193。

類：[丁]2244 或陀里，[甲]2400，[甲]2400 咲想。

見：[甲]2250 不同故。

穎：[三]1082 共一人。

賴：[宮]292 諸啓受，[甲]1816 此行，[甲]2163 猶，[三][聖]125 猶如屠。

淚：[三][宮]378 周匝五。

累：[甲]2748 將表。

斳：[甲]、頪[甲]1718 也又經。

律：[三][宮]1421 園爾時，[聖]125 樹下成，[宋][元]448 樹王佛。

略：[三]、鉢略[宮][另]1453 類也此。

貌：[宮]342 之法假，[甲][丙]973，[明]、狼[聖]291，[三][宮]、狼[另]1428 有所言，[三][宮]266，[三][聖][宮]234 幻之化，[聖]224 不祠祀。

頻：[甲]1709 高臺空，[三][宮]649 迦命，[三][宮]1563 契經亦，[聖]1458 者如言，[乙]2218 計故。

蘋：[三]984 怛訶那。

頗：[甲]2035 亦附以。

起：[原]2264 歟如何，[原]2339

時與力。

趣：[甲]1710 中生彼。

入：[三][宮]、人[聖]292 貪身之。

生：[三]245 受妙報。

勝：[三][宮]1647 處及自。

是：[甲]1792 天地之。

釋：[甲]2270，[乙]2261 故得識。

熟：[甲][乙]1822 而熟。

數：[甲]1708 此有何，[甲]2219 類證今，[甲]2299 中今菩，[甲]2358 俱發七，[三][宮]1537 是欲所，[乙]1772，[乙]1822 謂，[乙]2092 鳥雄鼠。

水：[乙]2408 以挑野。

順：[明]312 如所應。

頭：[甲][乙]1225 鉤，[甲]2230 有情一。

陀：[甲]2207 樹高二。

顯：[宮]310 等色，[甲]2250 差別今，[甲]2250 道及世，[甲]2250 雖欲斷，[甲]2371，[三][宮]1589 生獄卒，[元]220 勝劣得，[原]、[甲]1744 法身，[原]1764 法如來，[原]1764 前空二。

相：[甲]2250 殊又不，[乙]2263 云事若。

像：[三][宮]403 天龍鬼。

續：[宋]、績[元][明]2060 攸陳仁。

業：[三][宮]1558 即情非。

疑：[甲]2195 說能資。

引：[乙]1830 教此初。

穎：[三]2145 律師傳。

喻：[明]1680 無能與。

預：[甲]2271 我大，[知][甲]2082 其。

願：[甲]1893 救，[甲]1744 答亦得，[甲]2266 囘向阿，[三]279 令我載。

韻：[元][明]2016 聲皆不。

者：[乙]2263 見。

知：[元]2016 若小千。

種：[甲]、種[乙]908，[甲]2195 以持力，[甲][乙]1822 故說爲，[甲]2249，[甲]2263 境種子，[聖]1428 毀呰語，[聖]1537 出家遠，[宋][元]220 無堪，[乙]2263 超前三，[原]2319 有情不。

子：[明]293 俱能持。

類

頓：[甲]2299 也又他。

翻：[甲][乙]2263 未自在。

教：[甲]2263 心所以。

時：[乙]2263 者愛取。

姓：[甲]2263 不同何。

種：[甲][乙]2263 善具舉。

嘞

勒：[甲]957 二合。

力：[甲][乙]1211 二。

楞

傍：[乙]2408 以右。

鉆：[元]、股[明]、樓[宮]785 合，[元][宮]、股[明]785 通中。

棱：[甲]1826 伽等經，[宋][元]375 嚴定修，[宋][元]下同 375 嚴三昧，[宋]375 嚴定師，[宋]下同 375 嚴三昧。

稜：[三][宮]2103 層鐵網，[乙]966 嚴三摩。

樓：[三][宮]2102 伽經。

輪：[明]673 伽王衆。

曼：[三]1336 仳。

唥：[三][宮]2122 沙茶叉。

慢：[三][宮]1421 求羅山。

稜

楞：[甲]1110 成者四，[宋][元][宮]2060 亦同繩，[原]2001 嚴會上。

陵：[三][聖]26。

挼：[原]2001 角。

冷

滄：[另]1458 熱堅軟。

哈：[三]1336 多擲哆。

寒：[乙]2092 北風驅。

今：[宋][明]26 是如來。

淨：[甲]864 金剛勝，[三][宮]374 水因，[三]375 水。

涼：[元][明]658 美水無。

令：[宮]606 水，[甲]1805 大界精，[甲]2128 河從無，[明]26，[明]2121，[三]1288 如，[三][宮]1649，[三][宮]2122 不擾信，[三]653 而無，[聖]1435 請若有，[宋][元]1562 飢渴若，[元]1425 性難消。

洽：[聖]1509 雜般若。

清：[三][宮]746 淨水。

下：[三][聖]375 病服酪，[乙]2370 病服酪。

陰：[三][宮]670 熱如長，[三]203 翳若。

吟：[三]1336 那休休。

於：[宮]1646 觸失已，[元]26 水。

終：[甲]2299 云修密。

哩

唵：[明]261 七慕哩。

叨：[三][甲]1007。

噁：[甲]1139 尼十六，[甲]2089 寺王子。

羯：[甲]、囄[乙]1211 灑二。

唎：[甲]2400 字紅色，[甲][丙]973 二合，[甲]1315 迦，[乙]867。

里：[丙]1056 野二合，[丁]2244 又，[甲]、一[乙]877 莎，[甲]894 哩枳，[甲]2400 禰，[甲][丁]2244 大日經，[甲][乙]950 二十囉，[甲][乙]1214 二合多，[甲]850 也二，[甲]853 翳藹汚，[甲]904 跋日哩，[甲]954 摩訶三，[甲]974 捨也，[甲]982 河王，[甲]982 十二劍，[甲]1069 二合，[甲]1072 縛大威，[甲]1111 也，[甲]1232 迦五，[甲]1268 是頂呪，[甲]1287，[甲]2135 沙，[甲]2400，[甲]2434 二合惡，[明]891 八娑吒，[明]261 沙拏昧，[明]1174 二合恨，[三][宮][西]665 波伐，[三][宮][西]665 地囉騷，[三][宮][西]665 弭哩，[三][宮][西]665 蜜哩，[三][宮][西]665 質哩，[三][宮]244 摩二合，[三][宮]665 莫訶健，[三][宮]665 也鉢，[三][宮]665 只哩主，[三][宮]1459 迦藏，[三][宮]1684 那引二，[三][甲][乙][丙]1211 娑嚩，[三][甲]901 二合嚧，[三][甲]1033 多，[三]982 曳娑嚩，[三]985 莎訶健，[三]985 枳死莎，[三]1102 二合，[三]1415 二合舍，[宋][元][宮][西]665 呬哩，[宋][元][甲]1032 二合住，[乙]954 二合夜，[乙]1069 麼麼迦，[乙]1244 布引[囉]，[乙]2394 今文為。

理：[宮]321 迦花及，[甲]1828 迦乃至，[甲]1828，[甲]2073 外曾用，[明]498 哥潔淨，[三][乙]1092 弭灑囉，[聖]953 二合帝，[宋][元]1092 弭補攞，[元][明]1092 弭哩。

利：[甲]854。

栗：[乙]2192 馱二謂。

嘌：[甲]、嘌[乙]850 伽二合，[甲]2135 拏，[甲]2135 沙囉，[甲]2135 史二合。

羅：[甲][丙]1209 哩二合，[甲][乙]894 哩囉，[甲]954 尼呋發。

囉：[甲][乙]894 二合嚩，[甲]1000，[甲]1225 二合，[甲]1709 諦者此，[明]、羅[甲]1123 二合儞，[明]1119 二合儞，[明]1211 二合，[明]1376 嚩底扇，[三]982 二合迦，[三]1022 二合犂，[三]1123 曩二合，[乙]1022，[乙]2391 跋。

侶：[三]、唎[甲]1211 二合。

默：[三][宮]1435 然，[乙]2223，[原]1744 念請。

儞：[明]996 儞澁跋。

唎

䵣：[三][甲]951 縒惹衹。

喇：[甲][乙]1796 旨薩叵，[三][宮]451 底婆細，[三][乙]1092 挐，[元][明][宮][甲][乙][丙][丁] 866 他鉢，[原]1091。

哩：[明]1032 二合字，[元]901 曳二室。

梨：[甲]2400 二合挐，[三]1007 二，[三][甲]901 思，[三]992 提，[三]1335 尼囉。

㗚：[甲]2400 引。

利：[丙]1074 婆觀世，[丁]2244 惹，[甲][乙][丙]1184 二合，[甲][乙]1098，[甲]857 布囉上，[甲]897 二合曳，[甲]897 迦香胡，[甲]973 布，[甲]1065 耶娑嚩，[甲]1268 夜娑婆，[甲]1335 摩那呵，[甲]1733 曳此云，[甲]1796 二合，[甲]2135 尼也，[甲]2157 童子菩，[甲]2207 名，[明][甲][乙][丙]1172 菩薩摩，[明][甲]1094 地唎，[明][乙]1174 二合藥，[明]894 二合伽，[明]991 四十五，[明]1005 二合，[明]1033，[明]1035 耶跋盧，[三]1093 摹，[三][宮][甲]901 法印呪，[三][宮][甲]901 迦唎，[三][宮]397 婆三摩，[三][宮]665 室唎，[三][甲]901 又唐，[三][甲]1039 二合孕，[三][甲]1102 三，[三][甲]1167 菩薩，[三][乙]1092 野六，[三][乙]1092 印執金，[三]310 多唎低，[三]985 支大仙，[三]991 三十

六，[三]992，[三]1007 大摩儞，[三]1097 耶阿弭，[三]1132 二合婆，[三]1137 十八嘍，[三]1335 尼佛呵，[三]1335 毘迦毘，[三]1335 婆，[三]1335 跋囉婆，[三]1335 尸，[宋][宮]901 七富囉，[宋][明][聖]1017 吒泥四，[宋][元][宮]、則[明]665 末多妙，[宋][元]1057 耶二合，[宋]1103 隨心陀，[宋]1103 呪法觀，[乙]852 計四婆，[乙]1266，[元][明][甲]901 曳一。

制：[三][宮][乙][丙]866 遮語言。

劦

州：[乙]2120 南陽寺。

厘

廛：[甲][乙]2397 皆，[甲]2128 聲下戈。

釐：[甲]2193 是諸菩。

狸

猫：[三][宮]1435 皮是事，[三][宮]1435 皮有五，[元][明]2045 中來穿，[原]1695 後入地，[原]1796 心也以。

子：[三][宮]374 師子虎，[三]375 師子虎。

离

離：[明]2103 南，[三][宮]2102 朱曰我。

雜：[甲]2084 寶藏。

梨

初：[甲]2262 耶識頓。

闍：[甲]2195 羅還合。

和：[聖]663 子。

竭：[三][宮]2123 大魚十。

賴：[甲]1736 耶此解，[甲]2299
耶惡惠。

藍：[三][宮]2060 澄練一。

唎：[甲]1112 耶嚩嚕，[甲]2400
二合佉，[明]992 上菩嚕，[三][甲]
901，[三][甲]901 跛遅十，[三]1334
十七呵，[三]1335 波波斯。

狸：[宋][宮][聖]222 穢之想。

犁：[宮]722 趣堪嗟，[宮]1502
中人薛，[宮]2034 先泥十，[甲][乙]
[丁]2244 唯少一，[甲]1805 毘國迦，
[甲]2128 軛又作，[甲]2154 曼陀羅，
[三][宮]722 恒，[三][宮]1543 上，[三]
[宮]1546 迦，[三][宮]1549 中者知，
[三][宮]1689 山，[三][宮]2034 經一
卷，[三][宮]2040 彌私羅，[三][宮]
2122 人是誰，[三][宮]2123，[三][宮]
2123 苦如小，[三][甲]901 闍梨，[三]
[聖]190 猶如船，[三]99，[三]139 身
出火，[三]152 入山，[三]152 者今車，
[三]212 受苦其，[三]1016 他須，[三]
1301 提天姓，[三]1331 波斯離，[三]
1334 多梨，[三]1428 子城鷄，[三]
1549，[三]2085 城，[三]2149 經別錄，
[三]2153 經一卷，[聖]190 伽波，[宋]
[宮]1425 中於人，[元][明]190 苦惱
衆。

犛：[明]154 六十劫。

黎：[宮]1595 耶識中，[甲]1806
所，[甲][乙]2393 一摩賀，[甲]1000 擬
哩羯，[甲]1727 得第四，[甲]1813 元
譬瓔，[甲]1911 黑是肺，[甲]1912 吒
違僧，[甲]1929，[甲]1929 仙人坐，
[甲]2128 者古譯，[明]1636 及，[明]、
[甲]1177 則與日，[明]192 訶鉢低，
[明]24 迦花等，[明]99 將一比，[明]
190，[明]316 尊，[明]1522 耶波羅，
[明]1548 及阿闍，[明]1566 偈曰，
[明]1604 耶識可，[明][宮]2123 在吾
左，[明][甲]1988 三寸甚，[明][甲]
1000 二者聽，[明][甲]1173 白月十，
[明][甲]1177 修，[明][內]1665 云若
有，[明][聖]1462 吞也所，[明][乙]
1086，[明][乙]1092 父母善，[明][乙]
1092 心恒尊，[明][乙]1125 得入曼，
[明]24，[明]26 及諸衣，[明]26 作枕
右，[明]99 阿難毘，[明]190 褻，[明]
190 等時有，[明]190 等於後，[明]190
等與佛，[明]190 富娑并，[明]190 婆
闍隋，[明]190 婆遮迦，[明]190 齊亭
相，[明]190 前而作，[明]190 隋言，
[明]193 師達時，[明]194 園中左，[明]
212，[明]312 珂嚩那，[明]314 所起，
[明]316 即得多，[明]316 執持應，[明]
374 耶波羅，[明]382 所生起，[明]566
所親近，[明]639 所深生，[明]653 亦
無恭，[明]658 常恭敬，[明]658 等如
是，[明]672 弟子幾，[明]885 事業彼，
[明]896 可就山，[明]948 親，[明]1003
非法失，[明]1056 具受契，[明]1092
執手加，[明]1123，[明]1169 指教一，

[明]1341 於諸罪，[明]1421 時披，[明]1421 時諸比，[明]1421 所敬畏，[明]1421 意乃為，[明]1425 弟子知，[明]1425 同友知，[明]1425 我欲入，[明]1428，[明]1428 同阿闍，[明]1428 延陀毳，[明]1428 亦當死，[明]1428 著頭上，[明]1428 作使亦，[明]1428 坐起言，[明]1433 如法衆，[明]1435，[明]1435 來恭敬，[明]1435 若捉，[明]1435 齍，[明]1435 作期隨，[明]1435 作隨同，[明]1440 不答曰，[明]1440 如是展，[明]1441 施與，[明]1462 夫為長，[明]1463 不得作，[明]1463 若知法，[明]1463 三衆僧，[明]1470 六者當，[明]1470 諸師亦，[明]1479 行道自，[明]1480 及受持，[明]1491 語或瞋，[明]1543 教，[明]1543 同和，[明]1547 又手而，[明]1548 執衣持，[明]1566 言汝雖，[明]1566 亦於不，[明]1577，[明]1604 饒益七，[明]1636，[明]1636 等以是，[明]1636 善學離，[明]2042 瞋然火，[明]2063，[明]2076 名什麼，[明]2076 師與保，[明]2076 欲識，[明]2076 作麼，[明]2103 和上書，[明]2103 書，[明]2121 常住自，[明]2121 授其十，[明]2123 等荷擔，[明]2149 太建元，[明]下同2076 若問宗，[明]下同1421 上座看，[明]下同1424 故，[明]下同1425 沙門之，[明]下同1425 亦不得，[明]下同1425 欲取者，[明]下同1428 勒佛言，[明]下同1428 如法二，[明]下同1428 奢或有，[明]下同1428 同阿闍，

[明]下同1428 延陀毳，[明]下同1428 與諸親，[明]下同1435 捨同和，[明]下同1435 因緣以，[明]下同1435 者有，[明]下同1435 作期隨，[明]下同1463，[明]下同1471 一切如，[明]下同2076 不識曰，[明]下同2076 到來幾，[明]下同2076 今日離，[明]下同2076 親入室，[明]下同2076 失却半，[明]下同2076 是昨日，[明]下同2076 與什，[三]192 多，[三]1 阿須倫，[三]190 勒樹毘，[三][丙][丁]865 應結薩，[三][宮]443 耶如來，[三][宮][聖]1462 山邊者，[三][宮][石]1509，[三][宮]354，[三][宮]397，[三][宮]397 十九婆，[三][宮]675 勒苦味，[三][宮]847 十舸立，[三][宮]1425 齍多羅，[三][宮]1509 摩，[三][宮]1509 沙，[三][宮]1543 此何差，[三][宮]1559 勒或於，[三][宮]1593，[三][宮]1650 大山能，[三][宮]1666 耶識，[三][宮]1810 延陀毳，[三][宮]2122 樹枝即，[三][宮]2123 勒奉上，[三][甲][乙]901 那，[三][聖]268 於初夜，[三]152 樹下隱，[三]190，[三]190 婆闍問，[三]982 五弭黎，[三]1132 求受五，[聖]、利[甲]1733 師子口，[聖]639 相貌若，[聖]1595 耶識差，[聖]1733 耶識眞，[宋][宮]、犁[元][明]1509 苦，[宋][宮]2122 勒畢鉢，[宋][元][宮]、犁[明]2121 百劫受，[宋][元][宮]2121 先泥，[宋][元]1 初識生，[宋][元]2153 經，[元][明]985，[元]2122 智慧辯。

藜：[三]、[宮]2121 穿骨徹。

離：[明]278 耶波羅，[明]310 耶波羅，[明]1425 車第，[明]1425 車女大，[明]1428 重疲，[三][宮]262 耶波羅，[三][宮]1425 車女，[三][聖]375 車菴羅，[聖]397 耶波羅，[聖]1509 耶波羅。

里：[明]1450 迦襄荼。

利：[博]、犁[煌][燉]262，[高]1668 彌尼，[宮]1509 摩羅，[宮]2121 槃特誦，[甲]2130 迦林應，[甲]2266 跋婆利，[甲][乙][丙]2394 沙吟，[甲][乙]1822 沙山此，[甲][乙]1909 陀目佛，[甲][乙]2393 寶靈藥，[甲]952 印，[甲]1268 夜娑婆，[甲]1924 耶，[甲]1924 耶識和，[甲]2087 訛也，[甲]2129 梵語聲，[甲]2130 龍譯曰，[甲]2157 童女經，[甲]2376 耶波羅，[甲]2400 者以諸，[明]1 冥，[明]2016 山內盡，[明]26 子所稽，[明]354 沙紺戲，[明]1470 十者欲，[明]2121 王者我，[三]、[宮]397 栴達囉，[三]192 王久處，[三]201 與僧鉗，[三]984 底優闍，[三]992 反梨，[三][宮]、和[聖]1435 提舍，[三][宮]414 質多羅，[三][宮][甲]901 若欲出，[三][宮][久]397 國此十，[三][宮][聖]397 珊底囉，[三][宮][石]1509 昌等大，[三][宮]271，[三][宮]397，[三][宮]397 阿婆尼，[三][宮]397 差，[三][宮]456，[三][宮]657 師華陀，[三][宮]721 吱羅樹，[三][宮]1425 比丘尼，[三][宮]1425 如王舍，[三][宮]1428 於餘比，[三][宮]1428 園中舊，[三][宮]1435 餅持是，[三][宮]1435 昌

種，[三][宮]1463 吒比丘，[三][宮]1506 伽波曇，[三][宮]1509 阿修羅，[三][宮]1579 藥迦諸，[三][宮]1641 柯阿賴，[三][宮]1646 質多天，[三][宮]2040 舍瞿曇，[三][宮]2121 槃特兄，[三][宮]2121 衆毘留，[三][宮]2122 耶波羅，[三][宮]下同 397 二十八，[三][聖]26 復次有，[三][聖]26 生，[三][知]418 若復有，[三]1 羅予修，[三]99 耶婆羅，[三]154 尼跢飽，[三]190 多城治，[三]414 質多羅，[三]991 二十六，[三]991 舍引達，[三]1093 草藥，[三]1331 伽龍王，[三]1331 羅睺字，[三]1331 三耶摩，[三]1331 沙奴龍，[三]1335 毘囉，[三]1343 阿迦，[三]2151 蜜多羅，[三]下同 1336 冀梨冀，[聖]26 所，[聖]125，[聖]397 鞞栴達，[聖]440 佛南無，[聖]1428 奢共坐，[聖]1441 作羯，[另]410 二十三，[另]1435 經恤者，[宋][宮][聖]2042 車等如，[宋][明][聖]1017，[宋][元][宮]1435，[宋][元][宮]2121 兄弟以，[宋]671 尼彌尼，[宋]1336 蜜梨伽，[乙]1238 尼梨，[元][明]440 多辟支，[元][明]992 尸利輸。

璓：[甲]951 珠所穿，[明]2121 珠安白。

羅：[三][宮][聖]1462 勒果受。

樑：[三]1 縱。

槃：[三]985 底，[三]1334 多五迷。

婆：[高]1668 那囉。

葉：[明]1425 槳三安。

知：[甲]1708。

胝：[甲][乙]2207 迦此翻。

犂

耕：[三][宮]2123 牛亦愁。

梨：[宮]397 勒那朋，[甲]952 泮吒莎，[甲]2130 山譯曰，[三]1341 夜如此，[三][宮][別]397 牛婆，[三][宮][聖][石]1509 浮陀非，[三][宮]397 一比摩，[三][宮]496 金妙珍，[三][宮]1547 火，[三][宮]2121 四伽波，[三][宮]下同 397 一阿漢，[三][宮]下同 433 車童子，[三][宮]下同 1592 耶識，[三][宮]下同 1592 耶識所，[三]26 破群那，[三]99 雜及金，[三]212 因彼名，[三]982 樹，[三]993 龍王雲，[三]1014 隷十五，[三]1087，[聖]26 竟日火，[聖]99 中如是，[聖]190 木或持，[聖]272 耕地除，[聖]801，[聖]1421 牛出家，[聖]1441 比丘田，[石]1509 品中說，[宋][元]、黎[明][甲]1102，[宋][元][宮]2121 耆彌第。

犛：[宋][宮]2102 牛不。

黎：[宮][甲]1911 失人天，[宮]1502 中人薛，[宮]1525 中畜生，[宮]1911 中此是，[宮]1912 一劫不，[宮]1912 中隨喜，[甲]1751 二頻婆，[三][宮]2103 永劫，[三]2154 經，[三]2154 經一卷，[聖]224 禽獸薜，[聖]224 亦入於，[石]1509 中陰相，[宋]361 禽獸薜，[宋][元][宮]2034 經一卷，[宋][元][宮]2103 永，[宋][元][宮]2121 之苦，[宋][元][聖]26 或生畜，[宋][元]224 中若，[宋][元]1644，[宋][元]2110 爰發大，[宋][元]2153 經一卷，[宋][元]2154 經一卷，[宋]361 禽獸薜，[宋]362 禽獸薜，[元][明][宮]614 魯迷。

離：[明]139 大泥。

利：[三]1058。

隸：[煌]262 婆底十。

濁：[三][宮]2122 舌亦如。

犁

黎：[聖]下同 224 禽獸薜。

離：[三][宮]2122 先。

漓

離：[宮]2102 薄使衆，[宋][元][宮]2122 仰別大。

漏：[甲]2301 情見互。

雜：[三][宮]2060 多輕戒。

璃

離：[甲]2157，[聖]1763 光今者，[聖]125 好喜布，[聖]627 器有所，[石]1509 頗梨。

璆：[明]24 所成照。

琉：[明]1005 爲莖高。

瑠：[明]1636 座安隱。

瑙：[宮][甲]1912 輪十地。

邐

螺：[宋][宮]337 羅云阿。

犛

黎：[三]1 差伽尸。

釐：[甲]2087 牛命命。

猫：[聖]1462 牛毛織，[聖]1721 牛愛尾，[宋]209 牛喻，[宋][宮]、苗[聖]1421 牛尾衣，[宋][宮][聖][石]1509 牛愛尾，[宋]2122 牛爲尾。

黎

梨：[宮]1998 事師云，[甲]1998 熱時熱，[甲][乙]1211 若見，[甲][乙]1866 耶中解，[甲][乙]2390 莎婆二，[甲]1717 下重斥，[甲]1826 師其所，[甲]2130 應云泥，[明]1593 耶識及，[明][和]261 三怒閉，[明]1522 耶識觀，[明]1636 鉢捺鉢，[明]2122 婆坻者，[三][宮]1593 耶識依，[三][宮]2060 耶聞熏，[三][宮][聖]下同 1595 耶識依，[三][宮]397 七奢摩，[三][宮]402 七，[三][宮]443 多耶如，[三][宮]586 帝隸，[三][宮]1509 品中謗，[三][宮]1522 耶，[三][宮]1562 二，[三][宮]1563 舍那頻，[三][宮]1595 耶識此，[三][宮]2053 耶伐摩，[三][宮]2060 耶義該，[三][宮]下同 1595 耶識，[三][甲]951 十三儞，[三][乙]1028，[三]987 閣，[聖][另]303 婆多，[聖]381 庶逮得，[聖]1595，[宋]、犁[元][明]820 門其身，[宋][元][宮]、璨[明]2123 珠右旋，[宋][元][宮]2060 西方樂，[知]598 庶行喜。

犁：[明][宮]722 天人愚，[明]483 薜荔禽，[明]722，[明]722 業報亦，[明]1549 中陰還，[三][宮]723 中，[三][宮]889 中金，[三][宮]1459 苦，[三][宮]1549，[三][宮]1549 畜生餓，[三][宮]1549 中若餘，[三][宮]1674 法不聞，[三][宮]2123 耶以無，[三][聖]、梨[宮]1595 柄或説，[三]99 百三十，[三]125 之人，[三]194 苦爲彼，[三]2149 先尼十，[三]2154 經見長，[三]2154 經一卷，[宋][明][宮]1549 趣七處。

黎：[甲]1734 照塵方。

犂：[三][宮]824 爲行處，[三]149 比。

藜：[宮]539 藿草菜。

嚟：[甲][乙]2391 一切，[明][甲]1102 三吽，[三][宮]847，[三]1164 二合引。

黧：[三][宮]1647。

利：[三][宮]397 二十九。

奈：[宮]2060 耶識滅。

羅

離：[三][宮]2034 亂年世。

羅：[宮]590 王法之，[三]、離[宮]2102 吠聲之，[三]、離[宮]2102 苦，[宋][宮]797，[宋][元]2103 難疢興，[宋]2103 其禍遂。

醨

漓：[三]2103，[元][明]2112 俗未萠。

蠡

蜊：[三][宮]2122 爲人所，[三]2123 爲人所。

釐

釐：[宮]2025 爲二卷。

氂：[丙][丁][戊][己]2092 婦。

離：[明]2131 國舊訛，[三][宮]
[甲]2053 諸比丘，[三]2122 塔有尼。

鸝：[三][宮][乙]2087。

釐：[宮]656 宣暢自，[甲]1826 許
有者，[三][宮]1566 差別若，[三][宮]
221 之相者，[三]212 善本可，[宋][宮]
656 復有菩，[元][明]2016 指百分，
[元]125 之善恒。

整：[宮]2122 亭長，[三][宮]2060
改。

藜

藜：[三]2122 藿之羹。

嚟

黎：[三]1005 二合吽，[宋][元]
1006。

離

彼：[三]100 眷屬會，[三]1532 染
因快。

避：[三][宮]1598 不令自。

別：[甲]1851 己身必。

不：[甲]1736 波之濕，[甲]2309
綺語，[三][宮]、一[聖]1552 不律儀，
[三][宮]1548 無明名。

禪：[三][聖]26 成就遊。

出：[甲]1736 繮而號，[三][宮]
468 欲淤泥，[聖]、出[原][甲]1851 觀
道有。

除：[甲]2313 故於諸。

得：[甲]2255 故不受，[三]、一
[宮]1509 是忍則。

敵：[宮]278 怨，[三][宮]1550 故。

動：[三][宮][知]266 勸助智。

都：[甲]2290 盡用即。

斷：[甲]1709 煩惱障，[甲]2400
飢渴苦。

對：[甲]2266 得等有，[甲]2266
有三種，[甲]2266 者若。

軛：[三][宮]、扼[聖]1548 扼離。

防：[甲][乙]2263 加行根。

分：[乙]1909 散令他。

佛：[甲]1805 隨制斷。

觀：[原]1768 已除語。

歡：[三]24 喜快樂，[三]25 喜快
樂。

濟：[甲]2339 此中三。

解：[宮]278 生死故，[甲]957 縛。

經：[甲]1268 其側平，[甲]1816
明慧大。

聚：[甲]2249 貪心可。

坑：[聖]1509 薩婆若。

苦：[聖]1721 初。

來：[三][宮]2040 四兵在。

賴：[三][宮]425 樂氏號。

哩：[三]865 二，[宋][元]、啼[明]
865 二。

离：[甲]2006 六爻偏，[甲]2006
婁行處，[三][宮]2103 宮之六，[三]
[宮]2103 其明昭，[三][宮]2103 之並。

梨：[宮]2123 國有五，[甲]1717
昌來至，[明]267 耶波羅，[明]721 迦

彼火，[三][宮]、利[聖]1428 奢住處，
[三][宮]721 迦是彼，[三][宮]1435 騫
陀達，[三][宮]1488 耶，[三][宮]1581
耶波羅，[三][宮]2122，[三]22 瞿，
[三]125 罪人者，[三]202，[三]1340
耶波羅，[三]1341 多，[宋][明][宮]
1425 車童子，[宋][元][宮]1425 車是
諸。

犁：[宮]1425 車童子。

漓：[甲]1920 致使信，[三]2060
多乖名。

璃：[聖]1763 光菩薩。

羅：[宋][元]2087 心賤。

驪：[三][宮]2122 宮別館，[三]
2122 連有道。

里：[三]984 頭頭摩。

理：[甲]1782，[甲]2217 我故屬，
[聖]1562 色等應，[乙]2261 一闡提。

裏：[甲]2779 禪門觀。

利：[宮]2122 國有梵，[和]293
一切，[甲]871 言語言，[甲]1735 樂
而受，[明]310 因空能，[三][宮][甲]
[乙]869 一切萬，[三][宮]481 身無
所，[三][宮]1523 背故若。

歷：[三][宮]2122 多處既。

隸：[宋][元]1 諸。

隸：[三][宮]402。

令：[三][宮]770 不終不。

龍：[甲]1512。

羅：[明]1428 從，[三][宮]370 四
十一，[三][宮]1428 阿，[三]1331 字
越諸，[三]1336，[聖]1451 沒於。

免：[三][宮]1579 鬼趣如。

滅：[三]374 餓鬼苦。

難：[宮]268，[宮]657 菩薩，[宮]
1425 宿受持，[甲]、－[聖]1435 重閣
僧。

襄：[三]193 皆令催。

星：[聖]419 雖曉明，[乙]2408
云云，[乙]2408 反天。

熏：[另]1509。

異：[明]2103 災所不。

尹：[丙]2120 遍禱靈。

之：[元][明]125 地及瞿。

枳：[明]、枳里[甲][乙]894 忿怒
瀉。

至：[明]2110 造太皇，[宋][明]
1191 多天又。

重：[甲][乙]1909 眼如掣，[甲]
2068 所珍，[原]1981 未能救。

諸：[三]193 巷告令。

俚

但：[聖]2060 褒獎帝。

哩：[明][甲][乙]1225 二合呞。

里：[宋][明][宮]1451 數呈薄。

理：[甲]2362。

陋：[原]2270 言詞俚。

浬

里：[甲][乙][丙][丁][戊]2187 以
求衣。

理

班：[明]220 作意由。

寶：[甲]2263 疑他世。

呈：[乙]2296 違教失。

道：[三][宮]、理[明]2103。

得：[甲]1717 分別説。

諦：[甲]2371 性無明。

而：[三]1339。

法：[甲]2266 義初中，[甲]2371
色心出，[乙]1736 無有障，[原]2205。

孚：[三][宮]2027 承衆教。

功：[丙]872 用餘。

故：[明]261 溝渠興。

果：[甲]1821，[甲]2266 同。

悔：[三][宮]664。

籍：[宋][元]、藉[甲]2087。

紀：[元][明][宮][聖]416 能令我。

畟：[宮][聖]1462 於王門。

教：[乙]1736 迷之甚。

經：[甲]1736 便爲護，[甲]2081
國及預，[甲]2219 意本多，[原]2395
或，[原]2317 故今爲。

匡：[原]1855 山遠師。

廓：[三]2108 無所。

哩：[甲][乙]2207 也制，[甲]1184
哆，[明][乙]1092 弭理，[明]1000 也
二合，[明]1106 三十九，[三][乙]1092
乞灑，[宋][甲]1033 也，[宋][元]1579
迦若毘。

離：[甲][乙]2328 故云絕，[甲]
1763 斷常有，[甲]2299 長無短，[聖]
[甲]1763 三世中，[原]1763 緣解發。

里：[甲]2217 論云阿，[甲]1000
娑嚩二，[甲]1512 故言依，[甲]1851
覺念世，[明]721 極，[三][宮]2053 夜，
[三][甲][乙]972 四，[三][甲][乙]1125，
[聖]211 醫方鎭，[聖]1523 故遠離，

[乙]912 吉理。

俚：[宋]2034。

裏：[聖]190 迦葉愚。

禮：[明]323 者當教，[明]2102
而變其，[明]2103 推冥運。

利：[丙]866 所生悉，[甲][乙]
2250 等頌疏，[甲]1813 無二也，[三]
[甲]1009 由聞如。

量：[甲]2195 同。

輪：[三][聖]643 各各皆。

履：[宮]2060 而不履。

埋：[宮]2122 盡，[甲][丙]2003
却，[甲]2792 若，[明]2103，[明]2122
崇公別，[三][宮]1541 在葉墨，[三]
[宮]2103 身法服，[三]1242 於舍中，
[宋][元]1579 迦其餘，[元][明][宮]
1549。

內：[甲][乙]1822。

涅：[宮]2060 僧，[乙]1816 槃求。

起：[甲][乙]1723 增上慢。

強：[三][宮]2102 死者衆。

詮：[甲]1881 渾。

容：[三][宮]1442 可不。

如：[甲]1881 隨，[甲]2263 事，
[乙]2263 談施設，[乙]2263 外後得，
[乙]2263 也。

三：[甲]2300 一也易。

神：[甲]1796 是故垂。

聖：[甲]2183 曉和尚，[甲]1780
説即廣，[宋]100 行。

實：[乙]2263 云事智。

事：[甲]2296 於彼六。

是：[甲][乙]2286 非乎而，[宋]1539 所引了。

四：[甲][乙]2309 百二十。

雖：[原]1851 不。

聽：[原]1774 受攝別。

謂：[宮]2060 之，[甲][乙]1822 故說等，[甲]1733 無定無，[甲]2217 故由，[甲]2300 教釋義，[三]1562 於此中，[乙]2296 是佛性，[原]2248 若。

細：[甲]1763 可據也。

現：[宮]1562 說若爾，[甲]1830 述曰自，[甲][乙]1816 此八十，[甲]1733 法於身，[甲]1781 疾之，[甲]1799 盡性稱，[甲]1833 境聲一，[甲]1896 事之相，[甲]2261 實前四，[甲]2262，[甲]2266 見境所，[甲]2266 名起遊，[甲]2266 名色識，[甲]2266 若，[甲]2266 文上卷，[甲]2266 異時者，[甲]2266 瑜伽略，[甲]2270 量相違，[甲]2274 比云云，[甲]2274 非自教，[甲]2274 量雖緣，[甲]2299 在輕受，[甲]2400 智法身，[甲]2415 理，[三][宮]1610 覓決不，[三][宮]1629 而破斥，[三][宮]1664，[三]1562 十二有，[聖]1425 謗僧言，[聖]1451 及處非，[宋][宮]585 報曰，[宋][元]1558 實修此，[乙]1796 或有人，[乙]1821 無兩是，[乙]1822 叙兩師，[元]2016 觀一切。

相：[三][宮]1602 違故及。

心：[三]2103 常渾。

行：[原]、行[甲]、理[甲]1782 之教照。

性：[甲][乙]2297 名法身。

一：[三]2103 音之常。

異：[原]1887 能詮方。

意：[三][宮]2108 爽聖經。

義：[甲][乙][丙]1866 應如是，[三][宮]2053 各擅宗。

欲：[甲][乙]1821 成者此。

遇：[乙]2227 而覺。

沾：[原]2039 解尼叱。

者：[甲][乙]1822 何緣不。

眞：[甲]1736 深無邊。

治：[宮]2103 隆而德，[宮]2112 國之法，[明]1450 國無諸，[三][宮]411 堅固防，[三][宮]1443 尼即報，[三][宮]2123 其目一，[三]2110 故像一，[三]2112 國。

智：[甲]2214 印，[甲]2434 云云四。

中：[甲]1717 生死，[甲]2313。

種：[甲]2230 中分上，[乙]2261 等者，[原]1863 性品又。

重：[明]2104 智括千。

裡

裏：[甲]1924，[甲]1924 確然將，[甲]1924 無明終。

豊

登：[甲][乙][丙]1184 如是災。

費：[三][宮]2102 朱紫此。

風：[宮]2122 饒五穀。

去：[甲]2128 也。

裏

哀：[甲]1983 雅第四。

表：[乙]2393 無垢字。

承：[甲][丙]2397 八功德。

裏：[丙]973 送河流，[宮]1804 棄之應，[宮][甲]1804 瘡衣，[宮]310 於利刀，[宮]2060 木，[甲]1786 蠹毛羽，[明][聖]1425 如所説，[明]1627 無始，[明]2016，[三]、畏[宮]1646 垢，[三][宮]1537 頑騃渾，[三][宮]317 胞胎，[三][宮]419 所學疾，[三][宮]834 披樹皮，[三][宮]1428 以灰平，[三][宮]1464，[三][宮]1537 頑騃渾，[三][宮]2122 乃，[三]1096，[宋]206 衣解墮，[宋][宮]2122 身則汗，[宋][元][宮]1464，[宋][元]1462 覆障三，[原]2250 米業爲，[原]2431 此玉亦。

聚：[三]203 身。

里：[明][甲]1988 瞞我代，[聖]1425 若田中。

理：[明]2076 道出。

鯉：[明][甲]1988 魚勃跳。

襄：[宋]345 皮覆從。

內：[三][宮]1463 群品作，[三][宮]1463 臥法面，[乙]2385 稍下曳。

慶：[宋]415 若有衆。

上：[明]2076 登九五。

煨：[甲]952 外乾揩。

畏：[三]、裏[宮]624 空本，[三][宮]274 分別説。

襄：[明]2076 州華嚴。

夷：[甲]1782 如屍陀。

中：[三][宮]480，[三][宮]703 此王城，[三][宮]1458 後二安。

衷：[甲]2073 行之身。

種：[三]2040 或。

重：[元]212 數千萬。

禮

拜：[宮]2123 三拜還，[甲]2035 神光洞。

奔：[三]192 駿奮迅。

彼：[知]384 事供養。

辭：[甲][乙]857 聖尊，[三]192 聖顏一，[三]206 謝。

厄：[甲]1813 人有。

法：[宋][元]1195 出大乘。

奉：[三][宮]2059 富陽縣。

佛：[宮]665 鬼子母，[三][聖]99 足身諸，[三]99 足退住。

福：[甲]2035 初莆田。

復：[三][宮]2060 神道於。

恭：[三][宮]420 敬尊重，[三][宮]657 敬諮受。

觀：[甲]2089 八塔往，[乙]2408。

歸：[原]1212 命禮拜。

和：[三][宮]2121 伽。

化：[三][宮][甲][乙][丙]2087 遠洽頌，[三]212 之度三，[聖]225 不以一，[元][明]212 之度三，[元][明]637 無名自，[元][明]2106 處之時。

記：[三][宮]2102 云樂以。

見：[三][宮]2121 佛佛如。

敬：[三]198 雄遍觀，[聖][甲]1733 辭去二，[原]、[甲]1744 今説經。

孔：[三]2103 教。

哩：[明]1005 二合二，[明]1005 二合吽。

理：[甲]1792 有所歸，[明]784
如之乎，[明]2131 問何。

取：[甲][乙]1822 生身佛，[聖]
210 之度三。

乳：[甲]2135 沙也。

視：[甲]1896 視必瞻，[甲]2036
之唯存，[三][宮][森]286 各得萬，[聖]
125 一切衆。

説：[三][宮]1509。

祀：[宮]2059 有，[甲]893 百，
[甲]1781 法以求，[甲]2219 二歌，[三]
[宮]322 一切彼，[三][宮]607 持惡意，
[三][宮]2034 之此即，[宋][宮]2059 其
百辟，[宋][元]2108。

檀：[三][宮]1470 越主二。

體：[丙]2087 風則有，[甲]2128
爲法也，[甲]1003 和合成，[甲]1174
諸如來，[甲]1735 口言偈，[甲]1805
有學十，[甲]1821 亦應不，[甲]2196
宜云本，[明]2102 難曰沙，[明]2110
運云太，[三][宮][聖]1563 亦應，[三]
[宮]419 清淨欲，[三][宮]1507 儀備
擧，[三][宮]2103 誰敢鱗，[三]193 節
現子，[聖]189。

相：[宮]1577 等正覺。

信：[明]2123 法僧當。

行：[三][宮]2122 懺晝夜。

以：[三][宮]687。

議：[三][宮]2108 謹議。

禮：[宮]2103 議僧尼。

有：[宋]2122 經天。

札：[甲]2128 覘吁詿，[三][宮]
2060 休繼等，[宋][元]2061 其能，[宋]

[元]2061 詔改鳳，[乙]2194 略依十，
[原]1895 等也。

衆：[甲]2400 會成眞，[甲]2400
力隨力。

准：[三][丙]1076 字安。

祖：[三][丙]1076 字安於。

醴

酒：[聖]2157 泉。

禮：[宋]2103 泉馬屎。

邐

麗：[甲]2119 逦空存。

力

安：[三]156 獲菩提。

必：[甲]2400 無怖畏。

邊：[甲]2266 見行狹。

變：[甲]2219 三昧普。

別：[甲][乙]1822 飲豈非。

兵：[宮]532 若以杖。

才：[元][明]586 答其所。

大：[三][宮]833 轉輪王，[元]
1301 是水水。

刀：[宮][聖]606 風急暴，[宮]310
防諸怨，[宮]339 精進忍，[宮]402 能
退無，[宮]448 如來，[宮]721 無量
種，[宮]2103 咆，[甲]、刀[乙][丙]857
解前所，[甲]893 置於左，[甲]2128
賀反戍，[甲][乙][丁]2244 不敵計，
[甲][乙]856 解前所，[甲][乙]2261，
[甲][乙]2390 十八智，[甲]893 右邊
置，[甲]893 置於左，[甲]1709 即加
護，[甲]1724，[甲]1724 力入印，[甲]

1724 莊嚴又，[甲]1728 大問，[甲]1772 未滿，[甲]1781 兵等二，[甲]1973 解身百，[甲]2128，[甲]2128 呈反下，[甲]2128 闘反説，[甲]2128 反埤蒼，[甲]2128 古下力，[甲]2128 丞聲，[甲]2128 享反考，[甲]2128 也顧野，[甲]2128 蒸反郭，[甲]2128 作勵非，[甲]2250，[甲]2261，[甲]2261 故又解，[甲]2266 終不能，[甲]2269 恒平等，[甲]2391 旁此是，[甲]2400，[甲]2400 印以空，[甲]2401 金剛囗，[明]220 者謂般，[明]1443 劣不能，[明]2034 於洛陽，[明]2104 加餐，[三][宮][甲][乙][丙][丁]848，[三][宮][別]397，[三][宮]310 著鎧，[三][宮]426 解財如，[三][宮]443 成利如，[三][宮]657 所斷故，[三][宮]1546 斷一切，[三][宮]1547 風脊風，[三][宮]1548 復有三，[三][宮]1589 杖遮護，[三][宮]1646 稍等是，[三][宮]2103，[三][宮]2103 久利必，[三][宮]2103 幸已逢，[三]152 白，[三]187 決除生，[三]1237 反尼，[聖]953 隨意於，[聖]1509 勢財物，[聖]1509 勢少譬，[聖]1582 品中説，[另]765 輪法輪，[另]1543 所作行，[另]1552 故是故，[宋][元]1336 反尼休，[宋]409 王佛慈，[乙][丙]873 之端，[乙]2227 雌黄，[乙]2394 明妃有，[乙]2408 入鞘，[元]2122 卓越世，[元][明][聖]26 割截染，[元][明]1509 甚利用，[元]99 挑大山，[元]1582 欲得，[原]2056 以大海。

道：[原]2248 我今所。

德：[明]220 乃得成，[明]261 微少猶，[宋]1092 佛加持。

等：[三][宮][知]384 救護我。

方：[宮]278 大智慧，[宮]299 精進四，[宮]310 海説笑，[宮]618 智境界，[宮]673 滅楞伽，[宮]1579 種，[宮]1646 知去來，[甲]1736 種性所，[甲][乙]872 將流演，[甲][乙]1866，[甲][乙]2120 冥加群，[甲]1173 度間以，[甲]1718 力善德，[甲]1736 略啓四，[甲]1775 勝民故，[甲]1881 顯性起，[甲]2128 計反很，[甲]2128 也郭璞，[甲]2128 之反下，[甲]2219 諸刹土，[甲]2434 亦如，[明]316 無畏自，[明]352 燈光若，[明]157，[明]194 成就除，[明]246 妙智雷，[明]271 有大悲，[明]293 境圓滿，[明]308 便當知，[明]316 善逝亦，[明]316 勝智門，[明]378 神足慧，[明]475 大精進，[明]1462 法，[明]1522 無畏等，[明]1675 兼無畏，[三][宮][別]397 勇，[三][宮]271 照光明，[三][宮]278 功德不，[三][宮]278 世雄盧，[三][宮]278 智讚，[三][宮]285 以道化，[三][宮]298 微細境，[三][宮]398 諸佛口，[三][宮]425，[三][宮]656 無有，[三][宮]2122 委其言，[三][聖]190 辦具欲，[三]190 世尊歎，[三]425 種，[三]440 生勝，[三]2103 中第二，[三]2149 來聽願，[宋]220 乃至十，[宋][宮]414 如來，[宋][元][宮]2103 寂慮通，[宋][元]201 世尊塔，[宋][元]2122 自在捨，[宋]26 乘者安，

[宋]384 無所畏，[乙]866 無畏不，
[乙]1736 一經數，[乙]2192，[乙]2394
等竝畫，[乙]2408 願力智，[元]220
四無所，[元][明][聖]99 天衆多，[元]
639，[元]1563 故生捺。

防：[三][宮]322 護凡人。

分：[甲]2250 已上麟，[三][宮]
[宮]664 甚深是，[宋][元]1591 亦無
義，[原]1872 齊一味。

福：[明][宮]276 爾時佛。

功：[甲]2036 奏云人，[甲][乙]
2263，[明]261 來生其，[聖]292 跡成
最，[原]2339 一法託。

骨：[明]2122 相。

故：[甲][乙]1174 咸來降，[三]
1530 可實建。

鬼：[三]2123 怨除結。

貴：[明]2121 自在衆。

後：[三]2125 取齋主。

化：[三][聖]189 所未曾。

即：[原]、[甲]1744 有限量。

加：[甲][乙]1821 故，[甲]1781
哀建，[乙]2192 持迅疾。

皆：[甲]2879 是普賢。

九：[甲]1778 及般舟，[甲][乙]
2390 方便等，[三]1551，[元]1604 變
木石。

覺：[三][宮]1606 分。

仿：[宮][聖]816 作功德，[宮]292
聞諸如，[三][宮]481 務曉了，[三]
[宮]632 行是印，[三][宮]810 處，[三]
[宮]810 懷信常，[三]199 從彼便，
[三]419 作一切，[三]1340 農勤圖，

[宋][元][宮]225 學及。

叻：[甲][乙][丙]1184 二合。

勒：[原]2196 等隨分。

立：[明]1571 齊定應，[三][宮]
[聖]754 故能起。

利：[甲]1961 無他力，[乙]2408
迦半音。

令：[宮]848 虛空藏。

輪：[原][甲][乙]1796 案一切。

昧：[原]2395 談薄若。

門：[甲]1734。

滅：[甲]2249 但由闕。

乃：[宮]397，[甲]2068 至心讀，
[明]225 如來現，[明]1563 引後法，
[三]196，[宋][元]630 以伏之，[宋]
1562 轉變成，[宋]2122 來聽願，[元]
721 若利智，[知]418 求得是。

內：[三][宮]618 不離癡，[乙]
2381 滅罪不。

女：[聖]371 佛言是。

劮：[元][明]322 固與聖。

取：[三][宮]1421 用之殺。

人：[三]955 謂體隨。

忍：[三]184 定慧力。

刃：[博]262 等功德。

如：[三][甲]1123 門。

辱：[宮]587 健無匹。

入：[甲]1782 所入不，[三]402。

身：[甲]1851 也時分，[甲][乙]
1821，[甲][乙]1822 種姓，[甲][乙]
1822 劣故二，[甲][乙]2263 差別相，
[甲]1828 果報滅，[甲]1828 護由不，
[甲]2231 不可壞，[甲]2239 色身皆，

[甲]2396 令一切，[甲]2397 其所住，[三]101 守力爲，[乙]1796 眞言及，[乙]1821 種姓，[原]2306 自誓云。

神：[三][宮]451 利益甚，[乙]1736 所持演。

生：[三][宮]1646 識能取。

尸：[明]278 波羅蜜。

石：[三]721。

士：[三][宮]2122 所不制，[三][聖]211。

事：[甲]2254 故以天，[三][宮]288 何謂十，[乙]2263 也何以。

是：[宋][元]1546 者是漏，[宋][元]1530 無畏等。

手：[三]203 斫之刀。

通：[甲]1775 空其室，[明]165 還復退，[三][宮]383 自在無，[三][宮]657 爾時阿，[三][宮]657 若般，[三][宮]657 無礙光，[聖]278。

萬：[三]、方[宮]2103 而魔，[聖]1463。

爲：[宮]1509 如是功，[甲]2299 言中道，[甲][乙]1821，[甲][乙]2288 見報身，[甲]1512 信此，[甲]1816 任運漸，[甲]2270 勝故立，[甲]2299 無畏及，[甲]2305 相扶佐，[三]192 豈是我，[乙]1821 至不樂，[乙]2263 不解釋，[乙]2394 由觀十。

無：[三][宮][聖]476 朋黨。

暇：[甲]2068 禮千佛。

心：[三][宮]278 以淨慧，[三][宮]397 若欲見，[三]203 供養，[聖]664 精進方。

眼：[甲]1911 如衆流。

意：[甲]1921 堪任。

因：[甲]1708 通謂如。

用：[甲]2263 所生，[乙]2263 第七地，[原]2196 具如本。

有：[宮]721 優劣自，[甲][乙]2394 於，[明]1546 故起世，[三][宮]2122 闕少若，[聖]663 勇猛常，[宋][元]1545 故不能。

慾：[宮]614 強故而。

在：[乙]2249 起。

者：[三]311 我説如，[元][明]1339 歡喜踊。

知：[甲]、力也[乙]2207。

直：[甲]2255。

智：[三]682 瑜伽尊。

中：[宮]310 覺悟生，[明]1174 度唵砧，[明]1546 能自地，[三]1559 具八智。

轉：[明]1442 輪王於，[宋][宮][聖]1509。

自：[三][宮]2121 挽。

足：[三][宮]2121 弟子名，[三][聖]199 五通比，[三]125 而不能，[三]193 汝等請。

立

安：[甲]2266 立諦二。

便：[甲]2271 宗爲。

表：[甲]2195。

并：[宮]263 如四天。

並：[甲]1828 色界等，[甲]2392。

竝：[甲]1805 約病者，[聖]1646

物一。

　步：[三][宮]724 坐臥以。

　塵：[原]2410 也云云。

　成：[甲][乙]2263 一分無。

　出：[元][明]310 興來世。

　存：[甲]1733 有少後，[甲]1781
耶云何。

　大：[明]1332 法。

　得：[甲]1929 名四。

　敵：[原]1840 者量圓，[原][乙]
2263 者不許。

　定：[乙]1821 復，[原]1863 在深
密。

　豆：[聖]953 隨魔所。

　而：[宋][元]2087 言曰茂。

　二：[甲]1736 名相見，[宋][元]
1559 無流爲，[宋][元]1566 義第一，
[乙]2397 行淺深，[原]2317 今解人。

　法：[甲]2274 之非所。

　分：[乙]1736 四教等，[原]、分
[甲][乙]1822 兩名也。

　夫：[三][宮]2104 唯論難，[原]
2271 差別者。

　佛：[甲]2266 有情尚，[三][宮]
[聖][另]281 功德修，[聖]643。

　改：[三]2060 名爲宣。

　軌：[甲]2408 中不全。

　互：[甲]1839 有法爲，[原]1981
相照願。

　及：[明]2122 以歸戒。

　佳：[三][宮]1646 河此岸。

　見：[乙]2249 其要故。

　建：[甲]2053 昔者如。

　今：[明]1450 在門首。

　金：[宮]2103 日。

　開：[元][明]2122 新藏欲。

　苦：[三]193 行其事。

　類：[甲]2270 異依增。

　力：[明]99 猶如酥。

　粒：[甲]2035 築淨地。

　量：[甲]2270 二種法。

　靈：[原]1898 塔爲於。

　六：[宮]1912 過七歲，[甲]2266
六種謂，[聖][甲]1723 集功德，[乙]
2391 當，[元][明]418 萬二千，[元]
[明]1227 以右足。

　迷：[原]2362 執實非。

　妙：[原]1782 菩提幢。

　皿：[甲]2128 者也。

　名：[甲]2266 惡作即，[三][宮]
1558 爲法有，[三]1579 自作他，[乙]
2362 五，[原][乙]2263 異熟由。

　明：[甲]2801 學果三。

　平：[宮]1509 住處與。

　破：[甲]2263 量耶，[甲]2270 非
現量，[甲]2274 也云云。

　其：[甲]1828 欲，[甲]2401 作觀
大，[原]、彼[原]1840 境方可。

　起：[甲][丙]2397，[三]2063。

　泣：[三]2088 處次復。

　羌：[宋]2103 或無術。

　丘：[甲]、主[乙]2207 穎反，[甲]
1766 千年一，[明]1426 指，[三]212
城，[元]2063 寺于定。

　屈：[原]2390 如開敷。

　區：[甲]2250 芯剝。

取：[甲]1722 亦破者。

去：[三][另]1428 無犯無，[知]418 三昧遠。

人：[元][明]125 人。

容：[甲][乙]2254 有事和。

入：[宮]425。

若：[明]1423 比丘前。

三：[宮]2040 精舍僧，[甲]12273 因力，[甲]2434 藏章云，[甲]2300 誓寧使，[甲][乙]1822 名，[甲][乙]2249，[甲]1816 法，[甲]1816 即所證，[甲]1828 外更無，[甲]2249 句數之，[乙]1822 一諦答，[乙]2263 分，[元]2034 長樂。

色：[甲]2219。

上：[聖]2157，[元][明]893 處所造。

生：[甲]2196 淨土則，[甲]2261 故生死，[甲]2269 尋思者，[甲]2274 皆合一，[三]278，[三][宮]565 謂沙門，[原]1863 五。

實：[甲][乙]2254 具四下。

世：[甲][乙]1822。

堅：[甲][乙]2391 中，[甲][乙]2390 之堅二，[甲]1072 即誦真，[三]191 恐惡自，[乙]981 二大指，[乙]2392 相合是。

說：[聖]1428 禁戒半。

巳：[甲]1268 壇供養。

土：[甲][乙]2296 五時北，[甲]1828 等應起，[甲]1833 法出逢，[甲]2167 石各十，[乙]2408 云，[原]1851 覺毘婆，[原]2339 如是加。

亡：[三][宮][聖][另]1453 出羯恥，[乙]1775 實立，[元][明]2016。

往：[三]342 何法忍。

妄：[元][明]425 想人心。

爲：[甲]2263 名爲隣。

位：[宮]1545 蘊及，[甲][乙]1709 中常無，[甲]1775 國土優，[甲]2035 在道士，[明]1450 爲王爾，[宋]152 者兄將，[宋]1562 不善根，[乙]2263 豈非喻，[原][乙]2263 滅相者。

五：[宮]334 功德是，[宮]2060 年，[甲]1918 僧坊四，[甲]2254 受也信，[甲][乙]1822 通不依，[甲]2266 位差別，[甲]2274 聲是常，[甲]2337 教未，[甲]2339 各，[明]1440 字欲想，[三][宮]606 還淨，[三]1341 於先死，[聖]285，[聖]285 道意變，[聖]1582 願常求，[宋][宮]381 百歲千，[宋][宮]1505 住是意，[宋][元][宮]1562 六處名，[宋][元]1 更不受，[宋]313 婬欲亂，[乙]2261 今指樞，[乙]2391 起雲五，[乙]2408 分法身，[元]1547 戒受問，[原]2270 宗過失。

悉：[明][宮]263 見。

顯：[甲]2801 大果因，[三]2063 衆二百。

形：[三]203 小便衆。

性：[明]220。

興：[三][宮]1581。

玄：[甲]1727 云若於，[明]1257 如舞蹈。

言：[甲][乙]1822，[甲][乙]1822 犯戒名，[甲][乙]2434 之其，[三][宮]

1579 論多有，[乙]1822 非一業，[乙]
1830 三法故，[乙]2296 誰以準，[原]
1840 後三相。

　也：[甲]2087 高二百。

　以：[宮]637 樂之三。

　倚：[甲][乙]2261 終日恒。

　亦：[甲][乙]1822 有異名，[甲]
2204 陀羅尼，[甲]2261 通有瑜，[甲]
2266 有不得，[甲]2266 有此義，[甲]
2296 四重二，[三][宮]1566 別義故，
[聖]1763 以不悉，[乙]2296 破第八，
[元]1579 如是論。

　意：[宮][聖]1547 無量下，[甲]
1786 意二初，[甲][乙]1822 於無學，
[甲]1717 二慧次，[甲]2223 後隨自，
[甲]2263 有爲相，[甲]2275 義勝亦，
[乙]2261 眞實義，[乙]2263 據不定，
[乙]2263 可云無，[元][明][聖]278 觀
察一。

　義：[甲]2428 幾智耶。

　應：[甲]1828 爲。

　有：[甲]2274 無常與，[甲]2317
者是章。

　與：[甲]1705 觀名得，[乙]1822
慢名於。

　昱：[三]2103，[三]2103 慧遠
慧。

　云：[甲]、主[乙]2261 夫無明，
[甲]2255 時中，[甲][乙]2261 其名
名，[甲][乙][丙]2397 一切智，[甲]
[乙]2261 成唯識，[甲][乙]2263 一向
不，[甲]1298 圓壇云，[甲]1828 凡夫
性，[甲]1863，[甲]2128 泣餘聲，[甲]

2263 一向不，[甲]2273 即，[甲]2274
我應常，[甲]2299，[甲]2434 三乘五，
[甲]2434 也或又，[三][宮]338 衆人
想，[三][宮]1559 爲取偈，[三]2041
此即摩，[三]2154 與法炬，[聖]125，
[乙]1821 覺支如，[乙]1821 四大外，
[乙]1822 根也一，[乙]1822 迦耶見，
[乙]2157 與法炬，[乙]2215 見相二，
[乙]2263 法輪不，[乙]2263 爲輪第，
[乙]2263 因果，[乙]2263 至教量，
[乙]2396 暫時畢，[原]1840 他比。

　在：[甲][乙]1822 雙因不，[甲]
[乙]1822 方名取，[甲]1717 三教及，
[甲]1828 三諦除，[甲]2195 至五百。

　早：[三][宮]541 爲。

　造：[三]2123 千二百。

　之：[甲][乙]1822 此緣體，[甲]
1724 雖爾云，[甲]1816 內證實，[甲]
2259 量云眼，[甲]2299 加行位，[甲]
2299 名豈得，[甲]2339 一或名，[三]
2106 者其福，[三]2122 制意使，[原]
2339 身是出。

　植：[明]234 德本亦。

　止：[原]2266 近有。

　至：[甲]2270 而説有，[三][宮]
227 於阿耨，[乙]2390 水輪向。

　志：[三][宮]585 菩薩求，[三]730
意。

　制：[甲]1792 經。

　治：[三]2063 身清。

　主：[宮]1808 誓並如，[甲]868 四
方界，[甲]897 或有如，[甲]1782 佛
初地，[甲]1782 應告，[甲]2271 四大

種，[甲]2273 無常，[三][宮]1507 齋
講者。

住：[宮]623 俱發洪，[宮]1579 無
顛倒，[明]316 正行謂，[三][宮][聖]
294 而作是，[三][宮]638 於宮殿，[三]
156 手摩於，[宋]1339，[元][明]533 不
退轉。

柱：[宮]685 目連悲。

自：[明]2131 異熟名。

左：[乙]2391 十六。

作：[宮]2048 三論，[三]196 精
舍須。

坐：[宮]270，[甲]901 而不坐，
[三][宮]279 一切刹，[三][宮]1470 受
香者，[三]100 一面而。

吏

更：[三]1331 無衣幘，[知]2082
開。

里：[三][宮]724 禁督護。

漏：[三][宮]263。

史：[宮]2103 稟學於，[甲]1959
民營辨，[三][宮]2122 寶軌等，[三][宮]
2122 十八年，[三]186 令吏親，[三]
2063 念即招，[三]2149 共出亦，[宋]
[元]2122 啓不，[宋]2061，[元][明]、支
[宮]2105 當周簡，[知][甲]2082 自。

使：[三][宮]737 縛，[三]196 民
以歲，[三]2122 力人輿。

之：[三][宮]606 首遠計。

利

別：[甲]2266 當知，[甲]2270 言

詞柔，[三][宮]1646 種種性，[另]1458
，[宋][聖]210，[宋]1171，[乙]1816 應
化身，[乙]光記作別 2254 起勝得，
[原]1776 稱菩薩。

剝：[三]、拔[甲]2087 其牙。

不：[元][明]400 無爲求。

才：[宋][宮]2122 養。

稱：[三]192。

愁：[三]1300 竊盜其。

初：[甲]1335 佛締利，[聖]1509
益令其，[乙]2261 鈍根各。

此：[宋][宮]1674 觜嗟身。

刺：[三]201 臥棘刺。

達：[甲]1828 明意業。

到：[甲]1820 苟無，[三]2151，
[三]2154，[原]1776 亦可前。

道：[三]1646 又現。

度：[甲]2263 故雖不。

鈍：[三][宮]1648 智樂修。

供：[三]、物[聖]310 養殊勝，
[三][聖]375 養甘露。

故：[三][宮]263。

和：[甲][乙]2218 須烏婆，[甲]
2167，[明]1549 語誨或，[三][宮]425
此，[三]1331 羅字赫，[三]1336 三物
合，[聖][另]1458，[聖]200 安，[聖]
1509 故有所，[聖]1579 貪纏彼，[聖]
2157 弗般泥，[元]99 少病少，[元]1428
弗即還。

護：[三][宮]397 自他勤。

慧：[元]2122 益。

疾：[甲]2191 於瞬目。

劫：[明]206 我財寶。

解：[甲]2748 也我昔。

進：[甲]2837 如救。

荊：[宮]1546 刺入身。

刊：[甲]2130 天神應。

科：[宮][甲]1805 制犯中，[甲]1805 初總列，[甲]1805 爲制客，[三][宮]273 法，[宋]2147 發願偈。

快：[三]489 樂極大。

了：[博]262 無。

哩：[甲]、唎[乙]897 須庾微，[明][甲]1176 二合，[原]1212 底阿蜜，[原]1212 耶阿。

唎：[宮]443 施，[宮]895 吉羅等，[甲]、哩[乙]1184，[甲][乙][丙]1184 二合，[甲][乙][丙]1184 野二，[甲][乙]897 二合迦，[甲][乙]1074 婆觀世，[甲][乙]1796 字爲心，[甲]850 媲等是，[甲]973 嚂，[甲]1709 此云綺，[明][甲][乙]1254 底瑟吒，[明][甲]901 三薩婆，[明]901 十九都，[明]1039 婆木如，[三]873 二合拏，[三][宮][甲]901 吉，[三][宮][聖]397 五朱唎，[三][宮][聖]397 耶，[三][宮]443 不，[三][宮]443 因引，[三][甲]1033 二合莽，[三][甲]901 集天衆，[三][甲]1101 呫多，[三][甲]1102，[三][乙]1092 娜野三，[三][乙]1125 二合藥，[三]310，[三]982 得迦神，[三]1058，[三]1137 呵㜺三，[三]1334 一迦伽，[三]1335 阿修羅，[三]1335 蜜唎尼，[三]1335 私唎婆，[宋][宮]901 者還以，[宋][宮]901 吉，[宋]2154 心經十，[元][明]240 短，[元][明]

1034 耶余何，[元][明]1093 哺囉。

梨：[丁]2244 惹髓，[宮]1425 吒身有，[宮]1462 婆，[宮]2043 弗國，[宮]2059 帝等並，[甲][丙]2397，[甲][乙]2434 耶法故，[甲]1007 二合，[甲]1067 支天，[甲]2130 傳曰即，[甲]2157 集貞元，[甲]2393 沙偈如，[甲]2787，[甲]2792，[明]310 耶波羅，[明]278 百千拘，[明]310 耶便起，[明]310 耶靜慮，[明]1340 耶阿，[明]1343 尼毘竭，[明]1462 迦羅衣，[明]下同 310 耶波羅，[明]下同 1435 婆沙摩，[三]984 阿漏母，[三]984 喜利喜，[三][宮]1442 耶此寺，[三][宮]1644，[三][宮][久]397 弗國，[三][宮][聖]383 賓伽利，[三][宮][聖]383 反多，[三][宮][聖]397 國佉羅，[三][宮][聖]397 質多羅，[三][宮][石]1509 常行第，[三][宮]397，[三][宮]397 毘夜也，[三][宮]397 耶摩國，[三][宮]397 戰跙，[三][宮]397 質，[三][宮]1425 鳥生，[三][宮]1428，[三][宮]1428 迦羅衣，[三][宮]1428 師達多，[三][宮]1428 夜婆羅，[三][宮]1435 昌，[三][宮]1435 婆沙摩，[三][宮]1442 子所而，[三][宮]1462 迦羅衣，[三][宮]1462 婆，[三][宮]1462 婆闍，[三][宮]1488 質多林，[三][宮]1521 沙樹涅，[三][宮]2043 摩訶迦，[三][宮]2059 城族姓，[三][宮]2121 國近南，[三][宮]2121 女問曰，[三][乙]2087 子又曰，[三]1 輪五名，[三]100 質多羅，[三]190 師迦華，[三]202 轉輪聖，[三]956，[三]991 反引

婆，[三]1331，[三]1331 迦移字，[三]1331 區恕，[三]1331 子字，[三]1332 那一耆，[三]1336 蜜梨，[三]1343 尼毘，[聖][另]790 曰，[聖]663 神曡摩，[石][高]1668 鬼爲報，[宋][元]、黎[明]190 尸王第，[宋][元][宮]1425 吒有沙，[宋][元][明]192 及婆俱，[宋][元][明]192 檀茶如，[宋][元]1138 波伽頻，[乙]2396 彌勒，[乙]2244 南瑪瑙，[乙]2391 字於兩，[乙]2394 荼印於，[乙]2397 彌，[元][明]99 子爲大，[元][明]212 羅時四，[元][明]671 阿摩諦，[元][明]1336 乞利，[原]1744 耶此造。

犂：[三]、梨[宮]1505 果好華，[元][明][宮]271 滅無明。

黎：[三][甲]951 六鞞詫，[三]1耶。

離：[博]262 根，[宮]1605 益意樂，[甲][乙]1866 人斷，[甲]867 樂身，[甲]1782 者是其，[甲]2035 國因須，[甲]2907 於我諸，[明]721 養已知，[三][宮][聖]397 耶摩國，[三][宮]618 有我相，[三][宮]832 身業口，[三]201 槃特等，[聖]476 樂，[宋][元]、我[明][宮]1559 非事等，[乙]2391 言説性，[原]1212。

里：[甲]1119 吉麗二，[明]1450 迦苾芻，[明]1450 迦二名，[三]125 地上世。

理：[丙]2777 可，[甲]2196 五道三，[甲]2312 勤苦所，[明]1450 王爲諸，[乙]2207 也言官，[原]1744。

力：[宮]、刀[聖]2042 阿練若，[宮][聖]2042 長者言，[聖]2042 阿練若。

利：[元][明]1341 都常空。

痢：[甲]1736 當知是，[三][宮]694 藥又一，[三][宮]721 苦惱四，[三][宮]1451 之，[三][宮]2040 噦噎，[三]199，[三]1336 藍婆鬼，[宋][元][甲]1033 畢即以，[宋][元][甲]1163 欲來惱，[宋][元]1185 諸雜等，[元][明]468 出血或。

隸：[三][宮]657 質多拘。

烈：[三][宮]665 健。

領：[甲]2779 密魯留。

祿：[三]192 進步隨。

羅：[宮]1435，[甲]、唎[乙][丙]973 首羅，[甲]2068 經金光，[三][宮][聖][另]1428，[三][宮]2121 園即迴。

履：[明]210 行奉。

律：[明]2131 陀樹名，[聖]125 陀是時。

禰：[三]1336 彌利多。

眠：[三][宮][聖]675。

名：[原]2196 吉祥者。

明：[明]310 叡智欻。

那：[宋]657 婆羅門。

能：[三]397。

耨：[元][明]458 文陀弗，[元]228 須菩提。

佩：[三]1211 身色。

祁：[三]1336 尼蛇他。

巧：[三][宮]1425 辯才給。

秋：[宮]2060 州別置。

然：[明]、明註曰利北藏作然
721 速轉彼。

饒：[三][宮]410 益安樂，[三]
1581 益同利，[聖]227 益無量。

剎：[宮]656 內觀無，[宮]657 今
現在，[宮]901 愛念若，[甲]、唎[乙]
[丁]2244 惹此云，[甲]2128 也考聲，
[甲][乙]867 盡，[甲]1733 起慢自，[甲]
1781 利利，[甲]2196 此云田，[甲]
2196 二合茶，[甲]2250 天等是，[甲]
2261 益他方，[甲]2261 者即是，[明]
[和]293 亦見於，[明]212 內，[明]696
內，[明]1007 反瑟，[三]、察[宮]637
修諸菩，[三]157 文陀鞞，[三][宮]
2122 內地山，[三][宮][知]266 度之
至，[三][宮]392 廟惟無，[三][宮]434
其人，[三][宮]1509 羅多那，[三]309
內所居，[乙]1823 益果人，[乙]2223
金剛笑，[乙]2393 喜私檢，[原]974 鬼
神入，[原]2299 五乞菩。

身：[乙]2381 佛曾於。

勝：[甲]1828 根但未。

施：[三][宮]1581 成熟神。

事：[宮]1581 攝取成，[甲]2261
攝之得，[三][宮]1581 隨。

受：[三][乙]1022 樂安隱。

壽：[甲]1026 大王建。

說：[宋]14 佛告阿，[原]1771 阿
那律。

私：[三][宮]2028 人婦。

提：[明]2122 地多有，[三][宮]
2121 地之中，[宋]474 上答。

剃：[乙]2250 去內衣。

土：[乙]981 婆羅門。

聞：[甲]2168 經一卷。

我：[甲]1816 中智為，[三]、一
[宮]2112 以資奉，[三][宮]397 學道
弟，[石]1509 云何能。

無：[三]、一[宮]、一[石]1509。

相：[甲]1805 彼文不，[甲]1781
成之道，[甲]2775 彼，[甲]2775 因茲
建。

祥：[三]1331 度岸。

邪：[三]327 言欲求。

心：[三][宮]721 益常調。

刑：[聖]1440 養偏勝。

行：[甲]1813 九富慢，[甲]1813
三令客，[甲]2196 化他為，[三][宮]
625，[宋][元][宮]1521 益名為，[乙]
2263 故。

宜：[聖]1421 而人無。

移：[三]1343 肥那蛇。

益：[聖]1721 物今說。

義：[三][宮]273，[元][明]1602
隨諸經。

引：[甲]1828 生非如，[三][宮]
[聖][另]1442 樂，[三][宮]292 普門
一，[三][宮]292 正路心，[三][宮]292
正業，[聖]1509 根諸煩，[乙]2397 導
之今，[原]1818 菩薩正。

應：[原]、應[甲]2006 物。

樂：[三][聖]190 大安世。

則：[甲]2266 生之極，[三][宮]
398 名曰如，[三][宮]730 得之便。

增：[三]1082 益能加。

釧：[聖]221 花復有。

詔：[宮]2121 喜受三。

支：[三][宮]2122 應。

知：[三]186 於牛。

致：[元]1579 品應知。

智：[宮]729。

種：[三]299 瞻波迦，[聖]1509 事二者。

衆：[宋][元][宮]1548 若，[元][明]1003 法平等。

諸：[三][宮][聖][另]285 衆生。

例

傍：[甲]2217 等者前。

別：[甲]2412 鉢印虛，[甲][乙] 1866 非一皆，[甲]1830 亦爾即，[甲] 2266 難稍不，[甲]2266 亦爾離，[乙] 2408 地位。

側：[甲][乙][丙]1823 有瞻部。

到：[甲]2792 作羯磨。

倒：[宮]1652 彼所未，[宮]2122 皆如然，[甲][乙]1822 釋長行，[甲] [乙]2259 應非眞，[甲]1700 應然， [甲]1709 此應知，[甲]1728，[甲]1763 見之我，[甲]1828 次舉八，[甲]1828 說四念，[甲]1834 生比量，[甲]2217 分別心，[甲]2261 由疑及，[甲]2300 皆如，[甲]2404 言，[三][宮]1558 應 成失，[三][宮]1562 無因世，[三][宮] 2060 不如常，[三][宮]2060 生侮慢， [三]2145 事同而，[三]2149 處悉録， [宋][元]1644 皆如是，[宋]152 具， [乙]1709 名無難，[乙]1832 修，[乙] 2396 此大乘，[原]2270 俱爲不。

得：[甲]1821 同於捨。

返：[乙]2263 難者凡。

許：[甲]1828 貪帶無。

就：[甲]1705 四蘊及。

卷：[三]2149 依。

列：[宮]2060 代之區，[甲]、位 [乙]1822 釋三緣，[甲]1765 如是所， [甲]1766 章云二，[甲]1789 三十三， [甲]1806 爾，[甲]1912 四句若，[甲] 1717，[甲]1717 如文，[甲]1735 前諸 文，[甲]1795 者唯是，[甲]2035 爲九 祖，[甲]2250 無時節，[明]2059 傾， [三][宮]2060 頗聞善，[三][宮]2102， [三][宮]2104 飯時有，[三]2060 中， [宋]1092 同怒輕，[宋]2103 可知諸， [宋]2149 一卷於，[乙]1736 耳多一， [乙]1796 皆，[乙]2223 也纔字，[乙] 2394 眷屬皆，[原]2377。

冽：[宮]1799 此釋貪。

録：[宮]2103 一卷古。

前：[乙]2408 次愛染。

屬：[甲]1821 上。

文：[甲]2035 之文此。

無：[甲]1736 之後。

向：[三][聖]125 復告彼。

續：[甲]、違[乙]2249 歟次現。

引：[甲][乙]2317 而與。

瑜：[甲]2270 八囀。

則：[甲][乙]2397 一。

住：[三]、伍[宮]729 今見有。

沴

屬：[三][宮]2122，[三][宮]2122

氣。

　　冹：[甲]、殄[丙]2120 萬福莊，[甲]2120 不生氛。

戾

　　屑：[三]607 皮黑咤。

　　狗：[三][宮]1435 鼻鸚。

　　悷：[三]193 逆正理，[元][明]212 不調有。

　　捩：[元][明]203。

栗

　　〓：[三][甲][乙][丙]930 二合。

　　法：[三][宮]、佉[西]665 諦。

　　果：[甲]2128 二反秦。

　　㗚：[甲]1065 拏，[甲]2135 多二合，[甲]2135 尾二合。

　　慄：[三][宮]2123 多。

　　票：[甲]2128 鎮反梁，[甲]1736 多底疏，[甲]2087 恃薩，[甲]2087 呫，[甲]2130 哆賴咤，[三][乙]1092 使那，[三]2145 瑟㝹彌，[聖]1563 氏子略。

　　粟：[甲]1782 如來故，[甲][乙][丁]2244 蘇，[甲]2087 多底疏，[甲]2130 屠那譯，[三][宮]1552 地或言，[三][宮]1543 多，[三][宮]1552 提譯言，[三][宮]2103 蘋藻礿，[三][宮]2123 胡桃，[三]2060 潞州人，[聖]324 屠那迴，[宋]下同 1331 頭不羅，[元][明]1007 儞。

　　未：[元]1545。

候

　　悷：[三]1440 自用作。

　　戾：[明]2123 不受諫。

涖

　　位：[甲]2128 音同上。

唳

　　喉：[三][宮]882。

笠

　　是：[甲]2266 置師所。

　　頭：[甲]2003 失却脚。

　　竺：[原]2431 國聖人。

粒

　　粉：[甲]913 亦得如。

　　糧：[甲]2266 戒是戒。

悷

　　淚：[三]6 急好罵。

　　候：[甲]1733 衆生五。

　　儱：[宋]401 蛇蚖因。

　　戾：[宮]2122 法，[甲]1775 不調加，[明]6 之心邁，[三][宮]263 者不肯，[三][宮]1562 難調爲，[三]375 自是須，[聖]100 惡，[聖]476 不調，[宋][宮]、聖]1425 難諫種，[宋][宮]1579 不爲宣，[宋][宮][聖]1425 法，[宋][宮]398 二曰瞋，[宋][宮]1425 自用此，[宋][宮]2121 爾，[宋][宮]2121 法，[宋]152 爾將所，[乙]1909 忿諍之，[元][明]658 難調。

椕

捸：[宮][甲]1998 子所轉。

罳

罵：[宮]659 放逸自，[三][宮]2034 意經群，[三][宮]2103 於上帝，[三]2087 曰卑賤，[宋][元][宮]2122 言汝無。

若：[聖]224 瞋恨自。

言：[宮]1509 毀辱忿，[宮]2123 憍陵，[三][宮][另]1435 時十七。

痢

利：[宮]374，[宮]2059，[宮]2060 病有加，[明][宮]1662，[明]333 須自洗，[明]1033 處憶念，[明]1169 亦，[三][宮]721 上氣，[三][宮]2122 出血或，[聖][另]1442 下雖多，[宋][元][宮]2122 不斷吾，[元][明]187 等，[元][明]187 臭。

嚟

喇：[甲]2135 拏二合。

哩：[甲][乙]1796 二合鉢，[明][甲]997 二合低，[宋]982 二合，[乙][丙][丁]865，[乙]2394 伽二明。

栗：[甲]1821 多此云，[甲][乙]894 二合旦，[甲][乙]1796 二合哆，[甲]982 底，[甲]1112 反，[乙]2394 拏△句。

慄：[明]1243 那。

嘌：[丙]973 二合，[丙]1184 那二，[甲]、[乙]850 鈝二合，[甲][乙]

2393 二，[甲][乙]2393 何是魅，[甲]853，[甲]853 嚩二合，[三][乙]1092 陣途引，[宋]1092 諦，[乙]850 二合吒，[乙]850 很拏佉，[乙]913 二合，[乙]2393 二。

哂：[甲]2128 字林作。

味：[乙]1796 二合底。

溧

漂：[宋][元]2061 陽家系。

慄

標：[三][宮]2122 多弭此，[宋][元]2061 嘩俄然。

慓：[甲]2053，[聖]425 衣毛爲，[宋]、標[宮]2060 不安其，[宋][宮]、慓[元]2122 當知受，[宋][元][宮][聖]1579 寒凍繧，[宋]362，[宋]2122。

竦：[三]76 拱手垂。

慄：[宋][元]100。

厲

蠆：[三][宮]1549 毒。

廣：[甲]2035 王胡夷。

浵：[三][宮]2102 奮於冥。

勵：[宮]1425 聲而喚，[甲]2082 初爲雲，[明]2060 俗，[三]、一[宮]2121 得羅漢，[三][宮]1548 正勸勉，[三][宮]2060 志於重，[三][宮]2103 道意，[三][宮]2121 佛言我，[三][宮]2121 共造福，[三][宮]2121 之言何，[三][宮]2122 彌至，[三][宮]2122 貪競以，[三]1548 身出息，[宋][宮]2060，

[宋][明][宮]2122 不息，[宋][元][宮]2060 與同學，[元][明]790 當誅，[元][明]2145 疾若與，[元]2122 剋骨不。

癘：[明]1579 衆具，[明]2122 災橫，[三][宮][甲][乙]848 及世間，[三][宮]720 死亡疾，[三][宮]2060 疾，[三][宮]2060 疾男，[三][宮]2060 疾求誠，[三][宮]2122，[三][宮]2122 歲多宜，[三]991 相續有，[三]992，[三]2122 況良，[三]2154，[三]2154 疾方始，[元][明]2060，[元][明]2060 疾供養，[元][明]2145 昔舜禹。

麗：[三]2145 皆得其。

屬：[三][宮]2059 皆得其，[宋][宮]2121 臥疾著。

歷

不：[甲]1731 則成有。

塵：[甲]1828 勞故第，[明]2103 賢劫而，[三]187 劫無窮。

厤：[三][宮]2104 心博綜，[三][宮]2104 葉相承。

過：[知]741 飛鳥走。

經：[聖]2157 烏耆大。

立：[明]125。

曆：[宮]2060 法令滋，[甲]1724 名，[甲]1909 蹓於造，[甲]2039，[甲]2217 日夜即，[甲]2217 三諦故，[甲]2395 劫修行，[明]2076 十年十，[明]1094 創基傳，[明]2076 八年納，[明]2076 三年石，[明]2076 元年九，[明]2076 中隸名，[三][宮]607 日，[三][宮]1478 數推布，[三][宮]2034 云帝

夢，[三][宮]2060 不緒周，[三][宮]2060 告興遂，[三][宮]2060 及唐貞，[三][宮]2060 七曜盈，[三][宮]2060 有號大，[三][宮]2103 出名行，[三][宮]2103 弘濟區，[三][宮]2103 譜而與，[三][宮]2103 數周世，[三][宮]2103 無主淳，[三][宮]2121 諸，[三][宮]2122 佛教大，[三][宮]2122 佛日將，[三][宮]2122 日月徑，[三]196 數，[三]212，[三]2103 膺圖總，[三]2154 參定後，[三]2154 及隋費，[聖]2157，[宋][宮]2122 夏而至，[宋]1552 也比丘，[乙][丁]2244 算之大，[乙]850 於諸趣，[乙]2812 九年歲。

瀝：[三][宮]2102 勢倒兵，[原]2001，[原]2001 乾鼻孔。

糜：[三][宮]402 耄伽三，[三][宮]402 娜履，[三][甲][乙]1069 努播攞。

靡：[甲]2192 北里衣。

涉：[元][明][宮]2059 諸。

羊：[三]1336 毛縷結。

應：[三][宮]721，[三][宮]1543 六二七，[三]2106 覽想一。

止：[聖]2157 三朝准。

曆

久：[乙]2408 四年九。

歷：[甲]2084 艱以具，[甲][丙]2812 餘四蘊，[甲]2196 劫逾明，[甲]2348 焉名，[明][宮]2060 云季周，[明]2034 十一月，[明]2060 寇，[三][宮]389 數算計，[三][宮]2034 高聲梵，[三][宮]2060 寒暑博，[三][宮]2060

仕，[三][宮]2104 年代論，[三][宮]
2122 時醫爲，[三][宮]2122 數聰辯，
[三]2088 代可，[三]2110 以君臨，[三]
2152 二年己，[三]2154 不同校，[聖]
2157 及隋費，[另]1451 不答曰，[宋]
[元]2061 元年登，[宋][元]2061 中示
滅，[宋][元]2103 代賢明，[乙][丁]
2244 五印度，[乙]2092 數允集，[元]
[明]2060 求而捨。

象：[明]99 邪命求。

屑：[甲]2128 反前律。

緤

拔：[宮]、捩[甲]下同 901 出遣
前。

戾：[三]190 而眠或。

捩：[三][宮][甲]901 相絞以，
[三][宮]1435 衣取。

隸

哩：[明]1234 薩哩嚩。

黎：[甲]1000 二摩賀。

利：[明]55 種也迦。

戾：[三]187 書毘憩。

嚟：[宮]244 引吉攞，[明][乙]
1092 二素嚕，[明]1200 娑嚩二，[三]
[丙]1056，[三][宮]411 四十二，[三]
982 二佉，[三]982 七十，[三]1005 二
，[宋]1092 十四輪，[元][明]1071 九
壹履。

齡：[原]1287 多羅羯。

齡：[乙]2207 古品異。

羅：[石]1509。

那：[宮]476 敬事行。

捺：[元][明][甲]1071 耶夷何。

肆：[三]2154 毘尼依。

文：[原]1898 字則。

狎：[三][宮][甲]2053 古人互。

疑：[宋][宮]2103 之役無，[宋]
[明]1129 泥引惡。

肂：[甲]1969 業上庠，[三]2151
毘尼儀。

勵

廣：[三]202 志思。

疾：[甲]1775 救彼苦。

厲：[宮]397 不捨本，[宮]397 見，
[明][丙]、火[甲]、吠[乙]1214 聲日
三，[明]1562，[明]2102 君，[明]2112
言所被，[三]375 聲大呼，[三]2063 師
友嗟，[三][宮]380 身心力，[三][宮]
1562，[三][宮]2060 發蹤跋，[三][宮]
2060 時倫乃，[三][宮]2060 勇通冠，
[三][宮]2102 法要日，[三][宮]2102
妙行以，[三][宮]2103，[三][宮]2103
六時以，[三][宮]2108 壤貫青，[三]
[宮]2122 操貞，[三][宮]2122 專注曾，
[三]873 聲誦眞，[三]2063 精苦行，
[三]2063 行長，[三]2125 父嚴，[三]
2125 也讀八，[三]2145 藥愚針，[聖]
210 己防貪，[聖]278，[聖]1851 觀理
力，[宋][宮][聖][另]790，[宋][元][宮]
2059 行甚峻，[宋][元][宮]2121 而欲
漏，[宋][元][宮]2122 苦行標，[元]
[明]2110 之重救。

癘：[三][宮]2060 流者必，[三]

[宮]2122，[三][宮]2123 若多剋，[元]
[明]2122 者先勸。

邁：[三][宮]2059 先哲齊，[三]
2154 先哲武。

滿：[甲]2312 善。

勤：[宮]1515 故彼作。

慶：[聖]663 不生疲。

歷

曆：[甲]2207 東宮切。

應：[聖]1440 前諸法。

曆

歷：[甲]974 展。

鳩

鳩：[原]2244 時二反。

隸

㵷：[明][甲][乙]948 轉舌，[三]
[乙]1092 三，[三]982 三阿。

疑：[宮]397 卑婆車，[三][宮]397
耆唎哆，[三][宮]407 唵，[宋][宮]2059
校尉姚。

肆：[明]2076 司空山。

癘

癩：[三]、一[宮]2122 野干身，
[三][宮]2122 見已哀，[三][宮]2122 死
舍利。

厲：[明]201 攘，[明]2102 非益
謂，[三][宮]2103 之責斯，[三][宮]下
同 2102 婦夕產，[宋][宮]2060 橫流
或，[宋][宮]2060 天花與，[宋][宮]

2122 魔邪所。

勵：[宮]2104，[宋][明][宮]、厲
[元]2122 疾崔寇。

惱：[三][宮]411 疾病四。

疫：[甲]2128 壁反說。

厲：[宋][宮]2060。

攊

歷：[宮]、㩧[聖]1459 便招過，
[宮][聖]1459 他學處，[宮]1430 他比
丘，[宮]1459，[宋][宮]1454 水同眠，
[宋][宮]1455 他者波，[宋][元][宮]
1422 波夜提。

歷：[宋][宮]、櫪[明]、㩧[聖]
1437 他波夜，[宋][宮][聖][另]1442
學處第，[宋][宮][另]1435 他一波，
[宋][宮]1435 他不得，[宋][宮]1442
水同眠，[宋][另]1435 小兒多，[宋]
[另]曆[宮]1435 他者波。

藶

歷：[宮]822 子取其，[宋][宮]
2122 子是名。

麗

塵：[三]993 香莊嚴。

驪：[三][宮]2059 道人，[原]961
龍寶珠。

鱺：[甲]2053 之詠盈。

禮：[宋][宮][甲][乙][丁]848 五薩
婆。

隸：[三][宮]288。

儷：[三][宮]2060 詞傍有。

囇：[甲]2400 力揩，[三][宮]665 薩婆頗，[三][宮]2122 曳四室，[三][甲]1024 六達囇，[三]918 娑揭末，[三]985，[三]985 末麗弭，[三]985 三曼。

盧：[甲]1733 伐。

羅：[三][宮]671，[乙]866。

囉：[乙][丁]2244 或達殺。

能：[三][宮]2122 精好亦。

灑：[宮]671 波麗波，[宋][元]203，[乙]912。

曬：[聖]1421 於天。

餝：[三][宮]301 如歡喜。

礪

礦：[甲]2128 石也錄，[宋][宮]2123 抗迹流。

厲：[三]2125 律師之。

嚇

黎：[三]982 五弭黎。

隸：[丙]1132，[甲]1030嚇八，[甲]1111 阿哩也，[三][宮]665 名具，[三][甲][乙]1132 吽，[三]982 灑迦願，[宋][宮]866，[宋][元]1154 二闍耶，[宋]1092，[宋]1092 路，[宋]1092 躓第，[乙]1069 二合拏，[元][明][乙]1092 四。

隸：[甲]850 合瑟致，[明][甲]997 三娑嚩，[三]、[宮]411 一车那，[宋][明]1272 囉訖多，[乙]930 二合，[乙]1069 摩訶三。

嚇：[乙]867嚇阿。

囇：[甲][乙]2228 三路迦。

囉：[甲]、羅[乙]982 引嚩底。

捼：[宋]、[元][明]1092 彈舌輕。

蘇：[乙]1069 里弭里。

嚲：[宮]866 二十六，[明]1177，[乙]2244 瑟姥姥，[元][三]873 二合。

瀝

誠：[三][宮][甲]2053 懇。

歷：[甲]1080 餘本譯，[三]203 沾污床，[三][宮]2122 淚馳走，[宋][元][聖]190 淚啼。

麗：[宋][元]2061 爲人。

癧：[明]374 眼耳疼。

櫪

歷：[宋][宮]1509 養亦是。

歷：[宋][宮]下同 1442 彼笑而。

攊：[甲]1805 十七群。

礫

礰：[三][宮]2122 異價，[聖]1851 瓦石及。

壘：[福][膚]375 棘刺乏。

石：[甲]1932 今問若。

爍：[乙]1796 底印也，[原]2196 二無風。

磤：[元][明]992 聲龍王。

樂：[宋]2034。

礫：[三][宮]2053，[三]1162。

蠣

蠤：[三]2121 蟲殘危。

儺

　　離：[三]下同 1336 跛禰儺。

糯

　　勵：[元][明]2103 心。

礚

　　碻：[明]2016 定眞實。

儷

　　麗：[德]1562 藥佛因。

攦

　　絜：[三]193 黑及群。

攊

　　二：[甲]2128 車所踐。
　　劫：[三]2122 莫之比。
　　礫：[宋]1237 碎其頭。
　　攊：[甲]2003 鑽雲門。
　　輅：[久]1486 其頂上。
　　落：[聖]125 其頭或。
　　爍：[宋]152 其首耳。

囄

　　唎：[甲]936 莎訶。
　　麗：[甲]2400 舍視拏，[明][乙]1225 二合怛，[明]665 平聲稅，[明]985 襄，[三]985 呬闍嗻，[三][宮][西]665 劫鼻，[三]985 怛怛囄，[三]985 忙揭勵，[宋][宮][西]665，[乙]2394 與。
　　囄：[明][乙]1086 闚囄阿。
　　惹：[甲][乙]1132。

灑：[甲]1710 曳四室，[聖][另]1458 知量受。
曬：[甲]、灑[乙]850，[三][乙][丙]1146 引迦嚩，[三]873 引迦吽。

靂

　　礰：[聖]125 自然之。

璨

　　梨：[宮]2040 鏡八萬，[甲]1735 下明見，[宋][宮]2122 大海中。

怜

　　班：[三][宮]587。
　　矜：[甲]1816 愍欲遍，[三]200 原其生。
　　憐：[甲][乙]1929 愍欲度，[甲]1799 愍二顯，[甲]1828 愍如父，[甲]2036 其才減，[甲]2036 雙象馬，[甲]2036 者而，[甲]2036 之令弟，[明]1450 愍心常，[明]1451 汝餓鬼，[明][聖][石]1509 愍衆生，[明]190，[明]190 婦，[明]190 世間無，[明]220 愍，[明]220 愍諸有，[明]1450 愛洗浣，[明]1450 念貧乏，[明]1648，[明]2076 生又被，[明]2103 霑衿獨，[明]2121 之如子，[三][宮][石]1509 愍之心，[三][宮]397 愍，[三][宮]553 其年小，[三][宮]834 愍我等，[三][宮]1577 愍譬如，[三][宮]1610 作如是，[三][宮]2103 愍概矜，[三][宮]2103 萬品護，[三][宮]2121，[三][宮]2121 愛爲其，[三][宮]2121 愍心乃，[三][宮]2121 乞得載，[三][宮]2123 吾貧寒，[三][乙]

1008 愛，[三]1644 愍是六，[三]2063 之不違，[三]2103 喝烏思，[三]2154 其，[聖]190 故度脫，[另]1721 愍善言，[乙]895 愍眾生，[元][明]1530 愛一子。

連

運：[甲]2266 善那此。

連

遏：[宮]2122 寺。

車：[元][明]332 笮其身。

達：[甲]2250，[甲]2286 陀等。

遞：[甲]2089 接遂入。

東：[宮]2060 書亦草，[聖]2157 太守王。

捷：[三]2154 蘭腹經。

蘭：[三]2149 腹經出。

蓮：[宮]2122 河度五，[甲]2261 勝達人，[三][宮]2053 弗，[三]2149 出六度，[聖]2157 提耶舍。

漣：[甲]2128，[三][宮]383 禪河于，[元][明]7 汙如。

聯：[三]945 字句中，[三][宮]2034 壁，[三]201 翩來歸。

流：[三][宮]2060 謝曰。

遣：[三][宮]1425 車載金，[三][宮]2121 女貞賢。

速：[甲]1709 注流散，[甲]2070，[甲]2084 去還本，[甲]2244 輝成光，[甲]2266 謝可通，[甲]2412 星七星，[宋][宮]826 延當受，[元]1579 綿相續。

滔：[三][宮]2122 天二夢。

違：[乙]2218，[乙]2218 意舉。

延：[甲]2409 修之時，[明]152 其軀命。

誼：[宋][元][宮]、繼[明]2060 及進大。

應：[原]1796 右行布。

運：[三][宮]2060 至于沙，[三]192 光。

遭：[宮]2123 雨七日。

瞻：[三][宮]2122。

蓮

寶：[三][宮]263 華從龍，[宋]1161。

逮：[宮]2034 筆受甲。

光：[元]428 華如來。

菓：[石][高]1668 坐棄來。

花：[甲][乙]、蓮[甲]1796 有盲人，[甲]2412 臺上有。

華：[甲]2371 實，[三][宮][聖]278 葉有微，[三][宮]338 猶月滿，[三][宮]2042 華香王，[三][宮]2122 華內有，[三][乙]1092 中化生，[宋][元]202。

連：[甲][乙]850 環光圓，[甲][乙]2394 環光圓，[甲]1158，[明]1450 從日裏，[明]1428 華像若，[明]2103 草自觖，[三][宮]419 當樂善，[三][宮]1521 弗城是，[三][宮]1536 根，[三][乙]1200 環昇空，[乙]1796 環之狀，[元]、漣[明]199 水邊久，[原]、連[甲]2006 蒂經。

羅：[三][宮]453 華香身，[三]267

華散於。

　　千：[乙]2396 華臺。

　　散：[元][明]433 花有百。

　　色：[宋][元][宮]2043 華槃尼。

　　天：[元][明][聖]397 花。

　　違：[甲]1781 根原初。

　　雲：[甲]1983 空引。

　　運：[宮]2108 華非結，[甲]1781 又世之，[甲]2339 義名乘，[甲]2409 心觀察，[三][甲]995 心廣布。

廉

　　稟：[三]、稟[聖]125 食於官。

　　廣：[三][宮]2060 州化城。

　　兼：[聖]125 觀諸婦。

　　良：[聖]1425 自節若。

　　謙：[三]2060 而未。

漣

　　連：[三][宮]2102 豈不以，[三]2103 乘茲上。

鬳

　　籤：[三][宮]、斂[聖]1428 大釜。

憐

　　哀：[三]375 愍我。

　　本：[石]1509 愍人故。

　　慈：[三][宮]397 愍想汝，[三][宮]1521 愍勤作。

　　愕：[宋]128 然驚怪。

　　非：[三]374 愍心盛。

　　怜：[宮]1488 愍故若，[宮]2059

其志且，[甲][丙]1075 愍眼看，[甲][乙]1816 愍欲，[甲]1698 愍說法，[甲]1997 無限弄，[甲]2879 愍度脫，[三][宮]310 愛故心，[三][宮]2059 其志復，[三]190 我子，[聖]1442 愛便是，[聖][另]1442 愍長者，[聖]379 愍我等，[聖]379 愍無量，[聖]485 愍爲作，[聖]834 唯首，[聖]1442 念我今，[宋][元]190 愍故攝，[宋][元]190 愍世間，[宋][元]190 愍心安，[宋][元]842 愍者雖，[宋][元][宮]1482 愍我慈，[宋][元][宮]1488，[宋][元][宮]397 愍眾生，[宋][元][宮]545 愍，[宋][元][宮]2121 出入相，[宋][元][宮]2121 躬抱除，[宋][元][宮]2121 貧念，[宋][元][宮]2121 其志便，[宋][元][聖]190 行步安，[乙]897 愍弟子。

　　隣：[宮]816 念如來，[甲]2196 愛前人，[甲]2266 近憍慢，[三][宮]337 尼法在，[三][宮]744 鄙國遭，[三]154 迦醯，[三]157 陀王復，[三]192 族姓子，[三]196 二名頻，[三]384 尼，[乙]1772 愍，[乙]2397 補處乃，[原]2196 虛一分。

　　羅：[三][宮][聖][石]1509 尼門不。

　　喜：[三]、憘[聖]200 常。

　　心：[三]152 傷愍。

　　擁：[三][宮]2044 前後到。

縺

　　連：[三][宮]626 縛諸樹，[三][宮]1428，[三]1548 縛肉斷。

聯

聽：[甲]952 歸，[宋][宮]、連[明]
443。

簾

廉：[三][宮]1462 不得十。

鐮

鎌：[明]293 能窮隨，[三][宮]
374。

槤

鞻：[三][宮]2122 物亦無。

斂

殿：[宋]、歛[元][明]、一[宮]2122
酒肉公。

撿：[甲][乙]850 修多羅，[三]
[宮]2085 取骨即，[聖]1421 百千兩，
[聖]1421 金錢共，[聖]1421 物普爲，
[聖]1421 衣鉢入，[聖]1425 身衆中。

檢：[宮]1425 物在異，[三][宮]
1428 髮即勅，[三][宮]1470 衣不得，
[三][宮]1547 施設阿，[三][宮]2122
言其空，[三]68 頭走行，[三]100 衣
鉢已，[聖]1421 六群比。

劍：[宮]602 設自觀，[三]1331 摩
舍帝，[聖]、檢[宮]1470 衣五者。

劒：[甲]974 所在虛。

盦：[原]2425 身諸毛。

歛：[宮]392 葬送經，[宮]649 於
心隨，[甲]1804 迹五，[甲]1896 束其
心，[甲]2012 念善惡，[甲]2037 贈，
[甲]2129 曰穡，[甲]2290 心故文，
[明]、撿[聖]1421 積，[明]2060 容而
逝，[明]201 意復作，[明]310 緣聚，
[明]362 莫妄動，[明]593 省，[明]627
心不計，[明]1421 物與之，[明]1443
念觀已，[明]1450 心入定，[明]2053，
[明]2059，[明]2059 衿飾，[明]2059
死撫生，[明]2060 躬盡，[明]2060 襟
毛竪，[明]2060 念泯然，[明]2060 秋
霜之，[明]2060 容衆唱，[明]2060 手，
[明]2060 思，[明]2060 役役不，[明]
2060 足不行，[明]2102 任，[明]2103
積屍如，[明]2111 即明其，[明]2122，
[明]2122 容端坐，[明]2122 衣合掌，
[明]2123，[明]2123 諸邪非，[明]2151
容端坐，[明]下同 1579，[明]下同
2060 手曰生，[三]2103 入，[三]2122
手曰罪，[三][宮]310 外，[三][宮]639
於諸佛，[三][宮]1442 新故疊，[三]
[宮]1507 心在道，[三][宮]2034 葬送
經，[三][宮]2060 翩耳，[三][宮]2060
容師授，[三][宮]2060 餘灰，[三][宮]
2103 心屈膝，[三][宮]2122 埋，[三]
[宮]2122 容便卒，[三][宮]2122 肘則
兩，[三][宮]2122 諸，[三]67 盛食詣，
[三]2112 省徭役，[三]2122 骨起塔，
[三]2122 戚屬得，[宋]2153 他經一，
[宋][宮]2102 麁之用，[宋][元][宮]
1453 麁，[宋][元][宮]2121 其物擔，
[宋][元][宮]2123 收攝已，[宋][元]71
佛言，[宋][元]208 守，[宋][元]208 頭
訖沙，[宋][元]1006 其眉齒，[宋][元]
2087 不已怨，[宋][元]2087 輕薄傜，
[宋][元]2112 囂以，[宋][元]2122 念

部，[宋][元]2145 骨起塔，[宋]2145
衿飾容，[乙]2192，[元]、[聖]190 諸
根，[元]、殿[宮]2122 至歲暮，[元]
2122 衽叉手，[元][明]26 攝所以，[元]
[明]375 容整服，[元][明]606 心不散，
[元][明]607 受法事，[元][明]1442 身
令瞿，[元][明]1443 家業，[元][明]
1451 念觀察，[元][明]1451 念觀此，
[元][明]1451 諸根思，[元][明]1454
足不長，[元][明]1475 籌別著，[元]
[明]1563 攝防護，[元][明]1585 暎祕
思，[元][明]1602 心及沈，[元][明]
2060 念久之，[元][明]2103 由也凶，
[元][明]2122，[元][明]2122 安時先，
[元][明]2122 國富九，[元][明]2122
眉答，[元][明]2122 右手垂，[元][明]
2122 葬送畢，[元][明]2154 骨起塔，
[元]154 聚會共，[元]190 心意不，[元]
361 莫妄動，[元]606 心自歸，[元]607
鹵鹽錢，[元]2053 躬而敬，[元]2053
衽而朝，[元]2102 麁進無，[元]2103
緣於有，[元]2112 勞苦生，[元]2122，
[元]2122 容而卒，[元]2122 容合掌，
[元]2122 膝讚言，[元]2123 念緣捨，
[元]2154 意經或，[元]2155 意經後。

殮：[明]16，[明]2122 棺蓋焚，
[三]5 爾赴往，[三][宮]826 七日，[三]
[宮]2121 阿育國，[三][宮]2121 父母
言，[三][宮]2121 事畢還，[三][宮]
2121 葬送畢，[三]195，[三]2059 焉
葬，[三]2149 葬送經，[三]2153 葬送
經，[宋][元][宮]392 尊身其。

錟：[甲]1112 其。

欽：[元][明]201 草上殘。

歛

撿：[宮]2040 入金棺，[聖]125
不。

檢：[三][宮]1425 身離賊，[三]
[宮]1509 心思惟，[聖]1421 物隨日。

劍：[三][宮]2122 虎傷蛇。

斂：[宮]797，[甲]2083 豈非宿，
[甲][乙]2194 念正觀，[甲]1969 念時，
[甲]2035 聞棺中，[明]2016 念須臾，
[明]2076 容入定，[明]2088 右手垂，
[明]2125 眾殘食，[三][宮]2060 容明
誨，[三][宮]2103 但浮遊，[三][宮]
2122 身端正，[三]201 一國錢，[三]
2122 於其，[聖]1723 塵曰灑，[宋][宮]
310 其相平，[宋][宮]1509，[宋][宮]
下同 1442 身詣一，[宋][元][宮]1451
手鉢便，[宋][元][宮]下同 1507 御，
[宋][元]945 氛又觀，[宋][元]1015 諸
法亦，[宋][元]2061 剛，[宋][元]2061
空山月，[宋][元]2061 容而坐，[宋]
[元]2061 生，[宋][元]2061 送闍維，
[宋][元]2061 折肢體，[宋]2153 意經
一。

殮：[三]2154 葬送經，[宋][元]
2155 葬送經。

以：[宮]2047 身。

飲：[甲]2261 光慶。

臉

瞼：[三]2125 斷節穿，[宋][宮]
2060 不能自。

斂：[宋][元][宮]、歛[明]1425 菜令萎。

蘞

奩：[三][宮]271 王舍城。

棟

棟：[宋][宮]1458 葉。

揀：[宋][元]1451 葉此等。

煉

練：[三][宮][石]1509 金，[三][宮]1521 金調熟，[三][宮]1562 勢用不，[三]1 真金隨，[宋][宮]、鍊[元][明]657 之色隨，[宋][宮]、鍊[元][明]721 金珊瑚，[宋][宮]、鍊[元][明]721 真金或，[宋][宮]鍊[元][明]676 金，[宋][元]、鍊[明]1564 終不成，[宋][元][宮]、鍊[明]553 化令成，[宋][元][宮]、鍊[明]1530，[宋][元][宮]、鍊[明]1598 時土相，[宋][元][宮][聖]1579 故猶如，[宋][元]2061 蘭不奉，[宋][元]2061 一指前，[宋][元]2061 伊人親，[乙]2261 銷鎔令。

鍊：[宮][甲]1998 精金始，[宮]723 真金污，[宮]1506 真金是，[明]2131 故具熾，[三]220 或已燒，[三]1340 是人不，[三][宮]376 純一金，[三][宮]721 真金，[三][宮]721 真金清，[三][宮]1509 金垢隨，[宋][元][宮]、練[明]620 真金不，[宋][元]2061 言曰將。

鍊：[三][宮]721 真金於，[三][宮]376 真金解。

練：[宋][元][宮]796 變形成。

練

博：[三]2059 從旦至。

陳：[知]1579 若靜慮。

傳：[宮]2103 藝技驤。

凍：[三]2110 髓玫。

棟：[甲]2081 所用不，[明]、棟[甲]893 木或，[明][丙]1214 葉書二，[明][丙]1214 枝一百，[明][甲]下同1227，[明][乙]1276 油相和，[明][乙]1276 木燃火，[明]1058 木二十，[三][丙]1202 木如大，[三][甲]下同 1227 樹皮火，[三][乙]1092 木比主，[三][乙]1092 木然火，[三]1033 亦得，[三]1069 木搵芥，[三]棟木[乙]1200 一千八，[乙][丙]1246 木，[元][明][甲]901 亦得，[元][乙]895 木作跋，[原]1249。

縛：[甲]1833 解凡，[宋][元][宮]2103 卒簡徒，[宋]1545 根作不。

揀：[甲][丁]1222 子搵香，[明]1216 葉獻之，[宋]2102。

諫：[宮][甲]1912 熏修名，[三][宮]2122 於其寺，[三]2154 意章一。

蘭：[甲][乙]2087 若芯叕，[三][宮]1425 若，[三][宮]1425 若阿，[三][宮]1425 若處亦，[三][聖]99 若行著。

棟：[宋][元]、揀[明]721 樹葉其。

煉：[明]1097 此藥其，[明]2103 石補蒼。

鍊：[宮]456 金煩惱，[宮]618 真金像，[甲]1828 金極調，[明][和]261 得真金，[明]2016 一明光，[明]2060

故致此，[明]2103 百藥封，[三]、續[宮]1593 磨心故，[三][宮]1595 金由此，[三][宮]379 精明淨，[三][宮]618 金光三，[三][宮]675 治珠，[三][宮]1549 然後乃，[三][宮]2122 不能變，[三][宮]2123 不能，[三][宮]2123 金，[三]119 剛，[三]194 諸瑕穢，[三]212 眞金除，[三]220 逾明然，[三]1646 金師能，[三]2110 生尸，[三]2112 志存術，[乙]1796 不移以，[元][明]310 石稱神，[元]2122。

靈：[三]2122 丹黃白。

申：[明]310 中義如。

施：[元][明]276 諸衆。

線：[元][明]278 煩惱業。

詳：[甲]2348 二宗無。

牒：[三]、[甲]1227 線滿七。

緣：[甲]2266 故唯種。

轉：[三][宮]1545 根故失。

綜：[三]2059 習年二。

練

練：[甲]2129 結反玉。

鍊

煉：[三][宮]2122 變爲金。

練：[宮][聖]279 眞金體，[宮][聖]279 治法藥，[宮][聖]279，[宮]279 種種仙，[宮]2078 山神瓺，[甲][乙]913 蜜，[甲][乙]1709 故，[甲]1718 方藥，[甲]1733 善，[甲]1733 信等名，[甲]2196 眞金，[甲]2223 得清淨，[明]212 成器必，[三]201 山石中，[三][宮]1451 磨其心，[三][宮]227 解，[三][宮]278 眞金超，[三][宮]1462 成就出，[三][宮]1545 根作見，[三][宮]1545 時從鐵，[三][宮]1610 金，[三][宮]2103 行藏應，[三][宮]2103 之神鍾，[三][宮]2122 其神，[三][宮]2122 松脂三，[三][宮]2122 行右一，[三][宮]2122 以己所，[三]1549 眞金，[三]2145，[聖]278 金隨以，[聖]278 金一切，[聖][甲]1733 淨中，[聖]278，[聖]278 金色，[聖]278 金色常，[聖]278 眞金碑，[聖]278 眞金具，[聖]278 治六衆，[聖]279 眞金善，[另]1543 眞金是，[宋]、煉[明]220 光色轉，[宋]1582 金其色，[宋][宮]1581 治轉，[宋][聖]1582 治終無，[宋][元][宮]、煉[明]1597 時土相，[宋][元][宮]1545 金等物，[宋][元][宮][聖]1595 金使眞，[宋][元][宮]270，[宋][元][宮]1522 金數數，[宋][元][宮]1522 眞金置，[宋][元][宮]1522 治作，[宋][元][宮]1579 生，[宋][元][宮]1594 時土相，[宋][元][聖]1579 金銀令，[宋][元]554 化令成，[宋][元]2061 得身形，[宋][元]2061 上生業，[宋][元]2061 者，[宋]2122 金，[元][明]681 其金乃，[知]1785 骨人八。

淪

淪：[宮]2112 弱喪積。

殮

撿：[宮]2122 足下有，[甲]2035 忽聞蓮。

斂：[宮]374 棺蓋送，[三][宮]2053 衣唯留，[三]1331 屍骸安，[宋]、歛[元][明]375 棺蓋送。

歛：[宋][元][宮]、斂[明]2122 視之四。

殺：[宋][元][宮]、觀[明]2123 視之四。

嶮：[聖]2157 已人覺。

戀

變：[宮]1605 爲，[宮]618 爲墮淚，[宮]2028 習彼所，[甲]1861，[甲][乙]1822 我頃何，[甲]895，[甲]952 晝夜，[甲]1851 稱悔於，[明]1450 父喪愁，[三][宮]263 訟，[三][宮]1462，[三][宮]1579 心，[三]212 靜小致，[聖]278 慕心，[聖]279 著汝莫，[聖]2157 惜而能，[宋][元][宮]1442，[原]895 著樂修，[知]1579 還起染。

慈：[宮]403 一切不，[甲]2879 修持十。

封：[三][宮]2122 著華態。

惠：[甲]2266 性正。

擘：[宮]560 閉我。

鸞：[宋][元][宮]2122 之音大。

念：[三][宮][聖][另]1451 母瞋新，[聖][另]310 五。

所：[三][宮]、－[聖]281 慕是爲。

懸：[元]2110 仰鑄鐵。

簗

簗：[乙]1821 基次方。

良

彼：[甲]、良－[乙]1821 由未見。

長：[明]2154 耶舍出，[元][明]2103 足歡矣。

艮：[甲]2128 反謂煮，[甲]2128 反白虎。

即：[甲]2304 爲眞如，[乙]2376 是道若。

潔：[三]212 不犯女。

梁：[甲]1863 經說猶，[明]99 禪如強，[聖]2157 譯者少。

量：[宋][宮]2121 久而，[原]920。

踉：[甲]2882 不止或，[宋][元]、梁[元][明]192 病所壞。

諒：[三][宮]2103 可悲。

淪：[乙]1736 霄乃。

明：[三]375 師教諸。

朋：[三][宮]2122 儔皆生。

取：[聖]1549 果實。

潤：[明]2087 沃稼穡。

善：[三][宮][聖]376 醫明，[三][宮]2122 持十善。

身：[宋][宮]2122 義絶所。

食：[三][宮]2121。

是：[明]2122 由須達。

沃：[三]152 田耕犁。

信：[三]202 王令平。

重：[宋]2103 久乃滅。

佷

佷：[宋][宮]、憤[元]、很[明]1540 戾性是。

凉

陵：[乙]1069 況諸魔。

涼

安：[三][宮]745 樂隨。

淳：[乙]2376 老宿人。

潔：[三][宮]1545 尸羅爲。

京：[甲]2299 州譯，[三][宮]2109 道，[宋]2153 譯。

净：[三][宮]721 金色蓮，[三][宮]721 生天中。

淨：[宮]1672 秋月患，[和]293 雲灑甘，[甲][乙]1909 照佛南，[甲]1178 若有精，[甲]2284 不變，[明]165 甘美水，[明]220 涅槃，[明][聖]663 涅槃，[明]165 甘美水，[明]220 涅，[明]220 涅槃具，[明]220 涅槃善，[明]293 光故爲，[明]293 五者見，[明]310，[三][宮]278 此菩，[三][宮]278 趣，[三][宮]376，[三][宮]384，[三][宮]402，[三][宮]618 處，[三][宮]1541 僧，[三][宮]1581 眞實初，[三][宮]2058，[三][宮]2121 諸根寂，[三]186，[三]186 甘美音，[三]186 覺，[三]186 以恬怕，[三]189 太子忽，[三]192，[三]192 處，[三]193，[三]279 正心諂，[聖]125 及作水，[聖]199 離欲無，[聖]643 自然飽，[石]1509 大池爲，[宋][宮]376 清涼處，[宋][元][宮]447 照佛南，[乙]1900 國師十，[乙]2261 樂，[元][明][聖]278 心施爲，[元][明]190 譬如良，[元][明]1559 樂有動。

良：[聖]99。

梁：[甲]2075 州諸僧，[明]2154 錄薩羅，[三][宮]2109 安陽侯，[三][宮]2122 京寺記，[三]2154 僧祐法。

泣：[三]2060 相，[三]2060 以。

深：[三]1 泉水自。

溫：[三][宮]2059 晝夜不。

消：[三]397 滅寂。

心：[明]997。

休：[三]193 息餓鬼。

夜：[三]2149 臺圖紺。

原：[宋][元]1057 州。

源：[甲]1718 池觀者。

梁

陳：[乙]2397 世。

此：[明]2121 言仁賢，[明]1584 言持散，[明]2121，[明]2121 言白也，[明]2121 言辯才，[明]2121 言慈力，[明]2121 言大，[明]2121 言端正，[明]2121 言梵天，[明]2121 言金剛，[明]2121 言力士，[明]2121 言能作，[明]2121 言善覺，[明]2121 言善事，[明]2121 言生終，[明]2121 言隨好，[明]2121 言無憂，[明]2121 言無遮，[明]2121 言一切，[明]2123 言赤嘴。

埵：[三][宮]1428 上坐比。

漢：[三][宮]1644 末己卯。

冀：[三][宮]2060 音詞。

架：[聖]2034 粉壁青。

桀：[三][宮]2034 筆受。

潔：[甲][乙][丙][丁][戊]2187 者言。

良：[宋]157 難調。

涼：[三][宮]2060 重於文。

涼：[三][宮]2034 世疊無，[乙][丙]2092 州刺史。

梁：[甲]2035 朝達磨，[甲]2039 熟方悟，[明]2145 肉多驕，[元][明]2122 肉少爲。

樑：[丙]2163 國之所，[甲][乙][丙][丁][戊]2187 棟譬六，[三][宮]1545 強者用，[三]2145 之，[石]1509 從梁，[東][元][宮]721 大斧常，[宋][宮]225 令得泥，[宋][元][宮]606 柱牢堅，[宋][元]220 船，[宋][元]475 示行諸，[宋][元]1568 橡泥草，[元]156 鎮物思。

糧：[三][宮][知]1581 胡麻豆，[三]162 米等七。

踉：[宮]492 嫉賢既，[三][宮]2121 歡喜鼈，[元][明]2121 波浪動。

齊：[宋][元][宮]、－[明]2059 京師建，[宋]2103 蕭子顯。

契：[元][明]626 耶謂阿。

染：[三][宮]278 或名事。

如：[宮]1425 有一無。

釋：[三][宮]2122 法相河。

弿：[甲]1811 弓箭舊。

宋：[明]2103 陸脩靜。

唐：[明]2076 乾化三。

武：[宮]2122 明帝，[三][宮]2034 封爲河。

楊：[三]2154 都勅僧。

躁：[宋][宮]533。

粮

根：[三]721 食果食。

粱：[宋][明]、粱[元]190 精細揀。

粱

粱：[甲]1820 之美雖，[宋][元]2061 肉買半。

樑

架：[三][宮]449 斗拱周。

梁：[宮]2103 窮其壯，[宮]2122，[三]220 何容於，[三][宮]397 橡柱脊，[三][宮]1428 而，[三][宮]1646 入善，[三][宮]2121 不目連，[三]1440 棟外爲，[三]1521 自度在，[宋][明][宮]2034 景行既。

糧

根：[甲]2128 是也古，[聖][另]285 其婬怒，[聖]953 者作。

精：[宮]2112 玉塞經，[聖]476 以。

粱：[聖]639 自然從。

粱：[三][宮]847。

量：[甲][丙]2381 故如説。

米：[三][宮][聖]376 酥油美。

釋：[聖][另]1442 可應修，[乙]1816 道中雖。

養：[甲]2223 聚由修。

種：[元][明]1647 意行俱。

氵

氵：[甲]2128 從斯聲。

之：[甲]2128 禁聲〉。

兩

丙：[甲]1731 心故有。

芮：[聖][另]790 夫一。

不：[三][宮]2060 衆無敢。

乘：[三]2063。

處：[明]220 處有情。

當：[甲]2255 果已觀。

多：[己]1958 分豈，[甲][乙]1821 說不同，[甲][乙]1822，[甲]1816 句在下，[甲]2195 解一云，[甲]2217 重乎若，[甲]2323 義今云，[三][宮]2121 舌魚者，[乙][丙]2812 類同處，[乙]2261 句從破。

惡：[三][宮]225 道以不。

而：[宮]1421 膝著地，[宮]1458 非心亂，[甲]2039 傳失之，[甲]1731 土類此，[甲]1731 業各感，[甲]1763 已也寶，[甲]1828 能速疾，[三][宮]1435 眼脫出，[三][宮][聖]1617 體是無，[三][宮]2122，[宋]2122 算矣病，[原]2220 衆花常。

爾：[甲]2035 街功德，[甲]2128 狼也説。

二：[丁]2244 反，[宮]2008 足尊，[宮]2112 儀，[宮]2122 卷隋朝，[甲]1698 佛也應，[甲][乙][丙]1172 遍除滅，[甲]1718 前四行，[甲]1718 者一背，[甲]1722 種方便，[甲]1823 句答第，[甲]1913 處神通，[甲]2263 釋指上，[甲]2301 義一欲，[明]1352 菩，[明]2154，[明]2154 譯一闕，[三][宮][甲]901 小指頭，[三][宮][聖]1425 重三重，[三][宮]749 沙彌，[三][宮]1589 月等，[三][宮]1595 智相違，[三][宮]2103 鼻上下，[三][宮]2108 教語迹，[三]264 足尊已，[三]1332 偈半，[三]1559 番説於，[三]2149 卷，[三]2153 紙，[三]2154，[三]2154 譯闕本，[聖]224 佛，[聖]1427 三，[聖]1428 若衆多，[聖]1509 渧實般，[聖]1721 初經家，[另]1721 義五度，[另]1721 足，[乙]1821 師俱是，[元][明]1617 性中則，[元][明]1625 相作如，[原]、[甲]1744 章門，[原]1960，[原]973 明王中。

貳：[明]2104 素娛釋。

分：[乙]913 龍腦香。

後：[宮][石]1509 世有罪。

惠：[甲]2192 部雖殊，[乙]2263 惑中間。

量：[三][聖]1 車載金，[三]2125 并隨宜，[宋][宮]、垂[元][明]2042 車新入。

令：[甲]2299 塔。

漏：[三]193 俱滅滅。

馬：[三]2145 相繼其。

滿：[甲]2337 入位時，[聖]200，[宋]、蒿[聖]210 世見譽，[宋][宮]288 際之間，[宋]125 女人肩。

面：[明]225 離佛遠。

南：[明]1260 邊傍膝。

鬨：[三][宮]2029 中立精。

內：[三][宮]1432 安居前。

其：[宮]537 目復盲，[三]525 脚

摩挲。

前：[甲]1863 教云三，[甲][乙]1821 責内無。

全：[宋]、一[宮]2121 錢施佛。

三：[三]2154 譯，[乙]1821 句三。

尚：[原]2397 不和合。

十：[三]、二[宮]222 手指放。

手：[三]202 足。

術：[甲]1733 等。

双：[甲]2001 忘雲水。

雙：[三]2125。

思：[甲][乙]1821 緣有差。

四：[甲]1072 蓮華座，[明]220 踝兩脛，[乙]2376 卷誦無。

西：[甲]2266 方二釋，[甲]2270 方三釋。

夏：[三][宮]1458 安居所。

相：[宮]2053 種一名。

一：[元][明]1336 偈如意。

亦：[甲]2266。

異：[三][宮]2060 端之例。

有：[宮]1435 眼人言，[甲]2266 智。

羽：[聖]1509 翼不能，[另]1509 翼般若，[宋][元][宮]721 翅。

雨：[宮]1458 事永無，[宮]1804 衣祇支，[宮][甲]1805 脫履者，[宮]1435 時大會，[宮]1595 義若談，[宮]1598 身利樂，[宮]2121 下坐上，[宮]2123 阿僧祇，[和]293 岸崩女，[甲]1721 世故雙，[甲]1918 砂無油，[甲]1719 分攝歸，[甲]1719 教攝彼，[甲]1719 教主非，[甲]1719 時弟子，[甲]1721 物相似，[甲]1805 三營大，[甲]1828 者夏臘，[甲]1829 衆別此，[甲]1863 譬喻令，[甲]1912 時燒香，[甲]2128 戾聲也，[甲]2128 水流下，[甲]2128 膝音悉，[甲]2129 辟歷聲，[甲]2130 路，[甲]2157 字貞元，[甲]2191 華動地，[甲]2289 月之間，[甲]2290 輪俱轉，[明]721 岸多有，[明][宮]2060 匠振，[明][宮]2122 刃之苦，[明]984 足尊願，[明]1272 陣交戰，[明]1451 時，[明]2145 部獨證，[三][宮][聖]397 雞羅娑，[三][宮]402 面，[三][宮]425 童，[三][宮]440 丹雨清，[三][宮]610 兩，[三][宮]624 若山半，[三][宮]721 山聚是，[三][宮]721 鐵十名，[三][宮]1648 水不雜，[三]1644 界風，[三]2060 諸花大，[三]2088 三月爲，[三]2122 大，[聖][甲]1733 義斬齭，[聖][石]1509 邊，[聖]158 寶示現，[聖]1464 比丘其，[聖]1562，[聖]1723，[石][高]1668 智經七，[石][高]1668 重廣略，[石]1668 輪通爲，[宋]、雨夏[甲]2087 三月盡，[宋][宮]2060 分，[宋][元][宮]1451 手抱屍，[宋][元]2087 安居當，[宋]225 邊有，[宋]848 足尊，[宋]1092 腳脛掌，[宋]1435 分，[宋]1435 時大，[宋]1817 意，[宋]2122 金有六，[乙][丙]2394 月眞言，[乙]1179 手，[元][明]721 山聚十，[元][明]2016 寶周給，[元][明][宮]310 氏來詣，[元][明][甲]1039，[元][明]2122 徵周佩，[元]1435，[元]1454 三鉢受，

[元]2122 鼻，[原]1159 空中有。

語：[三]171 兒言。

遠：[元][明]227 離薩婆。

云：[甲]、二[甲]1816 論。

雲：[宋][宮]、實[元][明]2060 遂分爲。

再：[三][宮]1436 宿汝亦。

足：[宮]2040 足下兩。

綗

量：[三][宮][聖]1421 復爲四，[三][宮][聖]1425 革屣到，[三][宮]1421 奉上世，[三][宮]2121 罪，[聖]1670 賜那先，[宋][元]154 罪可除，[乙]、足[丙]2089 王右軍。

魖

魅：[宋][元][甲]1080 鬼神由。

魖：[甲]1857 似有思。

亮

高：[甲][乙][丙][丁]2089 律師義，[甲]2053 朝猷弼，[甲]2053 聽者無，[甲]2087 爲人軌，[甲]2391 和上不，[甲]2395 二年甲，[聖]1723 反，[聖]2157，[聖]2157 大儀慈，[聖]2157 字紀明，[宋]310 勝莊塵，[乙]2120 視唐虞，[知]2082 爲幽州，[知]2082 之兄也。

號：[三][宮]2122 貞觀初。

諒：[乙][丙]2081 當。

穴：[元]2061 辭咸造。

宗：[甲]1763 曰既言，[聖][甲]1763 曰第二，[聖]1763 曰聞説。

悢

浪：[三]2060 棄功。

量

礙：[甲]1735 境界良，[甲]2218 大悲，[甲]2313 鈍，[甲]2337，[甲]2400 業用佛，[三][流]360 智通達，[三][宮]278 善根迴，[三][宮]445 眼如來，[宋]1509 心不橫，[乙]1736 境界故，[乙]1909 如是等，[原]1887 無，[原]2339 自在又。

比：[甲]2274 二。

邊：[宮]411 功德伏，[甲][乙]1822 心力，[甲]2289 顯密之，[明]1581 世界一，[三]1130 佛言佛，[三]1331 諸苦，[三][宮][聖]383 所説偈，[三][宮]271 身故修，[三][宮]721 苦惱今，[三]267 無有，[元][明]658 功。

當：[甲]908 用一指。

得：[甲]2266 而可實，[三][宮]635。

等：[甲]2270 以。

定：[明]220 四無色。

動：[三]186。

恩：[三][宮][聖]639。

法：[甲]952。

豐：[甲]2255 樂下明。

幅：[三]362 諸天下。

罣：[甲]1781 礙者雖。

官：[原]1309 當以黄。

果：[甲][乙]2250 爲是何，[石]1509 有限作。

過：[甲]1841 即宗因，[原]2271

豈一切。

慧：[中]440 佛南無。

極：[三]154 度諸未。

見：[宋][元]1604。

盡：[甲][乙]1866 是故經，[甲]
[乙]2219 莊嚴無，[甲]1709 大衆得，
[甲]1881 門種種，[甲]2214 度門任，
[甲]2400 意次辨，[三]194，[三]212
之藏，[三][宮][聖]278 令一切，[三]
[宮]459 土入於，[三][宮]1656，[三]
297 一切方，[三]1485 界，[聖]397 無
有邊，[聖]231 遍一切，[乙]1736 成
就，[原]2339 故談十，[知]384。

景：[明]1669 故數變，[聖]2157，
[原]2259 法師云。

覺：[甲]2266 應知亦。

里：[宮]425，[三][宮]606。

理：[甲][乙]1822。

力：[明]299。

立：[甲]2270 此亦應，[甲]2270。

良：[三][宮][聖]1421 無然後，
[聖]1428 宜然後。

粮：[三]152 下著上。

兩：[丙]2810 部，[聖]1427 佉嗣
床。

亮：[三][聖]190 除我此。

量：[丁]2092 永熙三。

流：[甲]1733 性功德。

履：[三][宮]1488 衣裳鉢。

命：[甲]1736 不，[甲]1783 是果
報，[明]359 分限但，[三][宮]1644 長
遠究。

凝：[三][宮]288 如來口。

上：[三][宮]1521 力悉知。

身：[甲]2309 四尺。

生：[宮]1628 時若。

聖：[宮]1442 與自身。

始：[甲][乙]1799 劫爲。

是：[甲]2263 付，[甲]2263 自他
共，[甲]2271 其常所，[甲]2274 其識
也，[甲]2297 諸衆生，[乙]2261 云內
識，[乙]2263 有爲能，[知]1579 受取
衣。

勢：[三][宮]2122 如是一。

數：[和]293，[甲]867 福若有，
[甲]2044 窖穀千，[三][宮]627 人而
分，[三][宮]638 生死，[三]475 億劫，
[聖]176 劫不聞。

思：[甲]1736 特由智。

童：[宮]1460 是名佛，[聖]190
度既知，[聖]2157 情情。

惟：[明]310，[乙]1723 修習不，
[元][明]657。

違：[三][宮]263 諸佛滅。

畏：[三]99 及無，[元][明]1522 辯
才於。

無：[聖]1509 名總相。

限：[明]220 波羅蜜，[三][宮]
[博]262，[三][宮]425 宣名稱。

現：[甲]2274 所有量。

相：[石]1509 爲。

邪：[甲]1828 見泰云。

虛：[三]190 尊應當。

崖：[聖]201 己力。

也：[宮]1458 過量得。

業：[甲]2255 復能通。

礒：[甲][乙]1821 共相合。

異：[宮]271 知當無，[甲]1816 果得欲，[元][明][宮]310，[元][明]2016 種若，[原]1863 違優婆。

意：[三][宮][聖]397 阿修羅，[三]1011 無。

議：[聖]223 不應在。

影：[明]293 等一切，[三][宮]1608 明熱，[三][宮]2060 丈餘遶。

愚：[三][宮]292 示力無。

雨：[宮]1525 如是一。

置：[甲][乙]2394 幢竿四，[甲]2270 自許言，[三][宮]1521 恩，[乙]2249 過去無，[乙]2249 許字歟，[乙]2394 埋寶處。

重：[宮]659 語故悅，[甲]1763 一爲問，[甲]1839 頌至有，[甲][乙]2263 發，[甲]1782 不足，[甲]1799 苦，[甲]1816 衆生入，[甲]2281 云闕無，[三][宮]1545 遍諸方，[三][宮]2046 沖邃知，[三][聖][知]1579 罪如是，[三]2121 獲飯飡，[宋][元]212 死入地，[宋][元]1521 知其廣，[乙]2249 得義故，[乙]2263 別合離，[乙]2782 以類相，[元]671 遠離一，[元]1425 佉啁羅，[原][甲]1289 珠威力，[原][甲]1851 故成實。

諸：[三][甲]951 艱苦乃。

著：[三][宮]653 不。

宗：[甲]、墨[甲]、置[甲]2277 云聲應。

最：[宮]299，[宮]665 不可數，[明]1611，[明]220，[三][宮]1559 重難忍，[元][明]888 初四種。

罪：[三][宮]1579 廣大智。

踉

根：[甲]2036 底大凡。

梁：[三][宮]2121 喜笑曰，[三][宮]2122 欲齧其，[三][宮]2123 欲齧其。

諒

涼：[三]2103 反遷于，[原]、[甲]1744 法師及。

詣：[甲]2052，[三][聖]99 我所作。

源：[三]2145 之于時。

撩

聊：[宋][元]、繚[明]187，[宋][元]、繚[明]187 亂委擲，[宋][元][宮]1442 亂而住。

遼：[宋][宮]2122 人鬪必。

嫽：[元][明]2045 人鬪必。

療：[甲]2879 除。

繚：[三][宮]2123，[乙]1796 亂甚多，[元][明]2109 亂刀鋒，[元]901 亂位坐。

料：[元][明][甲]901 理，[元][明][甲]901 理於地。

繞：[宋]、嬈[元][明]1331 亂生罪。

掩：[甲]853 亂甚多，[甲]2068 觀音一。

揜：[聖]1451 亂時有。

聊

　敢：[甲]、破[乙]2263 不知此。

　即：[三][宮]1451 陳説，[三][宮]2041 附異，[三][宮]2121 以兩拳，[另]1721 亂墜。

　極：[原][乙]2263。

　撩：[明]1442 亂跐趺，[明]2060 亂而起。

　憀：[三][宮]2123 臣白王。

　遼：[三][宮]2066 城一發。

　料：[甲]、聊簡也義[乙]2263 簡也，[甲][乙]2263 簡，[甲][乙]2263 簡樞要，[甲]2263 簡如別，[乙]2263 簡，[乙]2263 簡不同，[乙]2263 簡非一，[乙]2263 簡以不，[乙]2263 簡猶如。

　刪：[三]2149 簡可否。

　耶：[甲]2259 會釋此，[宋][元]2060 依常唱。

僚

　老：[甲]1728。

　撩：[甲]2087 凡百觀。

　寮：[三][宮]332 豪姓靡，[三][宮]2060 稱慶奬，[聖]211 百官悉，[宋][元]154 大臣。

憀

　聊：[三]202 各，[三]2122。

寥

　寒：[聖]2034 廓鍾聲。

　寮：[三]2059 亮洗悟。

　嘹：[三][宮]2060 亮振空。

　寮：[三][宮]2122 朗三蔽。

遼

　撩：[明]1988 天代云，[明][甲]1988 天便下，[三][宮]2123 人鬪必。

　聊：[宋][宮]、繚[元]2059 落。

　寥：[三][宮]2103 虛，[三]1340 廓艱嶮。

　繞：[元][明]1 遶相承。

獠

　僚：[甲]2087。

潦

　獨：[宋]、巡[元][明]152 遊巨海。

　老：[聖]663 水波蕩，[聖]664 水波蕩，[知]1785 水。

　澇：[宮]585，[三]1301 穀米貴，[聖]397 病儉諸。

　寮：[甲]2128 之溉於。

　淹：[甲]2068 甞却。

寮

　察：[原]2339 染污不。

　窻：[乙]2087。

　官：[三][宮]2122 集議雨。

　僚：[宮]2060 上下咸，[明]424 是時諸，[明]38 見是事，[三][宮][聖]790 發調受，[三][宮]2034 請復位，[三][宮]2108 等，[三][宮]2108 九品以，[三][宮]2121 莫不踊，[三]5 進諸象，[三]186 俱夷守，[三]2154 侍

衞命，[聖]514，[元][明]1451 人庶皆。

寥：[甲][乙][丙]2092，[三][宮]2123 落崤路，[三][宮]2059 朗三蔽。

膫

膠：[三][宮]1552 骨脊骨。

燎

燈：[三]212 照三。

了：[甲]2779 曜曉。

撩：[甲]、獠[乙]2087 飛。

僚：[宋][宮]、撩[元][明]2103 鬱初裁。

療：[明]1442 心雖聞，[三]1096 治四日。

燒：[甲]1821 水災起。

療

瘳：[明]2121 卿病，[三]186，[三][宮]2059 史宗之，[三][宮]2123 矣若其。

癈：[原]2339 其功用。

患：[宮]839 是對治。

撩：[甲][乙]2879 除罪人，[甲]2879 除諸穢。

遼：[聖][另]285 衆生藥，[聖]125 衆病。

竂

樓：[三][宮]、樭[聖]278 觀雜寶。

蟟

蜈：[三]2103 之目因。

繚

了：[宮]1478 戾自用，[聖]190，[宋][聖]190 戾形容，[宋]171 戾頭復，[乙]1723 戾不安。

紐：[三][宮]1425 繫。

料

稱：[三][宮]656 量齊限。

斜：[宋][元]1443 理卷舒。

斷：[丙]1866，[宮][聖][另][石]1509 理，[宮]2122 理思念，[甲]1816 簡有二，[甲]1830 簡何故，[甲]2290 簡往生，[明][宮]2122 理葱，[三][宮][知]1581 理不生，[三][宮]1425 理此事，[三][宮]2122，[三][聖][另]310 理國土，[三]190 理事訖，[三]201 理而擁，[三]201 理牛主，[三]1427 理斷滅，[聖]1425 理衆僧，[聖]1451 我將行，[另]1453 理此橋，[宋][聖]172 撿私藏，[乙]1816 簡前中，[乙]2404 簡問答，[原]1290 罪忿怒。

科：[甲]、斷[甲]1816 簡八難，[甲]1805 上二句，[甲]1709 此文最，[甲]1772 簡，[甲]1805 又二初，[甲]2339 廣略三，[三][宮][聖]481 佛敎諮，[三][宮][另]1428 差比丘。

撈：[明]1644 出罪人。

撩：[宮]1428 理令，[宮]1442 理衣服，[三][宮]、[聖][另]1459 亂開，[三][宮]1442，[三][宮]1461 理病，[三][宮]513，[三][宮]1442 理供具，[三][宮]1442 理衣服，[宋][元][宮]1442 理，[宋][元][宮]1442 理訖爾，[宋][元]

[宮]1442 理飮食，[宋][元][宮]1462 理迦葉，[宋][元][宮]1462 理思念，[宋][元][宮]1462 理屋舍，[宋][元][宮]1462 理至旦，[宋][元]901 理地，[宋][元]1462 理莊嚴。

聊：[甲]2281，[甲]2281 簡疏問，[宋][元]190 理迦葉，[宋][元]190 理於此，[宋]190 理此處。

潦：[宋][宮]783 理僧事。

粫：[聖]347 理壁板。

算：[三]1644 數具市。

折：[乙]2408 也此四。

斟：[三][宮]309 量其行。

廖

寮：[聖]1859 虛曠莫。

鐐

燎：[三][宮][聖]285 宣布此，[三][宮]263。

列

標：[聖]1818 二。

別：[丙][丁]2092 顯與數，[宮][甲][乙][丙][丁][戊]1958 名顏容，[宮]263 露未曾，[宮]1912 破見亦，[宮]1912 四門明，[甲]1736 爲異解，[甲]1836 名，[甲]2259，[甲]2301 依名因，[甲][乙]1709 有五種，[甲][乙]1796 第二也，[甲][乙]1816 釋，[甲][乙]1822 因名二，[甲]1709 後總結，[甲]1805 判簡去，[甲]1828，[甲]1828 斷眞實，[甲]1828 釋其義，[甲]1828 釋三結，[甲]2254 數，[甲]2266 數可知，[甲]2300 法門名，[三][宮]2060 爲存道，[三][宮]2112，[三]1509 名字此，[三]2145 出耳，[聖][甲]1733 名者一，[聖]2157 道路時，[乙]1816 四五眼，[乙]1978 名，[原]2248 衆，[原]2409 名不說，[原]1840 解似後，[原]2196 八名者。

剥：[三][宮]332 其體節。

出：[三]2149 又有別。

刺：[三][宮]2103 解職以。

到：[宮]721 遊戲之，[甲]1781 佛，[甲]2748 其所而，[聖]1452 然燈而，[乙]2391 住心月。

發：[原]973 勝願迴。

分：[甲]1789 之品標。

幻：[三]、倒[宮]398 諛諂之。

件：[宮]2034 諸家體。

解：[甲]1816 釋後別。

刊：[宋][元][宮]2040 爲。

利：[甲]2167 述，[甲]2195 四答。

例：[甲]1766 問淨名，[甲]1789 前可見，[甲]1783，[甲]1805 此分量，[甲]1830 名，[甲]1830 其數也，[甲]1873 即第三，[三][宮]2060 非少，[三][宮]263 如斯雜，[三][宮]2060 並擄琳，[三][宮]2060 可知失，[三][宮]2060 自此校，[三][宮]2103 杳深後，[三][宮]2108 佛教不，[三][宮]2122 異傳，[三]2149 單卷，[宋][宮]2103 敞侈百，[乙]2390 也眞言。

迾：[宮]2060 每旦塡。

烈：[丙]1184 十二大，[丙]1823 河增，[丙]2092，[宮]2103 至於青，[甲]1039，[甲][乙]1211 意，[甲]895 任意所，[甲]2053 後，[甲]2068 篇目後，[甲]2263 攝入，[甲]2300 部名此，[甲]2339 索三車，[甲]2397 云云，[明]193 士獨與，[明]193 士懷恚，[明]1591 見便生，[明]2103，[三][宮]1562 河門門，[三][宮]2034 王二十，[三][宮]2102 誠，[三][宮]2122 於紫，[三][宮]2122 雲中，[三][宮]2122 峙天宮，[三][甲][乙]2087 德，[三]152 巨海都，[三]375 女憍慢，[三]618 然後乃，[三]2045，[三]2150 從，[聖]1595 出十九，[宋]、引[元]534 聖，[宋][宮][聖]231 諸樹白，[宋][宮]2103 元凱還，[宋][西]665 花彩燒，[宋][元][宮]1462 不失次，[宋][元][宮]1563 在此部，[宋][元][宮]2122 諸施主，[宋]1 花果繁，[宋]189 樹甘果，[宋]456 諸寶女，[宋]1103 在，[宋]1191 三重曼，[宋]2087 寶蓋，[宋]2103 之即以，[宋]2110 丹之貴，[宋]2110 後，[宋]2112 子御風，[乙][丙][丁]1141 本尊真，[乙]1069 珠鬘瓔，[乙]1211 入部母，[乙]1211 諸天競，[乙]2396。

裂：[三]1092 界眞言，[三][宮]2102 縷千條，[乙][丙]2092 漢季三。

侶：[甲]2036 此誰爲。

門：[原]2339 中已具。

判：[乙]2263 乘，[乙]2263 好惡等。

祈：[甲]893 願如請。

前：[甲][乙]1822 八名便，[甲][乙]1822 四增上。

然：[甲]2339 十眞如。

伸：[三]2103 我業長。

殊：[三]2145 形難保。

述：[甲]2261 此四名。

戾：[三][甲][宮]901 左腕。

位：[三][宮]2103 荊山鼎。

行：[三]196 居水邊。

以：[另]1721 人別故。

引：[甲]2266 法財，[甲][乙]1709 攝若無，[甲][乙]2390 平也乃，[甲]1268 成群，[甲]1717 名於中，[甲]1717 章三但，[甲]1722 問若此，[甲]1775 衆法皆，[甲]1813，[甲]2227，[甲]2249 舉之曾，[甲]2271 唯此句，[明]2059 辭費求，[明]2122 一十六，[三][宮]2060 導於前，[三][宮]2103 四果十，[三][宮]2108，[三][宮]2122 道經未，[三]1563 此先義，[三]2060 綱猷即，[乙]1833 竟不在，[元][宮]2122 二三餘，[原]2248 羯磨篇，[原]1818 經示釋，[原]2248 學者須。

製：[三][宮]2122 極華博。

州：[甲]2266 前後歷。

諸：[三][宮]2060 國乃貽。

劣

薄：[甲]1792 第三斥。

步：[三][宮]1548 氣息轉。

當：[甲]1782 至名稱。

發：[甲]1733 無流。

芳：[甲]2266 也文義。

芬：[甲]2290 次一日，[甲]2290 門也是。

間：[甲]2227 意。

界：[乙]2261 也依他。

券：[聖]1733 故是故。

力：[甲][乙]2249 強自餘。

利：[乙]1736 七所。

坍：[三][宮]2103 仰瞻。

彌：[三][宮]2122 盛逆風。

妙：[三]1579 貪於其。

茶：[三][宮]2122 動輒增。

奴：[甲]、努[乙]950 沙脂燒。

如：[三][聖]125。

弱：[宮][甲][丁][戊]、苟[乙]1958 不應爲，[甲][乙]1822 如下品，[原]1960 以住於。

少：[甲]895 有斯過，[甲]950 慧無方，[甲]1782 不，[甲]1816 福強佛，[甲]2128 也説文，[三][宮]618 力無方，[聖]1537 勝妙法，[宋][元]25 若小。

身：[宋][元]1545 故。

省：[宮]1599 心亦爾。

我：[三][宮]1562 一異。

小：[宮][聖]651，[三][宮]525 即時摧。

揚：[元][明][乙]1092 可。

義：[甲]1828 對謂欲。

幼：[宮]、幻[聖]1579 慧者爲，[三][宮]、大[聖]1425 小風雨，[三]1648 與長或。

者：[甲]2195 練五道。

智：[甲]1828 外道觀。

助：[甲]2017 揚化同。

作：[原]2271 唯。

冽

列：[甲]2128。

烈：[三][宮][甲]2053 卉木稀。

苅

伐：[原]1796 還生以。

迾

列：[三][宮]2103 武。

烈：[宋][宮]、列[元][明]2123 鼎相誇。

埒

將：[宋]2059 美嵩華。

烈

超：[甲][乙]1978 芬芳足。

傑：[三]1 能却外。

列：[宮]2103 王七年，[宮]2108 之壯觀，[宮]2112 棄而不，[甲]、然[乙]2227 其名如，[甲]1782，[甲][乙][丙]2394，[甲][乙]2263 六箇六，[甲][乙]2393 香華供，[甲][乙]2394 爲照明，[甲]1830 四煩惱，[甲]2039 振凌雲，[甲]2128 反毛詩，[甲]2128 女傳云，[甲]2286，[甲]2400 云云若，[明]187 火遇水，[明]1299 陣交鋒，[明]2145 諸明叡，[三]2145 滯而未，[三][宮]1522 遂乃准，[三][宮]2060 豈有，[三][宮]2060 異術勝，[三][宮]2103 戒香浴，[三][宮]2122 道騰虛，

[三]2063，[三]2063 有志分，[三]2063 宗意欲，[三]2125 英猷暢，[聖]376 士，[聖]2157 不空法，[宋][宮]414 乃至十，[宋][宮]2053 然則秦，[宋][宮]2060 乃剜眼，[宋][宮]2060 隨風而，[宋][宮]2060 外溫召，[宋][宮]2103 王孝緒，[宋][宮]2109 王，[宋][元][宮]380 甚可愛，[宋][元][宮]2060 故能正，[宋][元][宮]2102，[宋][元][宮]2103 是以春，[宋][元][宮]2122 王，[宋][元]193 力士貢，[宋][元]2060 氣遠容，[宋]2060，[宋]2154 王建義，[乙]2393 三一對，[乙]2263 道理神，[乙]2263 三性種，[乙]2263 之定，[元][明]2103，[元][明]2103 然有盈，[元][明]2103 望齊英，[元][明]2103 燕姬而。

冽：[三][宮]2103 江潯蕭，[三]2087 風俗險。

洌：[元][明]1442 諸苾芻。

裂：[甲][乙]2309 地獄三，[甲]1723 也又普，[明]2076 棺中求，[三][宮]1591 諸，[三][宮]2060 愛縛情，[三]152，[宋][元][宮]392 臣民觀，[元][明]2122 之聲，[元][明]2122，[元][明]2123 之聲，[原]1289。

然：[三][宮]2122 隣側並。

引：[三][宮]306 曜如日，[三]2110 屍出外。

挋

拔：[甲]2087 牙而授。

別：[甲]2003 轉鎗頭。

絞：[三][宮]1428 去水舒，[三][宮]2122。

戾：[聖]1435 曬。

捩：[明][甲]1119 印加持，[明][甲]1177 急心常，[三][宮]1435 曬，[三][甲]1123 金剛掌，[聖]1435，[宋][甲]1103 腕向外，[宋]1103 右腕眞。

裂：[三][宮]721 常依他。

授：[甲]2087 牙側不。

戾：[三][宮]2122 見者嗤。

裂

掣：[宮]2060 之。

除：[宮]722 憂惱悔。

壞：[聖]663。

綟：[原]1238 如索小。

列：[博]262，[明][宮]1425，[三][宮]、引[聖]1425 爲二分，[三][宮][聖]1425 拂，[三][宮]736 目，[三][宮]1425 其身官，[三][聖]1441 三瘡門，[石]1509 乃至微，[宋][元][宮][聖]1464 中有神，[宋]534 樹木摧。

冽：[明]1521 苦毒辛。

捌：[三]186 壞勞怨。

烈：[宮]657 破碎皆，[宮]1462 鉢兜，[甲]1911 臍下結，[三][宮]2122 驚走往，[三][宮]721 皆悉熟，[三][宮]1563 身，[三][宮]2123 地鎔銅，[三]202 食果噉，[三]375 出聲夫，[三]618 四曰壞，[聖]1458 穿，[東][宮]721 如是千，[東][宮]721 爲兩分，[宋][宮]721，[宋][宮]721 分散心，[宋][宮]721 或浮或，[宋][宮]721 設以，

[宋][宮]721 又復更，[宋][宮]1425 解支，[宋][宮]2060 所開之，[宋][宮]2123 眼中，[宋][明]2122 自然香，[宋][元][宮]721 衣，[宋][元][宮]1644 入此江，[宋][元]1458 種謂桃，[宋]956 有神出，[元][明][宮]374 破其色，[宋][宮]721 如是拔。

切：[三][宮]724。

以：[元]2106 河通地。

製：[甲]1816。

獵

獦：[宋][宮]、蠶[元][明]1425 爲好故。

漢：[宋][元][宮]2122 於隴右。

羂：[三][宮]2121 師來願，[宋][元][宮]2123 師來願。

狂：[三]152 網所得。

臘：[甲]1736 者提婆，[三]985 婆。

歷：[宋][明]2122。

獠：[甲][丙]2087 者期於。

躪：[宮]2025 等犯分。

騰：[三][宮]414 虛空中。

猪：[宮]272 羅網河。

鬣

髮：[宮]302 毛寶摩。

獦：[知]384 朱。

獵：[聖]190 或有身。

林

棒：[三]100 樹間譬。

材：[三][宮]1428 木，[三][宮]2102，[三][宮]2121 石齋詣，[三]201 如牆雖，[宋][聖]99 精，[宋]99 精舍，[乙]2157 書曰。

持：[三]192 祇沙仙。

床：[宮]2121 高廣亦，[三]99，[三][宮][石]1509 下佛光，[三][宮]721 伊羅婆，[三][宮]749 林苦聲，[三][宮]2102 入據理，[三][宮]2121，[三][宮]2122 亦是菩，[三]2121 手取香，[聖]310 所既到，[聖]1582 王南無。

牀：[三][聖]643 合掌，[三]7 中極苦，[三]70 間塚間。

村：[三][宮]2122，[三][宮]2122 遠近莫，[三]1 止宿，[聖]125 中爾時，[聖]1462 斫竹及，[宋]1 到已下，[宋]1 有大。

梵：[甲]2183 師。

根：[甲]2068 譯成六。

河：[三][宮]2123 大地。

桓：[三][宮]1435 門間補，[宋][元]、洹[明]1435 諸比丘。

技：[元][明][聖]100 是名爲。

家：[三][宮]1546 來出家。

井：[聖]99 不遠有。

枯：[三]2063 樹專誠。

類：[明][甲]997 功德不。

琳：[宮]2103 俗之，[甲]2053 遠而架，[明]2104 亦早聞，[三][宮]2060 僧昉等，[三][宮]2102 所頌五，[三][宮]2103，[三][宮]2103 遠俯視，[三][宮]2104 上，[三][宮]2104 以佛法，

[三]2154，[三]2154 筆受並，[三]2154
出斯義，[三]2154 遠之高，[三]2154
在寶太，[宋]2154 於鄴城。

臨：[三]99 下高聲。

靈：[宋][元]182 樹神得。

麻：[元][明]402 天果天。

秣：[甲]2087 僧徒三。

木：[甲][乙]2227，[明]2123 傾
側，[三][宮]1425 華果茂，[三][宮]
2060 等事並，[三]186 自然生。

朴：[甲]2035 菴清哲。

囿：[三][宮]2028 以此爲。

秋：[甲]2128 字音。

求：[三]201 難可拔。

森：[三]192 摩王子。

山：[三][宮]581 藪，[三][宮]2121
藪，[三]201 即名施。

叔：[甲]1782 蘭蜜多。

樹：[宮]374 下有一，[甲]2130
譯曰金，[甲]2301 間，[明][乙][丙]
870 滅遺身，[三][宮]281 澤中當，
[三][宮]721 莊嚴其，[三][宮]1588 等
，[三][宮]2121 木自然，[三]721 一切
欲，[三]1452 施與僧，[三]2087 給孤，
[元][明]379 間。

水：[宮]721 飲食香，[三][宮]
2121 以水灑。

松：[三][宮]2059 竹欝茂。

體：[甲][乙]2207 也。

相：[元][明][宮]671 迷惑如。

休：[三]2060，[原]2248 法師即。

園：[明]202 欲見世，[三][宮]
2123 中有樹。

蕳：[聖]1721 毘婆沙。

杖：[三][宮]445 如來西，[宋]
[元][宮][石]1509 如華覆。

榛：[三][宮]2085 名曰得。

之：[甲]、林[甲]1781 內有水。

枝：[三][宮]721 覆光明，[三]
[宮]721 若山之，[元][明]100。

株：[元][明][宮]626 如。

狀：[三][宮]2121 如火山。

座：[元][明]310 上羅寶。

淋

林：[三][宮]2060 落。

霖：[三]35 雨終時。

臨：[三][宮]1463 水亦得。

痳：[三]374。

滲：[元][明]1339 而失其。

琳

彬：[明]2076 序。

林：[甲]2053 在知其，[甲]2183，
[三][宮][聖]2034，[三][宮]2059，
[三][宮]2122，[宋][元]2103 序梁昭，
[乙]2173，[元][明]1096，[元]2145。

淋：[甲]2183 法師。

球：[三][宮]2059。

體：[甲]2299 破邪論，[甲]2299
云清辨。

妄：[三][宮]2122 之臆斷。

瑜：[甲]2250 音義十。

舜

麟：[甲]2266 角獨覺。

鄰

憐：[甲]1717 提二名，[聖]125 若毘舍。

隣

邦：[聖]1549 國時俗。

比：[宮][知]741 側。

陳：[三]192 如族子。

除：[甲]1728 舍而滅。

降：[宋]99 死豈唯。

藍：[甲][乙]1796 白傘也。

憐：[和]293 迦，[甲][乙]2194 於真實，[明][甲]989 陀龍王，[明]193 側諸國，[明]1582 比知識，[三]376 女名須，[三][宮][聖]1462 羅賓洲，[三][宮]721 那天，[三][宮]2027 五比丘，[三]186 鞞樹下，[三]192 穢聲色，[三]375 愍，[三]1341，[三]1435 愍故，[聖]99 無所作，[聖]26 訟聲紛，[聖]99 於地獄，[聖]190 比聚落。

鱗：[甲]2266 虛中無，[聖]2157 次有五。

凌：[宋][元][宮]1620 虛。

陵：[宮]402 覆佛頂，[宮]2102 豈假驟，[三][宮]397 六摩伽，[三][宮]1442 陀。

羅：[宮]221 尼空行，[三][宮]221 尼門具。

迷：[明]727 近皆所。

尼：[三]2151 鉢呪經。

殊：[乙]2261 雜熏發。

應：[聖]99。

霖

大：[三][宮]2122 雨泥滑。

淋：[三][宮]606 雨一旦，[三][宮]1464 雨不得，[三]193 雨暴水，[三]209 漏水土。

寐：[乙][丙]2134 勒。

臨

從：[甲]2195 義可思。

監：[原]2317 遙見。

將：[三][宮][聖][另]1442 死之時。

降：[甲]2408 於此。

侃：[甲]2039。

濫：[甲]1512 佛菩薩。

林：[三]2103 般若聿。

路：[三][宮][乙]2087。

聽：[乙]1909 命終時。

望：[乙]2309 果分。

臥：[明]354 欲死時，[元]1503 終無悔。

修：[原]1311 福職事。

旋：[丙]2087 注豀。

懸：[甲]2217 邪。

循：[三]、修[宮][甲]2053 有逾十。

驗：[聖]1425 孔上按。

驎

驥：[三][宮]2122 之步。

麟：[三][宮]1545 頌等如，[三][宮]2103，[乙]2211。

騏：[明]192 驎相。

鱗

憐：[宋]、隣[元][明]2125 陀龍亦。

隣：[三][宮]2053 接數遭。

麟：[甲]2036 廼，[三][宮]749 角其状。

陵：[明]2076 寶資和。

鰻：[丙][丁]2089 魚長一。

銛：[三][宮]2103 牙爲能。

鮮：[宮]2060 錯詞鋒，[甲]2128 赤或能，[甲]2087 次差難，[宋][宮]2122 頳尾並。

線：[甲]866 次以繫。

麟

等：[甲]2250 評云後，[甲]2250 云言捺。

粦：[甲]2217 記云一。

隣：[三][宮]2104 洲聃，[聖]224 那。

驎：[宮]310 一角，[三][宮]2059 閣出内，[宋]407 亦不知。

又：[甲]2254 云。

凜

禀：[甲]2128 敬懼也。

廩

禀：[三]1 賜見。

懍

禀：[甲][乙]2185 敎必，[三][宮]2122 與三者。

稟：[宋][元][宮]345 以用供。

懔

禀：[宋]2122 然。

懷：[宮]2059 勵苦行。

憬：[甲][乙]2317 法師云。

壈：[三][宮]2122 國出白。

琳：[元][明]2088 國非印。

澟：[三][宮]2060 潔風霜。

吝

悭：[聖]663 亦無嫉，[另]279。

咎：[三]2149 於法性。

悋：[聖]278 心九勝，[宋][元]1579 惜又，[元][明]2108 所。

齊：[原]1205 轉合掌。

慳：[原]1721 也於此。

怯：[宮]279 故起廣。

若：[三][宮]2102 兼除不。

悕：[聖]279 有堪化。

恡

吝：[三]211 致涕流。

慳：[三]186 惜經心。

怯：[原]2208 惜。

悕：[宋][元]210。

悋

怖：[甲]1782 悋心由，[三]375 或，[聖]231 常修寂，[乙][丙]2777 故請也。

法：[三]1093 勿作憍，[三]1424 二所捨。

垢：[宮]1548，[甲]1918 之慈，[三][宮]434 甚多成。

怪：[另]1721 義同搏，[知]2082 嘗雇人。

倦：[三][宮]813 無所。

恪：[三][宮]2122 者必狂，[三]1132 囊，[元]2122 惜經義。

吝：[宮]229 一切所，[宮]292 無所逼，[甲]1579 便能受，[明]316，[明]1579 犯戒心，[明]1579 雖欲惠，[三]2103 身命以，[三]2145 生，[聖]476 於一切。

慳：[三][宮]397 樂法慚。

怯：[甲][乙]1822 者富樂，[三][宮]387，[聖]1440 法故外，[乙]2397 惜安存，[原]1788 怖五第。

縈：[三][宮]638 冀持戒。

若：[宮]223 惜不捨，[宮]2059 識不。

貪：[三][宮]425，[三]1488 五者瞋。

悟：[宮]687 色情蕩。

希：[明]1602 著爲體。

悑：[宮]398 其戒清，[宮]1459 法，[聖]1582 法不施。

惜：[三][宮]263 身命精，[三][宮]403，[三][宮]1443 躯命自。

憶：[甲]2068 錢財布。

者：[宋][元][宮]、貪[明]1595 嫉。

著：[元][明]414 心。

賃

貨：[明]694 屠膾等，[聖]1428 作有所。

貿：[明]2034。

倩：[三][宮][聖]1435 他作若。

債：[甲]2244 於老子，[三][宮][別]397 鞞犁釋，[三][宮]397 鞞，[三][宮]397 鞞莎波，[三][宮]1471 僮客或，[聖]1462 人。

蕳

蘭：[宋]1092 跢野三。

伶

羚：[三][宮]2103 犀而獨。

靈：[三][宮]2059 肆意放。

苓

落：[乙][丙]2089 脂紅綠。

芝：[乙]2408 根一時。

囹

犁：[三][宮]581。

泠

冷：[宮][甲]1912。

涼：[甲]1921 水能洗。

玲

零：[三]2110 瓏長表。

鈴：[甲]1921。

倰

凌：[三][宮]、陵[聖]1452 時諸苾，[三][宮]1545 所覆以，[三][宮][聖]1452 辱問言，[三][宮]1465 於物故，[三][宮]1545 雜故，[三][宮]2122 太清當，[宋][元][宮]、陵[明]2122。

陵：[甲]1733 下名我，[三][宮]1421 誣，[三][宮]1478 男子用，[三][宮]2122 遲一至，[三][宮]2122 篾人興，[三]1005 一切障。

凌

安：[宮]619 過於風。

乘：[三]2088 空踰。

咳：[三][宮][甲]901 二合。

浚：[宋][宮]、陵[元][明][聖]1509 五波羅。

涼：[明]261 辱轉造。

臨：[乙][丙][戊][己]2092 雲臺望，[乙][戊][己]2092 四月。

陵：[宮]451 慢共為，[宮]450 互為饒，[宮]659 轢於他，[宮]1537 空往還，[甲]1799 謂，[甲]1828 篾心并，[甲][乙][丙]1211，[甲][乙]1799 故有吒，[甲][乙]2185 群下，[甲][乙]2317 伽林皆，[甲]901，[甲]1215 忽言，[甲]1216，[甲]1799 人傲物，[甲]2087 虛而，[甲]2230 身向，[明][甲下同 1216 誐廟以，[明][聖]411 憤恚結，[明][聖]1509 易虜掠，[明]220 彼趣向，[明]261 辱終不，[明]310 恃故不，[明]1153 逼傷，[明]2122 彼不省，[明]2122 廢欣今，[明]2122 毀或倚，[明]2122 人或有，[三]220 篾毀罵，[三]220 我能隨，[三][宮]、綾[甲]2053 虛丹空，[三][宮]310，[三][宮]481 弱各得，[三][宮]2059 典度倨，[三][宮]2059 雲次誦，[三][宮][聖][另]310 於星辰，[三][宮][聖][知][甲]1579 他或

有，[三][宮][聖]397 反呵毘，[三][宮][聖]411 詔，[三][宮][聖]411 拒僧衆，[三][宮][聖]1425 虛北逝，[三][宮][知]1579 蔑之心，[三][宮]310 逼於尊，[三][宮]664 汝等四，[三][宮]1547 伽鳥視，[三][宮]1554，[三][宮]1579 蔑於，[三][宮]2040，[三][宮]2053，[三][宮]2059 危，[三][宮]2059 雲寺釋，[三][宮]2060 遲無不，[三][宮]2060 犯風波，[三][宮]2060 犯須陀，[三][宮]2060 凌法而，[三][宮]2060 惱至於，[三][宮]2060 侮瓊，[三][宮]2060 夷所以，[三][宮]2060 污今猶，[三][宮]2060 雲舊，[三][宮]2060 之乃徙，[三][宮]2066 師疋士，[三][宮]2102，[三][宮]2102 遲人倫，[三][宮]2102 遲遂失，[三][宮]2102 度抗殊，[三][宮]2102 競之，[三][宮]2102 虛心往，[三][宮]2103，[三][宮]2103 峯而一，[三][宮]2103 人傲物，[三][宮]2103 優游徒，[三][宮]2104，[三][宮]2104 遲，[三][宮]2104 遲遂與，[三][宮]2108 度抗殊，[三][宮]2108 虛控鶴，[三][宮]2108 越典度，[三][宮]2121 侮群職，[三][宮]2121 虛而遊，[三][宮]2121 易，[三][宮]2121 於人高，[三][宮]2122 人或有，[三][宮]2122 宰輔宋，[三][宮]2123 人或有，[三][宮]2123 身心躁，[三][宮]2123 他非好，[三][宮]下同 2102 化之津，[三][甲][乙]2087 此非宜，[三][甲][乙]2087 犯行人，[三][甲]989 於人天，[三][聖]99 虛而逝，[三][聖]361 弱各，[三][聖]411 更

相，[三][乙][丙]1076 逼本命，[三][乙][宮]2087 巖，[三][乙]2087，[三][乙]2087 虛而來，[三]220 蔑我應，[三]220 辱刀杖，[三]220 辱以刀，[三]220 虛往來，[三]310 辱悉能，[三]945 故有吒，[三]945 率過越，[三]984 伽大仙，[三]1340 他妻或，[三]2087 先達命，[三]2087 虛履空，[三]2087 虛遊化，[三]2088 空至此，[三]2088 虛飛去，[三]2103 雪戒途，[三]2111 之伍懷，[三]2154 亦曰訶，[聖]411 於刹帝，[聖]1452 旦辦食，[石]1509 虛如鳥，[宋][宮]2060 雲而去，[宋][宮]2103 霄上冲，[宋][宮]2103 虛起無，[宋][明][宮]2122，[宋][元][宮]402 失諸樂，[宋][元]220 辱我求，[乙]950 身向，[乙][丙]2092 百王而，[乙][丙]2092 許郭而，[乙]867 逼命業，[乙]1909 下劣或，[乙]1909 尊長，[元][明]、後[聖]2034 廢欣今。

唛：[宋][元]、唛[甲]901 去音長。

靈：[明]2053 山雪嶺。

深：[原]、淨[甲]2196 浚成實。

玲

伶：[甲]、伶俜[乙]2192 貧人。

陵

答：[甲]2006 云銀盌。

犯：[原]1721 他今欲。

害：[三][宮]1548 斷命根。

浚：[三][宮]1509 易或見，[三][宮]下同1443 辱如中。

隣：[宮]221 易者五，[宮]2122 曲阿，[三]187 陀衣又，[三][宮][聖][另]1443 伽婆蹉。

凌：[宮]279 奪，[宮]1545 辱尊者，[宮]2122 空往，[甲]2012 奪虛空，[甲][乙]1736 煙波涵，[甲][乙]2309 蔑何甚，[甲]997，[甲]1822 人名爲，[甲]1969 雲莫自，[甲]2128 反王注，[明]223 虛如鳥，[明]1425 虛而逝，[明]2105 遲遂與，[三]、[聖]397，[三]、凌[聖]397 聲病聲，[三][宮]、[乙]2087 辱殉命，[三][宮]721，[三][宮]1442 逼如前，[三][宮]1521 上相，[三][宮]1602 他退失，[三][宮][甲]2053 嶮時唯，[三][宮][聖][另]1458 逼由失，[三][宮][聖]676 他具大，[三][宮][聖]1545 雜當言，[三][宮]278 毀作惡，[三][宮]411 伏，[三][宮]674 打瞋罵，[三][宮]721 劫奪若，[三][宮]721 弱不違，[三][宮]721 爲他侵，[三][宮]724，[三][宮]749 私用，[三][宮]774 辱雖自，[三][宮]1425 物好屏，[三][宮]1442 逼大軍，[三][宮]1451 空香煙，[三][宮]1451 隨處，[三][宮]1451 王復問，[三][宮]1509 易菩薩，[三][宮]1521 衆生難，[三][宮]1545 辱而去，[三][宮]1545 辱言語，[三][宮]1545 相雜無，[三][宮]1545 雜，[三][宮]1545 雜今欲，[三][宮]1548 虛如鳥，[三][宮]1551 不能容，[三][宮]1562，[三][宮]1562 者與慢，[三][宮]1600 雜，[三][宮]1602 侮或爲，[三][宮]1606 取故離，[三][宮]1644 慢父母，[三][宮]

1648 慢心往，[三][宮]2034 滅遂爽，[三][宮]2040 毀乃選，[三][宮]2053，[三][宮]2053 傍啓譯，[三][宮]2053 溪，[三][宮]2058 蔑爾時，[三][宮]2059 遲復致，[三][宮]2059 雲而逝，[三][宮]2059 雲宇會，[三][宮]2059 雲之士，[三][宮]2060 遲遂與，[三][宮]2087 觸，[三][宮]2103 遲，[三][宮]2104 轢榮在，[三][宮]2121，[三][宮]2121 遲荒于，[三][宮]2121 奪此非，[三][宮]2121 奪若王，[三][宮]2122，[三][宮]2122 江中流，[三][宮]2122 空迅疾，[三][宮]2122 辱以道，[三][宮]2122 雖復當，[三][宮]2122 虛苦惱，[三][宮]2122 雲而逝，[三]25 地皮復，[三]99 弱造無，[三]118 侮摧，[三]153 時有邊，[三]153 他境王，[三]167 易忿不，[三]196 弱，[三]212 易弱，[三]639 毀蔑者，[三]869 逼亦不，[三]1092 殺害強，[三]1344 於他文，[三]1545 辱，[三]1690 虛遠逝，[三]2088 遲其，[三]2103 琚之口，[三]2106 虛而逝，[三]2122，[三]2122 空，[三]2122 空來降，[三]2145 霄容無，[三]2145 虛而同，[三]2149 雲九級，[三]2154 犯諦乃，[三]2154 雲臺望，[聖]397 語九者，[聖]1733 迦者此，[宋]、[元][明]639 蔑，[宋][宮]、[元][明]649 所見於，[宋][宮]、[元][明]1579，[宋][元][宮]1545 雜以不，[宋][元][宮]278 奪，[宋][元][宮]1537 蔑尋假，[宋][元][宮]1548 若於衆，[宋][元][宮]1552 所雜從，[宋][元][宮]1579 且而起，[宋][元][宮]2109 辱三，[宋][元][宮]2121 頻伽共，[宋][元]156 太子問，[宋][元]950 逼速疾，[宋]639，[宋]2053 遲，[乙]1796 也由彼，[乙]2087 奪乃變，[元][明]765，[元][明]2103 雲氣忽，[元][明]2106 虛。

唛：[乙]852。

淩：[甲][丙]922 逼速疾，[甲][乙]850 唵，[甲]975 身向前，[甲]1134 空自在，[甲]1735 物故經，[甲]2376 他，[三][宮][聖]1458 他因生，[三][宮]272 弱以貴，[三][宮]1562 或，[三][宮]1590 伽林皆，[三][宮]2060 駕儕黨，[聖]1462 伽人王，[宋][元]、凌[明]1585 道邃而，[宋][元]、凌[明]2145 遲俯悼，[宋][元][宮]1562 蔑如來，[宋][元][宮]2060 谷互遷，[乙]957 屈。

令：[乙]2092 安平人。

陸：[甲]2323 德明。

陜：[三][宮]2122 末尼。

相：[三][宮]2104 表乘。

禹：[三][宮]2103 漫行章。

陟：[元][明]2145 矣無爲。

捿

稜：[三]1331 無因。

聆

衿：[甲]2128 説文從。

聽：[三][宮]638 妙慧供。

菱

陵：[乙]897 角形食。

翎

零：[宋]、[元][明]、[聖]190 羽衣毛。

翼：[明][乙]1276 翎護摩。

羚

羷：[明]2076 羊掛角。

淩

淩：[宮]2074 迫帝以，[甲]2039 空向南，[甲]2196 者零，[三][宮]1683 二合一，[三]2145 鸞舊德，[三]2145 千載而。

陵：[甲][乙]1822 雜故不，[甲][乙]2309 遲如何，[甲]1216 誐取白，[甲]1821 或復尊，[甲]2053 霄漢受，[甲]2263 境非一，[甲]2425 伽天衣，[明]1636 蔑以嫉，[三][宮]2060，[三][宮]2060 廢欣今，[三][宮]2060 犯諦乃，[三][宮]2060 夷婆羅，[三][宮]2060 之中華，[三]1005 逼者七，[三]2145 遲內學，[三]2152 亦曰，[元][明]2060 遲栖慮。

令：[三]、陵[乙]1100 逼本。

違：[甲]2196 四時飲。

軨

輪：[乙]2390 如本也。

薐

陵：[三][乙]1092 香丁香。

菱：[三][宮]1428 藕子於，[三]1691 仁羯細。

零

苓：[三][宮]2122 陵香南。

靈：[丙]2396 妙寺釋，[甲]2298 根解佛。

令：[三]25 四散諸。

略：[甲]974 以反多。

劤：[元][明]2034 成斯紀。

鈴

杵：[三][甲][乙][丙]903 者。

鐸：[甲]2393 等。

鉤：[乙]867 拂商佉。

玲：[三][宮][甲]901 珮種種。

領：[甲]1238 鳩槃荼。

令：[宮]433 千種皆，[甲][乙]2394 宿障，[甲]2084 普告國。

鈴：[宋][元]873 合腕以。

銓：[三]2060 下吏曰。

輪：[甲][乙]1822 聲也。

鎖：[甲][丙][丁]1141 菩薩已。

牙：[明][甲][乙]994 此上五。

餘：[宋][元]721 網出妙。

菠

菱：[三][宮]2103 華。

綾

緩：[甲]2244 波斯名。

稜：[三]2122 伽。

凌：[丙]2163 舘安置。

陵：[三][宮]2121 時有陶，[聖]2157 一匹爲。

錢：[甲]2053 及絹等。

錂

錙：[三]197。

齡

眼：[宮]2103 苟未遐。

齡

嘛：[三][宮]2122，[三][宮]2122 顏色變。

檑

櫙：[聖]1451 風雨來。

靈

宮：[三][宮]2034 其山。

紘：[三][宮]2102。

景：[甲]2068 像執鑑。

舊：[甲]2195 山處故。

冷：[甲]2006 光觸處。

龍：[宋][宮]534 地祇及。

路：[元][明][聖]211 於是世。

露：[甲]2089 祐承，[明]2060 塔別，[元][明]2103 飲道高。

慮：[甲]1921 智識耶。

霹：[三]2029 鼓。

器：[三]193。

神：[明][聖]225 力鬼不，[三][宮]2109 森然翊。

顯：[三]2059 忻踊精。

虛：[甲]1918 之源三，[甲]2120 應臺僧，[甲]2290 形，[三][宮][甲]2053 沖孤標，[三][宮]2059，[三][宮]2059 無色外，[三][宮]2102 風既聞，[三][宮]2102 異於是，[三][宮]2103 會

圓神，[三][宮]2104 衰榮爲，[三]2102 之貴三，[三]2110 之論徒，[三]2110 之氣九，[三]2145，[聖]225 空恢廓，[聖]2157 靜寡嗜，[聖]2157 潤文大，[宋][元]2110 韞異幽，[元][明][宮]2102 深識眞，[元][明]2060 靜往還，[元][明]2103 談安歌，[原]2410，[原]1311 常見尊。

虙：[宋]、寂[元][明][宮]2122 寺常。

雪：[甲]2039 張耳千，[甲]2266 山，[甲]2266 山菩薩，[三][宮][聖]1464 山之頂，[三][甲][丙]1211 淋灘六。

雲：[丙]2089 雲寺僧，[丙]2120 見充寺，[丙]2381 異相是，[宮]、露已1958 河，[甲]2087 不悟遂，[甲]2362 經云菩，[明]、雪[和]261 山白象，[明][元]2145 萃已逝，[三][宮]2122 寺有沙，[三]2145 衣，[宋][宮]2034 根寺沙，[宋][宮]2104 赤澤曜，[乙]2244 怪雖多，[元][明]2145 則體鏡。

領

頌：[甲]2084 告國內，[三][宮]2104 勅遠近。

便：[甲][乙]1822 解頌證。

煩：[甲]1709。

顧：[甲]1122 辟除，[三][宮]2122。

領：[甲]2128 皆誤之，[三][宮]1546 如師子，[宋][元]2061 首顧其。

俱：[甲][乙]1822 受也此，[甲]

2249 受也文。

理：[宮]278 天下受。

嶺：[宮]1593 凡所翻，[甲]2039 各嶺千，[三][宮]2122 聖僧晋。

令：[甲][乙]1751 示現方，[明]220 八方皆，[三][宮]415 此界牟。

略：[甲]2168 念誦經。

傾：[甲]1958 難全爾，[三][宮]2059 拔玄致。

饒：[元][明][宮]397 衆生北。

食：[三][聖][宮]528 四。

受：[甲][乙]1822 果先問。

頌：[甲]1718 受命及，[甲]1828 三，[乙]1816 記不。

統：[三][宮]1507 至千萬，[三][宮]2121 屬，[聖]125 十千世。

顯：[甲]1805 下句謂，[甲]2068，[乙]1821 境義邊，[乙]2397 無情有，[原]1829 録。

飲：[宋][元][宮]1653 渴及以。

預：[甲]1816，[三][宮]1490 知一切，[原]2208 今經。

願：[丁]2187 知衆物，[宮][甲]1804 故名爲，[三]201 遍閻浮，[三]2060 通而，[宋][元]、念[明]39 境界有，[元][明]186 億刹土。

鎮：[甲]1249 令置形。

殖：[甲]2362 受增上。

嶺

額：[三][宮]2122 頭其人。

領：[三][宮]2060 接桃源，[三][宮]2103 歷藉此，[聖]291 藥名無，

[宋][元][宮]2103 蕭，[宋][元]1543 之。

樹：[三]2103 嵯峨。

巳：[宮]2053 下有村。

莅：[宋][元]203。

另

兮：[原]1859 必有隣。

令

本：[甲]1886 來空寂，[宋]220 流布是。

彼：[元]995 無災難。

邊：[甲]1828 減外具。

持：[乙][丙]2810 心專注。

勅：[三]2125 曰諸君。

大：[聖]99。

得：[宮]263，[三]、一[宮]1435 繫解隨，[三][宮]411 汝等長。

而：[明]156 來反覆，[三][宮]1545 不起結。

尒：[宋][宮]、示[元][明]310 受諸苦。

爾：[宮]402 彼天女，[宮]882，[三]1562 生如是，[三]1579 所愛會，[三]1616，[聖]223 我國土，[另]1552 度是故，[宋][元][宮]、而[明]1674 恒收。

乏：[甲]2400 復於自。

法：[甲]2239 故因之。

分：[甲]2266 心鹿轉，[甲]2299 不偏故，[明]2059 學宋語，[三]158 以此一，[聖]200 開。

服：[聖]211 坐即問。

各：[宮]384 充足願，[三][宮]285 得所金，[三]606 異處於，[聖]397 安置護，[聖]425 心解是，[聖]626，[宋][宮]309 歡。

含：[宮][甲]1805 瞋努目，[甲][乙]1796 爲藏此，[甲]1705 識般若，[甲]1816 依教行，[甲]2214 識其心，[三][宮]2122 受三歸，[聖]1851 爲十人，[乙]1796 寄在身，[原]1248。

合：[丙][丁]866 善現驗，[丙]1202 五香燒，[丙]2231 在北方，[宮]1459 滿應數，[宮]1808 口受時，[宮]1808 在上自，[宮]2034 法燈傳，[宮]2059 文義圓，[宮]2060 掌僧都，[甲]、合掌[甲]2350 起拜胡，[甲]、今[乙]2231 此十字，[甲]、令命[丁]1141 成印隨，[甲]、水抄作全 2195 供養佛，[甲]1065 竪左手，[甲]1828 爲第六，[甲]1828 爲一心，[甲]1830 實有至，[甲]2227 取一葉，[甲]2266 生故初，[甲]2801 儀物明，[甲][乙]850 成峯或，[甲][乙]850 現施願，[甲][乙]859 隨右轉，[甲][乙]1822，[甲][乙]1822 更成立，[甲][乙]1929 發眞無，[甲][乙]2223，[甲][乙]2223 等其壇，[甲][乙]2223 一切，[甲][乙]2261，[甲][乙]2261 阿羅，[甲][乙]2261 依三，[甲][乙]2394 不散也，[甲][乙]2394 爲鬘連，[甲]850 相合辨，[甲]866 從，[甲]913 細又用，[甲]974 開圓，[甲]974 然豈知，[甲]1075 面相著，[甲]1201 面著地，[甲]1280，[甲]1289 冷

向釋，[甲]1709，[甲]1709 安善，[甲]1709 出離故，[甲]1709 厭患離，[甲]1733 離，[甲]1733 能行三，[甲]1733 失故言，[甲]1782 得，[甲]1796 示，[甲]1802，[甲]1816 入無餘，[甲]1816 未得者，[甲]1828，[甲]1828 決聲聞，[甲]1828 授與，[甲]1828 有五段，[甲]1830 同異有，[甲]1836 顯睡眠，[甲]1839 成至以，[甲]1839 聲論師，[甲]1841，[甲]1851，[甲]1852 離諸著，[甲]1863 聖起者，[甲]1921 得所，[甲]2015 厭下忻，[甲]2017 空觀空，[甲]2084 死未答，[甲]2087，[甲]2129 一處用，[甲]2192 聞之主，[甲]2195 見之若，[甲]2195 趣牛何，[甲]2195 爲雖字，[甲]2211 有此字，[甲]2215 爲破悉，[甲]2219 持所傳，[甲]2231 作五字，[甲]2261 是一明，[甲]2261 有十義，[甲]2266，[甲]2266 其差別，[甲]2266 三解別，[甲]2266 説有，[甲]2266 同異，[甲]2266 先，[甲]2266 之一處，[甲]2271 辰大安，[甲]2290 體後以，[甲]2299 出生酥，[甲]2299 多，[甲]2299 明中道，[甲]2317 緣一切，[甲]2339 一娑婆，[甲]2362，[甲]2362 彼起故，[甲]2362 聞先説，[甲]2362 心不散，[甲]2367 然又莫，[甲]2400 申忍願，[明]158 得富足，[明]220 一切，[明]1428 從右門，[明]1450 覓一人，[明]1451 得支足，[明]2016 十方佛，[明]2102 濟之有，[明]2123 心壅塞，[三][宮][聖]1425 僧偸蘭，[三][宮]292 集

皆使，[三][宮]483 如三曼，[三][宮]817 從因緣，[三][宮]1425 作事，[三][宮]1433 一周言，[三][宮]1451 至水準，[三][宮]1453，[三][宮]1459 虧，[三][宮]1571 所成猶，[三][宮]2034，[三][宮]2122 舶震懼，[三][甲][乙]972 開掌如，[三][乙]954 不相著，[三]186 爲一能，[三]203 群臣共，[三]291 其影不，[三]603 部伴從，[三]649 此勝經，[三]1428 衆蓮花，[三]2122 大地獄，[聖]、今[石]1509 解，[聖]1509 此事明，[聖][乙][丁]1199 現三種，[聖]1442 童女隨，[聖]1509 空，[聖]1509 生憂喜，[聖]1509 書人疲，[聖]1509 無量衆，[聖]1509 諸天專，[聖]1539 其歡悦，[聖]1721 勿樂生，[聖]1723 心，[聖]1733 同一切，[聖]1763 義盡，[另]1442 一人負，[另]1721 速出三，[另]1721 同，[石]2125 人，[宋][宮]624 會者因，[宋][宮]2053 哲爵爵，[宋][宮]2066 秀爾獨，[宋][明]1191 陰陽風，[宋][元][宮]、舍[明]2060 九流爭，[宋][元][宮]269 我值在，[宋][元][宮]2121 誦槃，[宋][元]1562 智者，[宋]397 濁，[宋]1562，[乙]、－[乙]2190 但觀照，[乙]2394 奉獻誰，[乙][丁]1830 根等三，[乙][丁]2244 無殺害，[乙]930 掌相著，[乙]954 不相著，[乙]1239 一切衆，[乙]1239 遇惡世，[乙]1266 相抱立，[乙]1724，[乙]1796 成熟彼，[乙]1822 了義有，[乙]1822 生厭離，[乙]2207 平百年，[乙]

2223 一切身，[乙]2227 成何等，[乙]2263 異熟種，[乙]2296 爲眞身，[乙]2376，[乙]2376 摳衣又，[乙]2381 爲三種，[乙]2397 授從，[原]1776 爲第一，[原]2339 爲一義，[原]1289 具一切，[原]1776 蓋現變，[原]1776 以成軍，[原]1796，[原]1796 作如是，[原]1797 作五字，[原]1821 自受用，[原]1898 感希有，[原]1981 心見無，[原]2196 歡上兩，[原]2248 花鬘倡，[原]2271 有過耶，[原]2395 淨名，[知][甲]2082 門練行，[知]598 志，[知]1579 福德智。

化：[三][宮]724 我等輩。

會：[甲]2195 得種，[甲]2412 見聞之，[明]1664 心安住，[三]5 愛欲相，[乙]1822，[乙]2250 違光師，[乙]2408 壇灌頂，[原]2339 不。

及：[甲]2274 空時方。

吉：[宋][元][宮]、言[明]2122。

即：[三]2060 視，[乙]1238 四衆善。

計：[三]2145 除之初。

漸：[原]904 廣大周。

皆：[明]314 能悔過。

今：[丙]2381 奉請釋，[丙]2396 勸發其，[敦]262 見爾時，[宮]、令知[聖]790 日獻八，[宮]310 得住一，[宮]310 至彼岸，[宮]384 在此座，[宮]659 潤澤淨，[宮]694 諸天衆，[宮]721 住善，[宮]1425 集乃至，[宮]1581 起乃至，[宮]1597 拔能依，[宮]1804 違願體，[宮]1912 須跋聞，[宮]2060 勤出

衆，[宮][甲]1804 日捨教，[宮][甲]
1805 加等字，[宮][甲]1912 即是依，
[宮][甲]1912 家盡括，[宮][甲]1912 文
從義，[宮][甲]1912 亦例下，[宮][甲]
1912 於道場，[宮][甲]1912 云五觸，
[宮][甲]1912 云秖此，[宮][聖]310 供
養，[宮][聖][石]1509 須菩提，[宮][聖]
268 此會中，[宮][聖]310 以，[宮]221，
[宮]224 知其身，[宮]263 得佛住，[宮]
263 我等所，[宮]263 無所犯，[宮]273
多，[宮]278 獲大利，[宮]279 其得增，
[宮]279 諸菩薩，[宮]310 速消滅，[宮]
310 置我一，[宮]318，[宮]355 使，
[宮]374 離四倒，[宮]374 下過爾，[宮]
397 於汝，[宮]398 興其精，[宮]402
具足，[宮]402 身口意，[宮]403 致殊
特，[宮]415 我還見，[宮]461 仁立，
[宮]468 魔恐怖，[宮]492 身困苦，[宮]
531 殊於卿，[宮]657 此善根，[宮]657
我得是，[宮]778 心衰，[宮]796 現世
人，[宮]837 發大道，[宮]848 我速當，
[宮]901 受法人，[宮]1421 彼比丘，
[宮]1425 滅佛言，[宮]1428 聞若眠，
[宮]1433，[宮]1435 女姉妹，[宮]1435
諸比，[宮]1435 作伎樂，[宮]1442 棄
外學，[宮]1462 國起一，[宮]1509 無
所有，[宮]1536 獲殊勝，[宮]1546 身
心麁，[宮]1559 至涅槃，[宮]1562 成
緣性，[宮]1591 是念緣，[宮]1595 退
故名，[宮]1646 答應置，[宮]1646 無
謂分，[宮]1804 從，[宮]1911 入，[宮]
1912 約修，[宮]2058 出吾境，[宮]
2074 冥目于，[宮]2078 我，[宮]2102

其，[宮]2102 一夫全，[宮]2103 百姓
得，[宮]2103 讀誦不，[宮]2108 一夫
全，[宮]2108 以別答，[宮]2112 子疑
焉，[宮]2121，[宮]2121 彼發，[宮]
2121 優波笈，[宮]2122 不得去，[宮]
2122 毘提醯，[宮]2123 持百枚，[甲]、
－[丙]1958 勸父王，[甲]、合[乙]1816
修正道，[甲]1735 悲智俱，[甲]1735
其得定，[甲]1735 隨，[甲]1735 欣，
[甲]1736 漸增盛，[甲]1766 熨床曲，
[甲]1778 從空入，[甲]1786 此經云，
[甲]1786 易解故，[甲]1786 用二空，
[甲]1805，[甲]1805 由難阻，[甲]1828
不調而，[甲]1830 名言，[甲]1830 同
所作，[甲]1830 同異識，[甲]1969 之
衆園，[甲]1987 成佛成，[甲]2128 臉
力占，[甲]2128 一切災，[甲]2196 具
述此，[甲]2204 調柔強，[甲]2290，
[甲]2290 我心句，[甲]2290 行人發，
[甲]2309 求大果，[甲][乙]2376 誰在
山，[甲][乙][丙]1866 言，[甲][乙]1220
可愍此，[甲][乙]1736 成果如，[甲]
[乙]1736 初至方，[甲][乙]1821 後餘
心，[甲][乙]1821 至現在，[甲][乙]
1822，[甲][乙]1822 感命，[甲][乙]
1822 離斷，[甲][乙]1822 捨有我，[甲]
[乙]1822 所緣歷，[甲][乙]1822 所招
果，[甲][乙]1822 有情與，[甲][乙]
2261 於夢中，[甲][乙]2397 淨菩提，
[甲]893 說淨諸，[甲]952，[甲]974 所
入者，[甲]1065 與願觀，[甲]1071 怨
賊軍，[甲]1111 彼有情，[甲]1512 拔
之，[甲]1512 方斷者，[甲]1512 默爲

有，[甲]1698，[甲]1705 諸法，[甲]1709 此經中，[甲]1709 盧舍那，[甲]1709 入此地，[甲]1709 五方菩，[甲]1709 於，[甲]1723 易宣暢，[甲]1733 德窮海，[甲]1733 以次後，[甲]1735，[甲]1735 得佛，[甲]1735 皆圓寂，[甲]1735 永離三，[甲]1735 真如不，[甲]1736 本亦二，[甲]1736 覺察疏，[甲]1736 覺自心，[甲]1736 六塵，[甲]1736 施美色，[甲]1736 以義釋，[甲]1750 罪消薄，[甲]1775 樂之宜，[甲]1781 已去父，[甲]1782 得無，[甲]1782 受學白，[甲]1782 相續斷，[甲]1783 此正，[甲]1784 三觀中，[甲]1784 諸眾生，[甲]1805，[甲]1805 此約報，[甲]1805 經論中，[甲]1805 貧窮用，[甲]1806 口不受，[甲]1811 邪說，[甲]1811 之所用，[甲]1816 菩，[甲]1816 求佛，[甲]1816 入十信，[甲]1816 生歡喜，[甲]1816 生類，[甲]1816 轉教，[甲]1821 終生下，[甲]1828 盡故言，[甲]1828 入見道，[甲]1828 勝解起，[甲]1828 他，[甲]1828 云十三，[甲]1830 身轉，[甲]1830 所治無，[甲]1830 一種二，[甲]1830 則變他，[甲]1832 他心智，[甲]1832 謂但説，[甲]1832 言我勝，[甲]1841 就此，[甲]1912 還以此，[甲]1913 依解以，[甲]1918 開顯令，[甲]2017 雖離有，[甲]2017 止觀研，[甲]2035 於尼寺，[甲]2035 止勿出，[甲]2036 探索隱，[甲]2036 遇尊，[甲]2036 之惑人，[甲]2036 左僕射，[甲]2039 俗中興，[甲]2068 不得已，[甲]2068 人，[甲]2128 即貫屬，[甲]2128 孟春之，[甲]2128 名也毛，[甲]2129 修瑜伽，[甲]2192 見，[甲]2195 說無餘，[甲]2196，[甲]2196 隨，[甲]2196 現神，[甲]2214 表記之，[甲]2244 成海此，[甲]2249，[甲]2255 復顯有，[甲]2255 聞不斷，[甲]2255 昔語，[甲]2261 被不定，[甲]2261 大類分，[甲]2261 摩訶衍，[甲]2266 本有無，[甲]2270 智那得，[甲]2274 望意得，[甲]2290 他相續，[甲]2299 還照衆，[甲]2299 何，[甲]2299 見其實，[甲]2299 明所依，[甲]2299 試通云，[甲]2299 我世界，[甲]2299 細尋之，[甲]2313 所示大，[甲]2337 過去，[甲]2337 同教一，[甲]2337 一乘所，[甲]2367 移滅之，[甲]2370 加事解，[甲]2395 阿難結，[甲]2396 捧毒草，[甲]2396 我，[甲]2400 空中見，[甲]2434 現前義，[甲]2434 興隆密，[甲]2882 下，[明]173 彼八母，[明]220，[明]220 此有情，[明]220 菩薩身，[明]220 受持者，[明]628 趣聲聞，[明]1442 其綵悉，[明]1517 止遣一，[明]1562 欲界結，[明]1595 成種子，[明]2016 三業等，[明]2131 於識陰，[明]2131 致今世，[明][宮][聖]310 常當敷，[明][宮]226 作是，[明][宮]585 已入者，[明][宮]2123 身命短，[明][甲][乙]1110 欲降伏，[明][甲]1177 以實智，[明][聖]643，[明][乙]1086 體無二，[明]79 鸚鵡摩，[明]99 彼安樂，

[明]120 滅煩惱,[明]201 漸通泰,[明]201 我心不,[明]201 有變異,[明]203 陷,[明]212 蜎飛有,[明]220 極通利,[明]220 所獲福,[明]220 諸有情,[明]228 入,[明]263 無有異,[明]310 此大,[明]316 翻邪入,[明]327 有味其,[明]337 我乘其,[明]338 順本德,[明]374 疾病者,[明]402,[明]493 持五戒,[明]635 諸殃罪,[明]657 如己所,[明]657 受持十,[明]657 我斷未,[明]657 衆歡喜,[明]721 阿修羅,[明]809 產乳是,[明]956 惡鬼神,[明]969 我惡業,[明]999,[明]1003 得,[明]1092 一切惡,[明]1097 其降雨,[明]1191 修如是,[明]1272 禁縛某,[明]1336 其惺悟,[明]1336 諸惡人,[明]1421 得供養,[明]1425 差若,[明]1425 説法時,[明]1428,[明]1435 灌頂王,[明]1435 我身壞,[明]1442,[明]1450 此輪寶,[明]1450 此輪轂,[明]1450 教誨制,[明]1450 隨我出,[明]1453 怖羯磨,[明]1458 持戒,[明]1508 人目冥,[明]1521 無怖畏,[明]1536 多有情,[明]1545 善心起,[明]1545 生死輪,[明]1545 心等淨,[明]1546 不生但,[明]1546 根猛利,[明]1547 我大尊,[明]1552 住如是,[明]1558 彼默然,[明]1562 此相續,[明]1562 默然住,[明]1562 知總,[明]1563 成二各,[明]1565 衆生捨,[明]1566 解涅,[明]1566 解諸行,[明]1568 有生,[明]1571 唯一根,[明]1602 其修

滿,[明]1636,[明]1662 不發起,[明]2034 還長安,[明]2043 汝意滿,[明]2045 此國界,[明]2110 典究佛,[明]2110 死抵債,[明]2121 我爲,[明]2121 憂,[明]2122 斷大得,[明]2122 敬三寶,[明]2122 汝飽滿,[明]2122 一僧豎,[明]2122 置火於,[明]2123 自觀察,[明]2131 絕飲原,[明]2145 衆人得,[明]2149 五百六,[明]2149 撰,[明]2151 於大興,[三]、合[宮]1545 差別故,[三]26 我大家,[三]190 知今奉,[三]220 無,[三]1336 得此身,[三]2103,[三]2103 勅馳,[三][宮]244 説諸賢,[三][宮]267 此四衆,[三][宮]296 悉勸請,[三][宮]1545,[三][宮]1545 於未得,[三][宮]1563 現在前,[三][宮]1566 物解云,[三][宮]1595 得見,[三][宮]2122 追喚八,[三][宮][聖]1442 得清淨,[三][宮][聖][石]1509 十方諸,[三][宮][聖]383 得成正,[三][宮][聖]754 四石女,[三][宮][另]1451 我夫,[三][宮]244 當説,[三][宮]263,[三][宮]263 得利,[三][宮]263 聞未曾,[三][宮]268 此書是,[三][宮]271 魔力非,[三][宮]279 具演,[三][宮]341 此法門,[三][宮]342 當所信,[三][宮]381 此等集,[三][宮]384 分爲三,[三][宮]384 我歡喜,[三][宮]385 此三千,[三][宮]399 成就,[三][宮]402 我於此,[三][宮]410 我值世,[三][宮]416,[三][宮]481 是,[三][宮]483 一切人,[三][宮]606 以後終,[三][宮]619 飲

血色，[三][宮]637 我不脱，[三][宮]639，[三][宮]647 此三千，[三][宮]656 發汝問，[三][宮]656 自致尊，[三][宮]657 皆受，[三][宮]657 諸天龍，[三][宮]720 我依止，[三][宮]721 國空，[三][宮]721 我天衆，[三][宮]732 寒，[三][宮]810 我所施，[三][宮]816 乃爾所，[三][宮]848 有，[三][宮]848 至於滅，[三][宮]1425 入村便，[三][宮]1428 後不復，[三][宮]1428 授與者，[三][宮]1428 太子悉，[三][宮]1435 皆裸露，[三][宮]1435 女姊妹，[三][宮]1442 福盡説，[三][宮]1442 讚歎食，[三][宮]1443 洗浴若，[三][宮]1451 苾芻半，[三][宮]1451 我於誰，[三][宮]1462 次第説，[三][宮]1509 俱觀内，[三][宮]1509 我，[三][宮]1521 世樂，[三][宮]1545 純熟數，[三][宮]1546 彼法不，[三][宮]1558 起今，[三][宮]1559 佛世尊，[三][宮]1559 父離命，[三][宮]1559 意分別，[三][宮]1562 當果，[三][宮]1562 能見色，[三][宮]1562 速斷彌，[三][宮]1563 所引果，[三][宮]1567 爲證成，[三][宮]1571 有爲法，[三][宮]1579 起又一，[三][宮]1646 見苦諦，[三][宮]1647 我退起，[三][宮]1662 若得而，[三][宮]1808 於縷際，[三][宮]1809 解意已，[三][宮]2034 得顯，[三][宮]2034 劉向搜，[三][宮]2040 得百車，[三][宮]2043 我生歡，[三][宮]2043 無有力，[三][宮]2060，[三][宮]2060 敷化宗，[三][宮]2066 傳説罕，[三][宮]2102 空有，[三][宮]2102 群民，[三][宮]2102 相與去，[三][宮]2103 存好仇，[三][宮]2103 合上，[三][宮]2103 生安樂，[三][宮]2103 選，[三][宮]2104 北行東，[三][宮]2121，[三][宮]2121 去大夫，[三][宮]2121 相遮，[三][宮]2121 諸羅漢，[三][宮]2122，[三][宮]2122 此大地，[三][宮]2122 此大石，[三][宮]2122 得盲報，[三][宮]2122 對，[三][宮]2122 留一牙，[三][宮]2122 欺我不，[三][宮]2122 日月不，[三][宮]2122 如來坐，[三][宮]2122 入末法，[三][宮]2122 少不如，[三][宮]2122 十方佛，[三][宮]2122 使，[三][宮]2122 往韋鄉，[三][宮]2122 我無主，[三][宮]2122 信匪疑，[三][宮]2122 修福悉，[三][宮]2122 依方等，[三][宮]2122 欲，[三][宮]2122 在城南，[三][宮]2122 者勸諸，[三][宮]2122 自然，[三][宮]2123 果報一，[三][宮]2123 聖人斷，[三][宮]2123 以布施，[三][甲]950 現種種，[三][甲]1227 梵羅刹，[三][聖]125，[三][聖]157 得如是，[三][聖]190 諸天上，[三][聖]381 此經典，[三][聖]1579 應當遍，[三][乙]950，[三][乙]1092，[三][乙]1092 順時我，[三]6 如後凡，[三]13 生起道，[三]14 復見身，[三]40 我人衆，[三]99，[三]99 彼比，[三]99 度三有，[三]99 三學滿，[三]99 我受身，[三]153 當安住，[三]154 我不能，[三]157 此大衆，[三]158 佛世尊，[三]158 現在佛，[三]184 試，[三]187 誰所悉，[三]192 我子安，

[三]193 俱受壽,[三]193 者,[三]201 後值佛,[三]203 彼衆僧,[三]212 死後入,[三]323 我後不,[三]375 此大地,[三]383 我及衆,[三]603 墮四諦,[三]682 我之所,[三]721 諸比丘,[三]945 此,[三]1191 行壇法,[三]1331,[三]1331 當擁護,[三]1336 得聞有,[三]1340 如來到,[三]1341 決與我,[三]1345 我樂,[三]1509,[三]1545 諸行,[三]1558 不得起,[三]1582 地獄受,[三]1644 當住何,[三]2059 寫爲二,[三]2087 獨無水,[三]2088,[三]2110 沙門守,[三]2122 附和南,[三]2122 僧依大,[三]2123 掃塔地,[三]2145 本一末,[三]2154 附,[聖]199 我貧,[聖][另]1442,[聖][另]1442 白時到,[聖][另]1442 洗答言,[聖][另]1721 得脱之,[聖][元]190 喚忍天,[聖]1 我相信,[聖]26 我大,[聖]125,[聖]125 當粗説,[聖]190 汝得出,[聖]211,[聖]285 無限量,[聖]292 各生,[聖]310 是經法,[聖]380 我舍利,[聖]1421 僧同集,[聖]1425 出第二,[聖]1435 比丘尼,[聖]1435 諸比丘,[聖]1442 充羹,[聖]1442 負土相,[聖]1442 將去還,[聖]1442 我田好,[聖]1442 我一日,[聖]1442 我諸人,[聖]1451 子,[聖]1509 汝得如,[聖]1509 我國,[聖]1547 行言,[聖]1562 心,[聖]1562 永,[聖]1562 正起義,[聖]1733 所居土,[聖]1763 遍有,[聖]1763 汝,[聖]1763 四禁五,[聖]1788 應化不,[聖]

1818 得,[另]310 我志趣,[另]765 後有因,[另]765 至圓滿,[另]765 衆生畢,[另]1442 苾芻數,[另]1721 出三界,[石]1509 如腐草,[石]1509 生盲,[石]1509 一切衆,[宋]、念[宮]588 一切得,[宋]220 此衆會,[宋]682 斷諸見,[宋]1421 勅耆域,[宋]1451 無,[宋][宮]2121 行,[宋][宮]221 得般若,[宋][宮]229 父母心,[宋][宮]302 增長此,[宋][宮]419 正等使,[宋][宮]765 知捨離,[宋][宮]810 講無,[宋][宮]1451 魁膾將,[宋][宮]1451 我羞恥,[宋][宮]1462 園主狐,[宋][宮]1509 得無上,[宋][宮]2045 我心肝,[宋][宮]2059,[宋][宮]2059 因請域,[宋][宮]2102,[宋][宮]2122 傳佛法,[宋][宮]2122 當禮佛,[宋][宮]2123 我開解,[宋][宮]2123 月建清,[宋][明][宮]279 一切衆,[宋][元]、一[宮][聖]223 行十善,[宋][元]、合[明]24 盡滅無,[宋][元]、令一昨今夾註[明]2103 日泰朗,[宋][元]、命[明][宮]2121 請其,[宋][元]、命[明]2053 引入,[宋][元]、念[明][宮]323 立願,[宋][元]1425 分此財,[宋][元]1585 其除,[宋][元][宮]2122 汝等輩,[宋][元][宮][聖][石]1509 人來惡,[宋][元][宮][知]1579 受後法,[宋][元][宮]339 安住菩,[宋][元][宮]671 我見熾,[宋][元][宮]1478 使母人,[宋][元][宮]1546 身色變,[宋][元][宮]1548 破已破,[宋][元][宮]1563 曉悟所,[宋][元][宮]2053 月嘉,[宋][元]

[宮]2102 眞妄渾，[宋][元][宮]2103 法音擁，[宋][元][宮]2121 脱所賜，[宋][元][明]2043 其解悟，[宋][元]212 彼無害，[宋][元]220 汝引發，[宋][元]220 入涅槃，[宋][元]229 衆生服，[宋][元]660 發菩提，[宋][元]721 諸外道，[宋][元]951 床上面，[宋][元]1428 持乃至，[宋][元]1435 沙門瞿，[宋][元]1462 知亦解，[宋][元]1546 辦肉汁，[宋][元]1579 所調伏，[宋][元]1579 諸識轉，[宋][元]1591 他命終，[宋][元]2122，[宋][元]2122 多衆生，[宋][元]2125 流俗習，[宋]26 我安隱，[宋]99 我諸漏，[宋]190 汝等長，[宋]220 永解脱，[宋]223 明熱時，[宋]376 捨外道，[宋]475 發正念，[宋]721，[宋]837 魔悉迷，[宋]1092 家宅善，[宋]1509 得問曰，[宋]1558 解不明，[宋]1694 墮四諦，[宋]2034 知會通，[宋]2053 虛費唯，[宋]2059 人跪之，[宋]2085 泉水出，[宋]2102，[宋]2122 吾特相，[宋]2145 玄悟之，[宋]2150 昔聞重，[乙]2249 此戒禁，[乙][丙][丁][戊]2187 流通，[乙]1736 亡言會，[乙]1796 閣作自，[乙]1816 諸菩薩，[乙]1816 自今他，[乙]1821 引命長，[乙]1832 謂聞經，[乙]1876 則託事，[乙]1909 得見佛，[乙]2215 作有爲，[乙]2227 助成，[乙]2370 隨自意，[乙]2394 弟子七，[乙]2394 其發狂，[乙]2396，[乙]2396 五，[元]158，[元]220 住世間，[元]345 此人不，[元]1451 彼五百，[元]1545 墮諸

趣，[元][明]1579 欲貪纏，[元][明]2016 時融通，[元][明][宮]268 此時會，[元][明][宮]552 諸沙門，[元][明][宮]1522，[元][明][宮]2122 世飢饉，[元][明][石]1509 不殺生，[元][明]99 得清淨，[元][明]125 將此罪，[元][明]158 以如是，[元][明]162，[元][明]200 我二國，[元][明]220，[元][明]585 知反復，[元][明]760 我悉以，[元][明]1332 此經流，[元][明]1442，[元][明]1462 斷命安，[元][明]1537 住一，[元][明]1545 現，[元][明]1545 異生，[元][明]2121 我不，[元][明]2122 此女人，[元][明]2122 此七，[元][明]2122 鑿取將，[元]26，[元]26 我失定，[元]190 抱熾然，[元]220 入無餘，[元]374 墮山下，[元]721 離苦者，[元]721 天殺害，[元]889 弟子於，[元]1421 諸比丘，[元]1428，[元]1428 增，[元]1435 弟子於，[元]1435 我疑悔，[元]1443 出無聖，[元]1451 作馬，[元]1459 教法光，[元]1462 人知離，[元]1523 可得者，[元]1531 入，[元]1547，[元]1579，[元]1579 生嫌恨，[元]1579 現前而，[元]1583 彼調，[元]1602 其離欲，[元]2016 此事法，[元]2040 修治道，[元]2060 去忽覺，[元]2122 七生不，[元]2122 五百阿，[元]2122 諸，[元]2123 得書寫，[元]2123 觀像若，[元]2123 王白象，[元]2123 作飯，[元]2145 出但以，[原]、[甲]1744 知能攝，[原]904 我速出，[原]1774 故無耳，[原]2196 護也，

[原]1091 禮拜本，[原]1159 蒙大士，[原]1205，[原]1776 復爲其，[原]1776 言明者，[原]1776 依初門，[原]1818 入彼智，[原]1818 爲佛所，[原]1849 此位中，[原]1851 德始顯，[原]1851 汝盡老，[原]1863，[原]1863 爲比量，[原]2196 但説法，[原]2196 三見也，[原]2196 依彼説，[原]2196 有總請，[原]2214 依偈文，[原]2337 別爾然，[原]2339 以種善，[原]2339 有而非，[原]2409 隨所念，[原]2412 成遍覺，[知]384 度不度，[知]418 我舍極，[知]598 佛世尊。

金：[明]193 日乃發。

就：[聖]211 坐而問。

來：[三][宮]1425 集。

冷：[宮]2122 他凍死，[明][宮]342 然一切，[三][宮]1545 水從泉，[三]1341 增廣以，[元]2122 增長爾。

離：[三]1339 一切地。

禮：[三][宮]544 事二者。

力：[宮]1598 餘相續。

立：[甲]1733 衆生生。

苓：[甲]1786 芝也薑。

零：[宮][甲]1805 落。

鈴：[三]193 觀諸無，[三]201 衆人侍。

靈：[原][甲]2183 撰倭書，[原]2339 及諸私。

領：[甲]1848 生覺受，[甲][丁]2187 除糞，[甲]1239 四大，[甲]1795，[三][宮][聖]1462 此地永，[三][宮]2043 時王聞，[乙][丙]2163 輪也佛。

名：[三]、命[宮]603 苦盡便，[宋][宮]588 解云何，[宋]1694 苦盡便。

命：[丙]2120 持誦初，[丙]2120 史書令，[丙]2120 修陛下，[丙]2120 止雨者，[宮]224 在本無，[宮]310 是等出，[宮]848 成就開，[宮]895 他癡鈍，[宮]1515，[宮]1808 餘比丘，[宮]2008 促工次，[宮]2059 慧，[宮]2121 入，[宮]2122 命無有，[甲]1709 除斷若，[甲]1933 短促不，[甲]2053 曰寡人，[甲]2128 受戒此，[甲]2391 入故君，[甲][丙]2087 乃謂母，[甲]1030 無量衆，[甲]1080 相和服，[甲]1203 及處上，[甲]1709 出家也，[甲]1709 果相，[甲]1733 死故，[甲]2036 赴會，[甲]2036 合而後，[甲]2036 無虐，[甲]2036 左右同，[甲]2052 數人拔，[甲]2053 軍中訪，[甲]2087 數其罪，[甲]2120 喬爲是，[甲]2243 有，[甲]2397，[甲]2792 其遵奉，[明]1450 喚群猴，[三][宮]、今[另]1451 使去送，[三][宮][聖]1462，[三][宮]272 無不善，[三][宮]351 清淨而，[三][宮]401 而見告，[三][宮]603，[三][宮]627 三攝取，[三][宮]657，[三][宮]1425 諸，[三][宮]1435，[三][宮]1442 其早死，[三][宮]1470 不得度，[三][宮]1470 不依止，[三][宮]1578，[三][宮]2060 沙門疊，[三][宮]2060 下火皆，[三][宮]2102 之，[三][宮]2104 族魏朝，[三][宮]2109 非子放，[三][宮]2121 須臾請，[三][宮]2122 得安樂，[三]

[宮]2122 下火皆，[三][宮]2123 罪當合，[三][乙]953 入入已，[三]14 從是有，[三]49 我爲居，[三]152 錄問所，[三]196，[三]203 諸有道，[三]205 出受，[三]206，[三]311 至，[三]1096 白已禮，[三]1154 人皆信，[三]1336 不中夭，[三]1562，[聖]157 不可計，[聖]292 隨律教，[聖]639 差，[聖]1421 婦持金，[聖]1441 他疑悔，[聖]1442，[聖]1462 知王，[聖]1465 墮負處，[聖]2157 譯二年，[石]1509 墮聲聞，[宋][宮]721 心審諦，[宋][甲][乙]2087 監國婬，[宋][明][宮]2122 罪當合，[宋][元]603 四諦，[宋]1694 從是止，[宋]1694 是是自，[宋]1694 四諦相，[乙]1201 彼取之，[乙]2296 初叙龍，[元][明]220 無障難，[原]974 王少府，[知]1579 生死中，[知]1581。

乃：[甲]1828 堅放逸。

能：[三]220 發，[聖]223，[元][明]658 超出若，[元][明]658 增長是。

念：[福]370 心念念，[宮]221 魔波旬，[宮]278 一切衆，[宮]282 有懈怠，[宮]618 心生，[宮]618 修行退，[宮]619，[宮]619 得佛樂，[宮]619 心散若，[宮]659 身調直，[宮]895 法，[宮]1470 三者不，[宮]1521 諸衆生，[宮]1536 心明記，[宮]2122 心壅塞，[甲]1112 有間若，[甲][乙]1816 處故此，[甲]1098 滿心所，[甲]1182 慈善於，[甲]1211 瑜伽者，[甲]1268 當於，[甲]1705 如現在，[甲]1958 修得唯，

[甲]2266 故與彼，[甲]2266 起而生，[甲]2312 心於境，[甲]2362 此，[甲]2400 之心實，[明]293 衆生永，[明]722 意斷疑，[明][甲]997 念無減，[明]375 惡覺居，[明]1340 此，[明]1648 滿，[三]79，[三][宮]305 入隨順，[三][宮]624 經法本，[三][宮]721 修善業，[三][宮]785 心無患，[三][宮]1548 梵行久，[三][宮]1548 梵行久，[三][宮][聖]425 菩薩，[三][宮]278，[三][宮]283 十方人，[三][宮]323，[三][宮]570 菩薩心，[三][宮]1548 心向，[三][宮]1562 於所緣，[三][宮]1579 心礙著，[三][宮]1595 此念與，[三][宮]2058 棄捨若，[三][宮]2123 彼臨終，[三]22 爲一獨，[三]32 是願莫，[三]202 遣一人，[三]202 已便斷，[三]1534 彼心，[三]1544 慧力劣，[三]1558 心差別，[三]1559 勝，[三]2066 授一衣，[三]2122 歸依佛，[聖]279 其調伏，[聖]1509 得安樂，[聖]26 我住而，[聖]223 瞋心惱，[聖]224 其善持，[聖]231 心隨已，[聖]272 還，[聖]278 衆生皆，[聖]410 禪定愚，[聖]613 心澄靜，[聖]663 他緣而，[聖]1509 歡喜入，[另]1442 造惡是，[宋]1579，[宋][宮]458 自然而，[宋][宮]624 離法悉，[宋][宮]656 修止觀，[宋][元]、法[宮]323 善本不，[宋][元]26 退諸賢，[宋][元][宮]221 羅漢辟，[宋][元][宮]1463 放逸不，[宋][元][宮]2122 心，[宋][元][宮]2123，[宋][元]397 斷有漏，[宋][元]1562 此，[宋]618 定非是，[乙]1201 彼斷

命，[乙]1202 誦呪滿，[乙]1822 心極生，[乙]1822 於境明，[元][明]2016，[元][明]278 增益，[元][明]721 住法中，[元][明]1428 衆疲苦，[元]1435 重，[原]、[甲]1744 諸子。

貧：[三][宮][聖]272 侵惱他，[三][宮]721 薄少如，[三][宮]1648 覺觀動。

其：[三][宮]1421 日日三。

洽：[乙]957 諸有情。

全：[丙]1830 無心如，[宮][甲]1884，[宮]598 不覩常，[甲]1828 起屍若，[甲]1912 不持名，[甲]2261 大阿毘，[甲][乙]1822 不得戒，[甲][乙]1866 成佛，[甲]1201 無惡夢，[甲]1512 不見也，[甲]1512 不可説，[甲]1512 不説法，[甲]1512 非是法，[甲]1734 體相即，[甲]1763 斷食爲，[甲]1763 同虛空，[甲]1828 不生起，[甲]1828 不聞或，[甲]1828 無欲解，[甲]2052 到村與，[甲]2128 碩市亦，[甲]2195 無經，[甲]2261 弟子洗，[甲]2261 多分大，[甲]2271 自成一，[甲]2299 無示此，[甲]2313 無物故，[甲]2337 一以不，[甲]2339 乖佛法，[甲]2339 生解了，[甲]2339 無帶礙，[甲]2399 功用失，[三]、金[宮]2108 節等議，[三][宮][甲]2053 去及，[三][宮]1562 發語無，[三][宮]1566 爲世，[三][宮]2102 經通即，[三][宮]2108 節等議，[三][宮]2122 濟唯一，[三][聖]1579 不能出，[三]196 善信守，[三]202 不送食，[三]212 作將來，[三]

1351 安吉善，[三]1562 下生煩，[三]2063 法師六，[三]2103 厭身棄，[三]2103 智海先，[三]2145 見其高，[三]2145 名諸法，[三]2149 主弘信，[三]2154 譯出今，[聖][甲]1733 停絶不，[元][明]2034，[元][明]2103 令瑩，[元][明]2123 此鵝命，[原]1764 相外名，[原]1863 無，[知]1579 乏短及。

勸：[聖][另]1435 食惱。

人：[甲][乙]2249 感壽果，[甲]2250 應有之，[三]1537 證得諸，[三][宮]1509 聞見者，[聖]1462，[元][明]1341 所受取。

入：[甲][乙]1821 過去但。

傘：[丙]2120 卷軸續。

甚：[甲]2068 誦經甚。

生：[宮]1521 火然亦。

失：[甲]2271 有許故。

食：[宮]397 食穀藥，[宮]606 體不，[宮]1421 諸比丘，[甲]1778，[明]1450 飲妻食，[三][宮]721 噉彼罪，[三][宮]1579 彼得生，[三]2106 家人，[聖]410 脱諸惡，[元][明]2125 飲帶病。

使：[宮]425 入道不，[甲]1705 生厭捨，[三][宮][聖]425 得所猶，[三][宮][聖]1421 男子，[三][宮][聖]1436 是比丘，[三][宮]263 塔寺立，[三][宮]425 如來從，[三][宮]451，[三][宮]657 有形若，[三][宮]1425 其鬪耳，[三][宮]1451 生者男，[三][宮]1464 入信二，[三][宮]1659 佛種，[三][宮]2121 不死久，[三]125 此石

移，[三]125 人不知，[三]185 人心淨，[三]360 身止諸，[三]375，[三]1455 式叉摩，[另]1721 得長靈，[西]665 地味常，[乙]2092 我見佛，[元][明]658 不乏衣，[原]864 大海，[原]2248 與教相。

是：[乙]2263 備疑。

收：[三]1336 彼嬰孩。

受：[乙]2261 斷佛四。

貪：[三]2122，[聖]231 瞋亦不，[聖]375 數息著，[元][明][宮]310 欲止。

外：[元][明]1458 他犯者。

爲：[甲][乙]1822，[三][宮]278 彼悉得，[三][宮]376 伊蘭樹，[聖]26 汝説，[聖]664 得清淨。

無：[甲]1921 衆生，[甲]2250 起文光，[明]293 散。

悉：[三][宮]1464 充足我，[三]125 分明如。

心：[元]1579 心調善。

信：[甲][乙]1736 爾熾然。

行：[明]2122 放生業，[三][宮]1470。

言：[甲]1744 一切衆，[甲]2195 歸一乘，[聖]200 不聽民，[原]、[甲]1744 如説修。

一：[宮]1545 專一境。

疑：[三][宮]1548。

已：[三][宮][聖]1421 信者退，[三][宮]619 於佛邊。

以：[元][明]397 覆蓋王。

亦：[甲]2412 護持之，[三]220。

役：[三][宮][甲]2053 汝爲奴。

因：[宮]1458 彼老少。

余：[甲]2261 不背正。

於：[明]1031 諸，[三][宮]1425 床，[宋][元]1590 餘相續。

餘：[甲][乙]1822 非邊罪，[甲][乙]1822 惑。

與：[明]1450，[三][宮]1428 坐但自。

願：[甲][乙]2309 諸衆生。

云：[甲]2128 著也禮，[宋]2122 埋之自。

指：[甲]1828 施體名。

諸：[三][宮]1520。

住：[甲]1782 至除其。

作：[甲]894 見對本，[明]220 天人中。

令

會：[原]2339 純熟故。

吟

爾：[原]2409 草惹野。

吟：[三][宮]397 四波利，[三]1336 阿比，[三]1336 毱羅尼，[三]1336 帝利，[宋]988 尼利尼。

溜

淄：[宮]2059 精舍敬。

留

存：[聖]211 宜當出。

單：[三][宮]309 遮耶摩，[聖]

1463 草四善，[聖]2157 中禁其。

　　當：[甲]2084 張即給。

　　富：[甲][乙]2249，[甲]2130 那他譯，[原]2339。

　　貴：[宋][元][宮]2121 槃特。

　　國：[甲]1723 事自遷。

　　阮：[元][明]2060。

　　陵：[三][甲]1335 博叉。

　　噌：[甲]1246 尼迦薩，[三][宮][聖]410 五十三。

　　流：[宮]2008 傳，[宮]2059 連信宿，[宮]2122 連不能，[甲]951 志譯，[甲]2068 括州刺，[甲]2266 支遍，[明]1545 化事天，[明]2154 支所譯，[明]2154 支譯第，[三][宮]2034 支一部，[三][宮]2034 滯時京，[三][宮]2042 滯，[三][宮]2060，[三][宮]2060 支爲譯，[三][宮]2122 心方從，[三]125 滯時王，[三]1485 伽度秦，[三]2153 支譯出，[三]2154 支譯單，[三]2154 支譯者，[聖]2157 支譯者，[宋][宮]671 支，[宋][元]2155，[宋][元][宮]671 支譯，[宋][元]2154 支譯，[宋][元]2154 支譯第，[乙]2173 志。

　　榴：[三]984 枝鞭之，[三]1 縱廣，[三]311 鎮，[三]1336 子細辛。

　　劉：[三]2103 侯形類。

　　霤：[三]1341 車亦名。

　　婁：[甲]1718 匐叉常，[三][宮]456 博叉北，[三]988 仇。

　　樓：[明]100 地獄中，[明]310 羅，[三][宮]1436 孫佛如，[三][宮]1644 博叉天，[三][宮]2040 孫佛爲，[三]

186 勒叉北，[元][明]99 那尊者，[元][明]459 羅眞陀，[元][明]1581 羅緊那，[知]384 羅摩睺。

　　露：[三]1 頭髮或。

　　苗：[甲]2250 少髮餘，[宋][元][宮]2043 復有陶。

　　能：[三][宮]2122 宿。

　　品：[甲]1863 此亦不。

　　迫：[三]192。

　　日：[三]152 日説妙。

　　疏：[宮]1425 好物時。

　　孫：[三]1 河不遠。

　　退：[原]1308 危順危。

　　向：[三][宮]1435 暮。

　　須：[甲]2250 大種身。

　　因：[乙]1821 化事天。

　　由：[明][宮]1593 惑至惑，[三][宮]1598 惑至惑，[乙]1822 餘。

　　喻：[原]、[甲]2263 如舊故。

　　怨：[宋]192 難不成。

　　住：[聖]790 國不亂。

　　座：[明]1470 上人五。

流

　　岸：[三][甲][乙]2087 殺之三。

　　波：[三][宮]1454 若泝流。

　　布：[三][宮][另]281 道化靡。

　　池：[三][宮][聖]278 衆寶莊。

　　出：[甲]2192 處雖殊。

　　次：[宮]2121 便辭理。

　　動：[石][高]1668 轉是故。

　　法：[甲]、流[甲]1782 名爲有，[甲]2081 傳時善，[明]2110 東被正，

[三][宮]403 利而無，[三][宮]1641 智現前，[三]722 轉四趣，[聖]272 師所說，[聖]1563 性定地，[石][高]1668 應。

分：[三]2103 亦別故。

浮：[三]1336 流一摩。

泒：[宋]、派[元][明]2145 之別既。

海：[三][宮]、－[聖]294 供養恭，[三][宮]649 持此方，[三]2103 之一味，[聖]99，[宋][宮]2040 不避污，[元][明]278 平等智。

河：[甲]1736 中四河。

橫：[聖]514 嗚呼痛。

後：[甲]1816 三住處。

迹：[乙]2397。

江：[三]2110 寅又處。

淨：[聖]278 無量雜。

況：[聖]1721 又釋羊。

類：[乙]2261 故名預，[乙]2263 者瑜伽。

利：[三]1336 菩提菩。

林：[宮]2123 安可度。

充：[甲]2128。

留：[甲][乙]1822，[甲][乙]1866 支依維，[甲]1139 志譯，[甲]2339，[明]、流[明]2103 國祚億，[明]587 博叉，[明]2053 支譯經，[明]2125 誨曰爾，[明]2149 支譯，[明]2154 志譯新，[三][宮]、硫[甲]901 黃雄黃，[三][宮]465 支，[三][宮]470 支譯，[三][宮]573 支譯，[三][宮]675 支，[三][宮]828 支，[三][宮]831 支譯，[三][宮]832 支，[三][宮]1442 言譏嫌，[三][宮]1522 支，[三][宮]2059 連不能，[三][宮]2060 連無已，[三][宮]2085 或亡顧，[三][乙]1028 支譯，[三]202 及我身，[三]668 支譯，[三]1524 支譯，[三]2088 離也陷，[三]2154 支錄及，[聖]466 支，[聖]2157，[聖]2157 支等出，[宋][宮]467，[宋][元][宮]1572 支譯，[乙]2396 志，[元][明]309 滯住阿，[元][明]575 支，[元][明]675 支譯，[元][明]1331 連，[原]922 十三毘。

琉：[三]1336 兜修波，[乙]1239 璃器中。

旒：[元][明]848 蘇。

瑠：[三][宮]2060 璃所誅，[乙]2228 五色光。

漏：[甲]1733，[甲]1733 盡智謂，[甲]1733，[甲]1733 故此二，[甲]1733 聖道下，[甲]1733 五蘊如，[三][宮]1656 盡，[三]375 膿血不，[聖][甲]1733 無流者，[聖][甲]1733 界故謂，[聖][甲]下同 1733 有取心，[聖]1733 無流等，[聖]1733 證道白，[另][甲]1733 功能令，[另]1543 二十八，[宋]374 膿血不，[元][明][宮]374 諸漏煩。

陸：[三][宮]285 名香天。

輪：[煌]1654 轉次，[甲]1717 轉故念，[甲]2312 轉無盡，[三][宮]411 轉爲他。

滿：[聖]1733 四，[原][甲]2211 於諸佛。

門：[聖]231 者自然。

眅：[甲]2006 識得無。

派：[甲][乙]1929 必須讀，[三][宮][乙]2087 出大河，[三][宮]2103 別金剛，[三]2145 峻聳天，[三]2149 陳化録，[三]2149 分散，[三]2150 陳化録，[三]2154，[乙]2254 類似於。

瀑：[元][明]157 流沒在。

泅：[三]、迴[聖]170。

然：[三][宮]749 筋肉消。

染：[宋][宮]292。

深：[宮]292 水，[甲][乙][丙]2394 入然以，[甲]1929 入薩婆，[三][宮]292 淵堅立。

沈：[乙]2296 把幹以，[原]1899 方入大。

施：[甲]1816 故分。

螫：[明]1591。

疏：[甲]1805 文不名，[甲]2128 長也，[明]2060 卷不可，[明]2060 略至於，[三][宮]2060 慰并令，[三]2060 略便能。

蔬：[三][宮]2103 弘此廣。

水：[甲]1736。

順：[甲][乙]2250 諸有相。

説：[甲]1781 其過惡，[元][明]485。

濤：[三]2087 浩汗靈。

通：[宮]2112 行驗無。

統：[原]1863 國位可。

沲：[明]2103 扇仁風。

洗：[三][宮]612 可足慚。

謝：[甲]1733 滅雖非。

液：[三][宮]817 亦無筋。

依：[甲]1736 利他行，[乙]2254 此意也，[乙]2254 至過去，[原]2254 類即依，[原]2339 理教等。

溢：[宮]721 自然稻。

泳：[三][宮]2102 歡擊奉。

涌：[原]1979 如沸湧。

污：[明]1435。

揄：[元][明]2059 靡弗窮。

與：[聖]99 不答言。

浴：[三][宮]2123 池皆亦，[三]264 池。

源：[三][宮]720 六根最。

緣：[甲]1705 無有暫，[甲]2305 者正説，[甲]2367 凡有三。

展：[三][宮]383 轉不絶。

執：[甲]1816 水中以。

衆：[原]1818 也所言。

轉：[甲]1821 轉不定。

濁：[甲]1733 位故五。

琉

璃：[明]481 璃爲足。

溜：[乙]2207 璃吠琉。

流：[三][宮]445 如來西，[三][乙]2087 離，[三]157 香多伽，[聖]125 璃水凍，[聖]125 璃之琴，[宋][宮]387。

瑠：[敦]下同 450 璃光如，[宮]2085 璃王欲，[甲][宮]1799 璃碗合，[甲][乙]901 璃珊瑚，[甲][乙]901 璃是名，[甲][乙]901 璃珠亦，[甲][乙]2207 璃頗胝，[甲][乙]2309 璃北面，[甲]1080，[甲]1112 璃爲地，[甲]1918

璃珠爲，[明]400 璃珠寶，[明][聖]190 璃，[明][聖]224 璃其上，[明][聖]397 璃爲軒，[明][乙]1092 璃寶地，[明][乙]1092 璃而爲，[明][乙]1092 璃瓶盛，[明]26 璃地聖，[明]26 璃珠清，[明]158 璃，[明]158 璃玉紺，[明]190 璃寶以，[明]190 璃赤眞，[明]190 璃其外，[明]212 璃履，[明]222，[明]229 璃寶大，[明]397 璃，[明]397 璃爲莖，[明]400 璃頗胝，[明]411 璃等大，[明]894 璃隨取，[明]992 璃寶性，[明]2110 璃爲地，[明]下同 221 璃水精，[三]157 璃以，[三]220 璃寶頗，[三]220 璃四頗，[三]992 璃光龍，[三][宮]1596 璃珊瑚，[三][宮][乙]895 璃金銀，[三][宮]225 璃其上，[三][宮]231 璃色五，[三][宮]416 璃令諸，[三][宮]下同 358 璃所成，[三][甲][乙]1075 璃能顯，[三][甲]1101 璃寶所，[三][甲]1253 璃金山，[三][聖]99，[三][聖]158 璃周遍，[三][聖]231 璃色或，[三][醍]26 璃及，[三][乙]1075 璃椀中，[三][知]26 璃水精，[三][知]418，[三]26，[三]157 璃爲莖，[三]157 璃爲鬚，[三]158 璃，[三]158 璃珠現，[三]177 璃城宮，[三]187 璃間厠，[三]190 璃，[三]220，[三]220 璃寶以，[三]220 璃乃，[三]221 璃上妙，[三]225 璃座水，[三]228 璃頗胝，[三]397 璃衆寶，[三]414，[三]414 璃花果，[三]991 璃光龍，[三]993 璃寶性，[三]1005 璃爲莖，[三]1161 璃山十，[三]

1335 璃我，[三]1341 璃色水，[三]1341 璃所成，[三]1341 璃最勝，[三]1982 璃莊嚴，[三]2103 璃水羽，[三]2149 璃光經，[三]2149 璃王經，[三]下同 231 璃珊瑚，[三]下同 367 璃寶頗，[聖]99 璃柄琵，[聖]190 璃，[聖]211 璃明月，[聖]211 璃王引，[聖]231 璃頗梨，[聖]231 璃以成，[聖]2157 璃光經，[聖]2157 璃光如，[宋][元][聖]、毗瑠[明]99 琉璃重，[宋]993 璃光龍，[宋]2153 璃光經，[元][明]220，[元][明]220 璃寶以，[知]1441 璃。

硫

瑠：[明]5 璃，[聖]99 璃頗梨。

旃

留：[宮]288 蘇以七。

流：[甲]2053 而神交，[明]991 蘇覆如，[明]310 蘇鈴帶，[明]310 蘇種種，[明]444 齊佛刹，[明]下同 310 蘇垂下，[明]下同 310 蘇懸於，[三]190，[三]190 蘇豎大，[三]993 蘇垂諸，[元][明][聖]190 蘇復以。

游：[宮]2103 故仲尼。

族：[甲]2053。

瑠

璃：[甲]2266 外之色。

流：[甲]2425 璃等種，[宋][元][宮]2085 璃鍾覆。

琉：[和]293 璃耳相，[甲]1832 璃既見，[甲][乙]、流[丙]2394，[甲]

1735，[三]193 璃，[三]193 璃種種，[宋][元][宮]2027 璃，[宋][元]1191 璃，[宋][元]1191 璃寶紅，[宋][元]2110 璃梵宇。

榴

留：[宮]2122 不擣汁，[三][宮][聖]1425 漿四，[宋][宮]1425 漿四巔，[宋][元][宮]1435，[宋][元]1336 漿以待，[宋]374 塼骨糞。

硫：[明][甲]901 黃共前。

蜜：[三]988 一器華。

梳：[甲]1239 漿蒲桃。

劉

別：[宮]2122 曜相。

劉：[甲]1719。

鄧：[宋][宮]2103 安伏鍼。

留：[三][宮]2060 氏夢長，[元]2016 中丞又。

釗：[宮]2060 殘釋種。

瘤

病：[三][宮]2122 或脈脹。

嚠：[宋]32 病有尋。

溜：[三]2102 雪丹章。

流：[宮]278 成。

榴：[三][宮]2121 節大如。

餾

留：[宋]、[元][明]99 消息冷。

柳

木：[甲]1110 枝及花。

樹：[宮]901 枝安水。

楊：[明][甲]901。

抑：[明][宮]901 二合噓，[三][宮]901 二合噓，[元]、抑[明][宮]901，[元][明][宮][甲][乙]901 二合噓，[元][明][宮]901 二合噓，[元][明]901 二合，[元][明]901 二合噓。

枝：[三][宮]2059 拂水。

六

八：[丙]1184 臂各執，[宮]273 不，[宮]1509 念中念，[宮]2112 十年，[甲]、大正藏經第四十三卷四百八十三頁 2266 十三右，[甲]2255 法小生，[甲]2266 左，[甲]2270 相違決，[甲][乙]2261，[甲]1000 惡乞灑，[甲]2035 千里教，[甲]2249，[甲]2263 所變，[甲]2263 無願十，[甲]2266 右廣明，[甲]2269 紙説胎，[明]1549，[明]2060，[三][宮]223，[三][宮]397 千，[三][宮]1509 突吉，[三][宮]1557 天上名，[三]222，[三]2087 寸，[三]2149 卷并失，[三]2149 紙，[三]2151 卷十住，[聖]278，[聖]2157 品者周，[石]1509，[宋][宮]、入[元][明]1547 更樂火，[宋][元][宮]、八人[明]2060 附見，[宋][元]2060，[宋]2153 卷，[元][明][宮]374 萬，[元][明]375 萬，[元][明]1533 十千億，[元][明]2146 卷，[原]1212 爲成就，[原]1308 十七十。

百：[甲]1181 遍力能。

貝：[三]、一[宮]589 神通四。

本：[明]381 者志于，[三][宮]1463 日行摩。

不：[明]649 種。

出：[甲]1724 趣衆生，[甲]1724 十劫豈，[甲]1724 依惡説，[甲]1724 欲見多，[甲]2400 云唵，[甲]2400 云凡加。

大：[宮]461 會諸狐，[宮]1541 法有十，[甲][乙][丁]2092 佛手作，[甲]1705 各各爲，[甲]1735 名無，[甲]1816 住已前，[甲]1863 道作生，[甲]1924 七識等，[甲]1969 心退落，[甲]2266 種色界，[甲]2299 事三重，[甲]2371 根，[甲]2401 曼荼羅，[明][甲]1177 足金剛，[明]545，[明]2121 臣姦，[三]、天[宮]2123 趣餘趣，[三][宮]1545 種震大，[三][宮][聖]397 神通所，[三][宮]1546 七法從，[三]1555 覺支道，[宋][元]1603 種及縁，[乙]1239 道拔苦，[乙]2408 段本尊，[原]1862 船過度。

弟：[三][宮][石]1509 子智慧。

而：[丁]2244 住謂有。

二：[丁]2244 他化自，[甲]、四[甲]2263 滅四，[甲][乙]1821 轉聲復，[甲][乙]1822 識，[甲][乙]1822 證也，[甲]1828 因故是，[甲]2039 年，[甲]2039 年丁巳，[甲]2039 已上中，[甲]2195 種釋，[甲]2249 文云諸，[甲]2249 云爲，[甲]2266 右義用，[甲]2266 紙唯擧，[甲]2434 番，[三][宮]2123 趣中何，[三]2123 戒此事，[三]2151 卷丹陽，[聖]1851 種以爲，[宋]375 諸惡律，[乙]1866 義各住，[乙]2157 十餘，[元]1377 阿，[原]974 合，[原]1112 度外相，[原]1863 説定不，[原]2037 赤烏十。

方：[聖]1462 廉者若。

夫：[元][明]2060 達念身。

工：[宮]656 藝或以。

古：[甲]1724 爲顯六。

漢：[元][明]2108 十三年。

及：[明]2110 甲符圖。

極：[三][宮]2123。

加：[宮]1519 處示現。

九：[甲]1830 云復次，[甲][乙]1000，[甲]2266 右對法，[明]656 一名，[明]2149 百一十，[三][宮]221，[三][宮]223，[三][宮]848，[另]1467 十千歲，[乙]2249 十二中，[元][明]1435，[原]1832 斷縁縛。

久：[原]2006 日樺。

句：[三]1337 聞者聞。

力：[明]220 處觸受。

立：[甲][乙]894 洗手及，[甲]1830，[三][宮]638 號其，[三]2063 精舍匿。

陸：[明]190 博樗蒱，[明]190 握槊投，[宋][元]135 萬，[原]2413 抄四帖。

摩：[乙]2408 生後。

品：[原]2196 明弟子。

七：[宮]1421 突吉羅，[宮]1545 是覺支，[宮]2121 天，[甲]2036，[甲][乙][丙]1246，[甲][乙]1822 月十六，[甲][乙]2219 云云何，[甲]923 鉢囉

二，[甲]1123，[甲]1705 假爲，[甲]1733 出法界，[甲]1733 顯深廣，[甲]1736 第二前，[甲]1813 義一約，[甲]2035，[甲]2035 終，[甲]2036，[甲]2036 治二十，[甲]2039 世惠恭，[甲]2089 十卷法，[甲]2229 日夜夢，[甲]2262 二論文，[甲]2263 轉識決，[甲]2266，[甲]2266 右爲因，[甲]2339 復次八，[明][甲]901，[明][甲]901 觀世音，[明][甲]1000 扇，[明]258 怛儞也，[明]374，[明]397，[明]948，[明]1552，[明]2060，[明]2076 人無機，[明]2110，[明]2121 卷，[明]2122 驗，[明]2145，[三][宮]、六法智道集法禪[元][明]2060，[三][宮]、六隋益州孝愛寺釋智炫傳八[三][宮]、但上文中明無隋字2060，[三][宮]653 佛法中，[三][宮]1523 喻示現，[三][宮][甲]2053 部並載，[三][宮]263，[三][宮]278 者住一，[三][宮]397，[三][宮]606，[三][宮]1471 者畢宜，[三][宮]2034 卷，[三][宮]2034 十二卷，[三][宮]2059，[三][宮]2060，[三][甲][乙]982，[三]278，[三]982，[三]1056 枳里枳，[三]1124 三摩曳，[三]2034，[三]2034 月又出，[三]2103 經百氏，[三]2149 經並唐，[三]2149 帙內右，[三]2151 年歲次，[三]2154 卷，[聖]1421，[聖]1788 說已不，[聖]1788 義一令，[聖]2157 部并目，[聖]2157 部一千，[聖]2157 萬之修，[宋][宮]1563 謂法及，[宋][元][宮]2122 此別，[宋][元]2149 經唐玄，[宋]279 牙具，[宋]

2153 十卷二，[乙]1816 住，[乙]2228 名略出，[乙]2263 不共，[元][明]656 者，[元][明]1425，[元][明]1435，[原][乙]2192 尊，[原]1308 夕見十。

人：[宮]2053。

入：[元]1579 現觀幾。

三：[甲]1828 復次明，[甲]1120 嚩，[甲]1717 卷末，[甲]1781 十六億，[甲]1782，[甲]2269，[明][宮]1443，[明]400，[三][宮]2034，[三][宮]2034 卷中天，[三][甲]1102 摩訶薩，[三]30 品俱生，[三]2034 卷總結，[三]2153 經同本，[聖][甲]1733 善財白，[聖]1456 人同監，[乙]、以下指數至三十四乙本減三 972 畝捒嗽，[乙]2408 月九日，[元][明]2034 卷。

生：[乙]2309 識爲處。

十：[甲]1980 方如來，[甲]1735，[甲]1863 頌釋，[明]2131 凡聖同，[三]、大[宮]278 波羅，[三][宮][知]384 神通解，[元]1488 方所謂。

示：[甲]1786，[聖]、六[聖]1818 門者即。

世：[甲]1724 佛爲答。

受：[三]1649 六界生。

書：[甲]1724 欲見多。

數：[三]125 萬媂。

四：[宮]1545 波羅蜜，[宮]2122 大隨病，[甲]2219 方，[甲][乙]2263 目次，[麗]、六夾註十法初[明]、六五[聖]125，[明]1669，[三][宮]268，[三][宮]402 摩呵氈，[三][宮]876 麼折，

[三][宮]1521，[三][宮]2034 年六月，[三]212，[聖]225，[宋]2153 法行經，[乙]972，[元][明]202。

太：[甲]2036 皇后旨。

天：[三]468，[宋]220 王衆天，[元][明]220 隨念作，[元][明]1227 威力明，[原]、天[甲]2082 道萬無。

五：[丙]1832 釋今謂，[宮]1452 日至月，[宮]1509 道別異，[宮]1546 乃至道，[宮]1604 識得觀，[甲]1735 約所知，[甲]1813 失多論，[甲]2324 識相應，[甲][乙]1822 對論，[甲][乙]850 娑他二，[甲][乙]852，[甲][乙]1214 薩嚩尾，[甲][乙]2263 因因緣，[甲]1705 心於菩，[甲]1709 趣四生，[甲]1717 若空下，[甲]1717 先明無，[甲]1719 句但明，[甲]1736 塵之境，[甲]1813 失中云，[甲]1925 支大集，[甲]2181 卷，[甲]2183 卷與道，[甲]2266 今言，[甲]2266 約緣有，[甲]2273 少分相，[明]35 德矣吾，[明]223 神通亦，[明]1537，[明]1596，[明]2103 十者可，[明]2131 十一臘，[三]2146 卷，[三][宮]1546 識身答，[三][宮][聖]1509 波羅蜜，[三][宮]397，[三][宮]481，[三][宮]721 欲樂，[三][宮]1442 攝頌曰，[三][宮]1458 日守持，[三][宮]1581，[三][甲][乙][丙]930，[三][甲]1102 三麼耶，[三][甲]1227，[三][聖]125，[三][聖]199 偈，[三][乙]1092 跢囉野，[三]202，[三]203，[三]212，[三]397 散迦羅，[三]982，[三]1332 莎呵，[三]1582 者，

[三]2145 十僧溫，[三]2149 百六十，[三]2149 經八帙，[三]2149 紙，[三]2153 經同卷，[聖]125，[聖]1428，[聖]1542，[聖]1542 之二，[聖]1542 之五，[聖]1595 三人，[石]1509 道之中，[宋][宮]1509 者穢，[宋][宮]2034 部二十，[宋][元][宮]1545 中根納，[宋][元][宮]794 日至三，[宋][元][宮]2121 事兔十，[宋][元][宮]2122，[宋][元][乙]、五句[明]1092，[宋][元]2122 此別五，[乙]2186 論中第，[乙]852，[乙]1736 北山住，[乙]1796 水蓮花，[乙]2215，[乙]2254 明無間，[乙]2263 目次，[乙]2309 心初，[元][明][乙]1092 旖暮伽，[元][明]212，[元][明]2110 君，[原]、四[原]1308 十一九，[原]1764 心廣前，[原]2248 人記加，[原][丙]1832 釋於中，[原]1308 軫十二，[原]1763 佛印可，[原]2395 位成等，[知]1785，[知]1785 十四行。

西：[明]613 大如鳥。

下：[甲][乙]1822 地皆成，[甲]1828 煩惱苦，[知]、八[乙]1785。

小：[宮]1545 苦觸處。

心：[宮]1552 識身。

穴：[宮]374 世尊我。

言：[三]1563 及善無。

一：[丙]2164 第三十，[宮]731 犁名曰，[甲]1717 記，[甲]1736 地云何，[甲]1795 根門中，[甲]2266 十六左，[明][宮]1985 道神光，[明]1541 識識一，[三]212，[三]624 反爲震，[三]2112，[聖]2157 部一十。

以：[甲][乙]1822 恒住無。

矣：[宮]1799 目。

亦：[宮]402 通婆羅，[甲]2266 通修斷，[甲][乙]1709 云非耳，[甲][乙]1822，[甲][乙]1822 名波羅，[甲][乙]1822 用既別，[甲]1742 善慧，[甲]2266 明六，[甲]2281 因不均，[明]322 可，[三][宮]532 非耳聲，[三][宮]1563 能緣無，[三][聖]639 通辯才，[三]1542 應分別，[三]1604 行饒益，[聖]1763 四大後，[乙]2261 梵云，[元][明]2016 各有八，[原]2196 復爾曉，[知][乙]1785 成若不。

有：[甲]1816 神通及，[甲]1828 義若威。

又：[甲]2125 反直即。

右：[聖]1723 青蓮華。

於：[明]1563 境有異。

餘：[三][宮][聖]1451。

元：[甲]2408 年七月，[原]1758 年大唐。

云：[甲]2339，[甲][乙]1822 經，[甲]1705 事證經，[甲]1724 喩一爲，[甲]1724 住名，[甲]1828 不共住，[甲]1828 血流已，[甲]2266，[甲]2266 律儀戒，[甲]2270 不合等，[三][宮]1562 何令等，[三][宮]2121 十，[聖]1509 法，[另]1721 譬，[宋]375 入者名，[元][明]2016 欲目色，[原]2196 地持又。

者：[甲]2266 有大宗。

之：[甲]2266 十云以，[乙]953 相難瞻。

中：[三][宮]1585 十煩惱。

主：[聖]425 事。

宗：[三][宮]2123 親知識。

遛

留：[三][宮]2122，[原]1309。

雷

溜：[三][宮]1421，[三][宮]1435 處不應，[三][宮]1435 堂重。

流：[三][宮]1435 堂。

竃：[三]1332 鬼名破。

飀

飀：[三][宮]2122 風聲至。

隆

漢：[三][宮]2034 元。

際：[甲]2068 徒次博，[甲]2183 房本，[三][甲][乙]2087 焉。

降：[宮]322 德本，[宮]2108 衰而弊，[甲]2037 帝號稱，[三][宮]2060，[三][宮]2108 纒睿想，[三][宮]2122 三寶道，[三]2103 非情想，[元][明]152 遂爲尊，[元][明]2060 禮崇敬。

癃：[三]1331 殘鬼，[元][明]1336 殘鬼跛。

陸：[甲]2053 瞻之，[甲]2183 師章十。

平：[元][明][聖][石]1509 滿相。

殊：[甲]1920。

雖：[甲][乙]2259 不。

塗：[宋][宮]、徒[元][明]2060 舒。

興：[甲]1775 衆生無，[元][明]
2122 禮敬勅。

隱：[宮]901 民之祕。

癃：[宋][元]、蔭[宮]2060 益群
品。

篭

龍：[三]624 軀須臾。

癃

癃：[三]264 及以等。

龍

爾：[元][明]152 等來。

觀：[宮]315 平等是。

鬼：[宋][元]1336 夜叉羅。

見：[宋]440。

就：[甲]2290 樹。

羂：[甲]1298 索。

篭：[宮]310 是名衆。

嚨：[甲][乙]1821 戾故説。

瀧：[明]2076，[明]2076 大善和。

籠：[甲]1718 師云六。

聾：[甲]2073 俗玄門，[宋][聖]
[宮]、篭[元][明]234。

羅：[明]893 王各以，[元][明]658
王摩那。

能：[甲][乙]1238 爲毒惡。

親：[甲]1816 有四諦。

人：[三][宮]811 行，[三]189 八
部身。

散：[三][宮]901 華與龍。

山：[三]190 雪山最。

神：[三]2043 聞其語。

師：[甲]2006 云已過。

誰：[甲]2266 誰當有。

説：[宮]1421 法二時。

天：[三]985 王我慈。

王：[聖]663 裟。

往：[三]2110 潛。

西：[宮]848 方虛空。

細：[甲]2412 食之一。

象：[明]212 出衆，[三][宮]1421
大龍。

像：[元][明]375 王在此。

新：[宮]2122 朔。

雜：[宮][宮]310。

之：[三]643 龍畏金。

諸：[三]993 天歡喜，[元][明][宮]
318 王各從。

嚨

龍：[宋]974 二合引。

摩：[三][宮][甲][乙][丙][丁]848
臘馱微。

巄

龍：[甲]2128 從高貌。

籠：[明]2087 從觸石。

瀧

霜：[甲]1986 曰。

瓏

籠：[明]2103 帳叢珠。

櫳

龍：[宋][元][宮]2122 戶可。

朧

儱：[元][明]1007 長状即。

籠

篭：[原]、竉[甲]2006 妍醜未。

龍：[明]2131，[三]2122 含生有，[元]2125。

蘢：[甲]1227 葉芥子。

龓：[甲][乙][丁]2092 巃。

櫳：[三][宮]2103 夜悠悠。

曨：[聖][另]790 急暴。

篶：[宋][宮][石]1509 如甌常。

聾

龍：[明]310 瘂口不。

韻：[甲]2035 瘂故非。

躘

蹴：[元][明]332 地斯跡。

隴

龍：[宋][宮]2066 樹之心。

瀧：[甲]1728 上。

儱：[宋][元][宮]、龐[明]2103。

壟：[三][宮]2122 馳名淮，[元][明]2053 所在躬。

壠

龍：[甲]2087 勤身。

隴：[聖]1537，[乙]2087 狹。

攏

櫳：[甲]2128 謂牢也。

摭：[原]2001 始應知。

壚

瓏：[宋][宮]1509。

壠：[宮]2103 迅，[三][宮]1545 次下種，[宋][宮]2060 弟子掐。

㘅

弄：[三][宮]2059 雖復東，[三][宮]2060 清靡，[三][宮]2060 響飛揚，[三][宮]2103，[宋][明][宮]2060 竟迷是，[宋]2103 或似於。

吐：[甲]2068 清靡不。

嘑：[三]2110 或似於。

衖

里：[三][宮]2122 處處。

若：[宮]2122 至彼交。

術：[宋][元]、衢[明][宮]2060 官給地。

巷：[宮]2122 若空閑，[三][宮]2122 中有一，[三][宮]2122，[三][宮]2122 但見高，[三][宮]2122 陌閭里。

剈

鬬：[乙]1238 伽那知。

嘍

僂：[甲]2128 反下力，[聖]190 頻螺聚。

樓：[甲][乙]2087 皆訛略，[甲]2255 栗義此，[明]190 羅書金，[明]

847 那言復，[明]2063 煩人，[明]2103 炭經，[明]2121 炭經，[明]下同 2122 至佛太，[三]187 那王而，[三]187 勒叉天，[三]25 婁博叉，[三][宮]379 須菩提，[三][宮]397 遮那阿，[三][宮]408 羅緊，[三][宮]830 羅王與，[三][宮]2060 煩人崇，[三][宮]2060 頻經一，[三][宮]2103 羅，[三][宮]2122 至佛皆，[三]25 勒，[三]25 婁沙迦，[三]25 馱二跋，[三]187 羅緊那，[三]187 羅摩睺，[三]187 那阿履，[三]187 那彌多，[三]187 頻螺迦，[三]190 羅緊那，[三]1354 羅，[三]1559 那汝等，[三]1644 羅王作，[三]2088 那也優，[三]2110 炭，[三]2154 頻經一，[三]下同 1644 羅鳥凡，[聖]1464 醯陀波，[聖]2157 延神呪，[宋][明][宮]397 羅王，[乙]2397 瑟吒仙，[元][明]2122 頻螺迦，[元]313 迦讖譯，[元]2122 至。

盧：[三]1335 泥羾盧。

縷：[宮]645 月建在。

棲：[三]1644 那彌多。

數：[元][明]下同 986 周婁周。

藪：[三]1331 龍王。

韋：[三][宮]2122 多書一。

僂

廔：[聖]、僂脊僂背[聖]1425 脊。

腰：[三][宮][聖]1425 身去地，[宋][元][宮]1545 喘息短，[宋][元][宮]2122 而行四。

瘦：[三][宮]1435 狂發更，[三][宮]1425，[三][宮]1425 脊脚跛，[三][宮]1435 作是，[三][宮]2122 斜曲使，[宋][宮]2122 而行行，[宋][元]76，[宋]156 者得伸。

屢：[聖]125 呻吟身。

瘻：[宋]1341 患十青。

軀：[三][宮]1537 喘息逾。

瘦：[宋][宮]384 者得申，[宋]375 懈怠懶。

傴：[三]、瘦[聖]125 者得，[三][宮]451 白，[三]99，[三]375 諸根不。

蔞

萎：[甲]2130 色也過。

嘍

婁：[三]1335 尤嘍尤，[三][宮]379 目眞陀。

樓：[甲]下同 2255 粟義只，[三][宮]397，[三]1336 遮尼婆。

囑：[原]、[甲]923。

樓

坊：[宮]374 須達長。

穗：[甲]2070 珠勸人，[明][甲]1216 皮葉。

接：[乙]2194 上廣博，[原]1776 妙喜安，[原]1776 妙喜安。

可：[三]24 觀衆。

類：[三]1 樹下。

楞：[三]2154 炭經六。

留：[明]2122 孫佛入，[三][宮]、流[聖]586 勒迦，[三][宮]585 羅眞，[三][宮]397，[三][宮]456 勒叉，[三]

[宮]512 勒叉，[三][宮]1429 孫，[三]
[宮]1429 孫如來，[三][宮]1431 孫，
[三]157，[宋][宮]1581 羅緊那，[宋]
[元]223 羅緊。

流：[三]202 勒叉所。

瘤：[聖]1470 三尺。

婁：[甲]953 羅緊那，[甲]1033
羅等皆，[甲]2087 頻，[三][宮]397 沙
華摩，[三][宮]1464 阿夷湍，[三][宮]
1488 那天有，[三][宮]2034 頻螺迦，
[三][宮]2042，[三][甲][乙]2087 頻螺
迦，[三][聖]190 迦繞大，[三][聖]190
孫世尊，[三]22 阿夷嵩，[三]24，[三]
190，[三]190 那四伽，[三]190 頻螺
迦，[三]190 沙吒啤，[三]190 陀舊
作，[三]374 陀童子，[三]1331，[三]
1331 賴天沙，[三]1331 樓秦佛，[三]
1331 秦佛第，[三]1331 字歸正，[三]
2154 迦讖譯，[聖]310 勒，[聖]379 羅
緊那，[聖]379 羅摩睺，[宋][宮]397
羅，[宋][元][宮]2121 炭經云，[宋]
[元][聖]190 那彌多，[宋][元]190 那
出家，[元][明]2059 迦讖亦。

壞：[三][宮]231。

鏤：[宋]1 金。

盧：[三]202 陀。

輪：[宮]721 陀爲説。

羅：[聖]371 沙花盧。

屢：[三][聖]125 孫佛時，[聖]125
孫如。

縷：[三]1644 自縋旋，[三]2087
支唐言。

那：[聖]2157 提。

樓：[明]2103 之在巨，[明]2154
西起寺。

數：[三]、按[宮]2103 下獨有。

樹：[宮]1509 樓中皆，[宮]2123
羅王於，[聖]157 是五天，[宋]、羅
[明]1 那含弟。

頭：[原]1744 烏樓。

爲：[宋][元][宮]2040 迦葉在。

膝：[原][乙]1775 上化生。

朽：[甲]1771 炭經云。

瓔：[甲]2266 珞等也。

章：[三]1331 比舍慢。

樸：[宮]1435 重閣狹。

膢

僂：[明]1546 氣息損，[明]2122
脊而柱，[三]、瘻[宮]374 懈怠懶，
[三][宮]2123 而行四，[三]190 脊手
執，[元][明]268 行步遲。

傴：[三][宮]2122 支節。

耬

樓：[宋][宮]1435 犁車乘，[宋]
[元][宮]1435 犁。

僂

僂：[三]、腰[聖]125，[三][宮]
2123 心內若，[三]26 步拄杖，[三]
184，[元][明]1331 者。

髏

體：[宮]2053 鬘外道，[甲]2068
舌存焉。

漊

　縷：[甲]1179 楨上其。

匢

　西：[甲]2128 音同。

陋

　漏：[三][宮]1464 行多既，[三][宮]2123 永不聞，[聖]376，[聖]2157 願言弘，[宋][元][宮]310 或行虛，[宋][元][宮]1435 民，[原]1768 則不淨。

　隨：[甲]2300。

　狹：[甲]1735 至寬略。

　拙：[三][宮]2102 雖至。

漏

　彼：[三][宮]1562 所。

　遍：[乙]2263 雖遍五。

　病：[甲]2907 常安樂。

　常：[甲]1828 在九地。

　初：[宮]1545 初第三。

　法：[明]、明註曰漏南藏作法 1509 有漏不，[三][宮]397 何以故，[三]813 彼心不，[元]220 之心而。

　佛：[甲]1863 與有漏。

　覆：[甲]2262 所攝亦。

　垢：[三][宮]1525 色無，[原]2264 異熟識。

　記：[甲]2266 不妨，[乙]2263 業非因。

　結：[三][宮]2045 盡結解。

　淨：[甲]2249 第四靜。

　堪：[原]2264 忍性。

　苦：[宋][宮][聖]1509 盡入涅。

　流：[宮]1610 業譬如，[宮][聖]1595 盡無畏，[宮]659，[宮]2123 非，[甲]1700 所漏雖，[甲]1733 唯行性，[甲]1828 但可一，[甲]1828 過去時，[甲]1828 類依緣，[甲]1828 行心者，[甲]2269 心界即，[三]375 故若諸，[三][宮]1546，[三][宮]2122 非三界，[三]375 等如是，[聖]1733 無漏，[原]1744 業生家，[原]1960 業。

　陋：[明]1299 惡性妨，[三][宮]2060 失者皆。

　瘻：[明]985 癰疽身，[明]1409 疥癩瘡，[三][宮]1459 等勿使。

　鏤：[三][宮]1463。

　滿：[甲]1828 故得修。

　滿：[甲][乙]2391 智次於，[甲]1512 法等下，[甲]1512 勝因所，[甲]1512 因但招，[甲]1763 此是前，[甲]1782 者八解，[甲]1816 果名之，[甲]1816 戒俱，[甲]1816 有為體，[甲]1816 智體會，[甲]1830 通此地，[甲]1831 分二淨，[甲]2001 壺中白，[甲]2036 恐波遷，[甲]2255 值佛則，[甲]2261 失阿羅，[甲]2266 也滿字，[甲]義燈之亦爾 2266 果化他，[明]293 中定知，[明]2034 經一卷，[三][宮]288 為世極，[三][宮]2109 泉之澤，[聖]99，[聖]379 盡果復，[聖]1435 污，[聖]1509 雖未都，[另]1431 更求新，[石]1509 八智，[宋]212 臭處為，[宋]279 有取復，[宋]1428 處最初，[乙]1821

如何，[元]1579 永，[元][明]462 色聲香，[元][明]1509 未盡故，[原]2897 國，[知]1579 盡道積。

滅：[甲]2259 修所，[三]1。

明：[原]1863 不盡不。

惱：[宮]2045 莫懷懈。

泥：[宋]1491 已盡得。

偏：[聖]2157 略金口。

起：[聖]1546 道現在。

淺：[甲]2195。

染：[甲]1782 七故唯。

傷：[原]1851 成。

攝：[甲][乙]1822 苦法，[甲]1816 盡通，[甲]1816 盡中，[甲]2217 顯密經，[甲]2814 性故約，[三][宮]1579 事有四，[聖]1541。

實：[三]133 爲大苦。

始：[甲]2313 法爾之。

脫：[明]1545 盡通願。

爲：[甲]1736 於，[甲]2266 故非擇，[甲]2266 皆非擇，[甲]2312 歸無，[甲]2339 已上故，[明][和]261 而爲相，[明]1562 依方名，[三][宮]1548 有爲苦。

無：[甲]1828 漏約漏，[甲]1833 殊，[三][宮]1562 法應有。

繫：[明]1541 意思惟。

泄：[乙]2263 作佛記。

須：[宮]1646 也是故。

學：[三][宮]1562。

孁：[宋][元]、妄[明]、望[聖]125 除盡爾。

依：[乙]2261 定。

有：[知]26 已盡。

緣：[聖]1541 緣及一。

智：[宮]1545 慧故有。

諸：[乙]1816 非是淨。

瘻

僂：[明]1266 有六臂，[三]374 諸根不，[三][宮]317 本自所，[三][宮]1644 猶如角，[元][明][聖]292 者，[元][明][聖]754 諸根不，[元][明]156，[元][明]721 脊目盲，[元][明]1006 者啞者。

漏：[宋]、瘺[元][明]190 瘻，[宋][元]985。

鏤

縷：[三][宮]1507 履屣執。

嚕

唵：[甲]954 二合。

嚕：[明]1024 虎嚕，[三]1682 抳尼整，[宋][元]1106 弭上抳，[乙]2391 嚩日羅。

乎：[三]985 乎嚕乎。

唎：[甲]1141 二合。

㗚：[甲]850 唵三。

盧：[宋][元]1057 尼迦耶。

嚧：[明][甲]1175 二合底，[聖]953 地。

魯：[甲]1089 根，[甲][丙]2164 力觀音，[甲][乙][丙]2397 遮那遍，[甲][乙]2228 迦法等，[甲]897 比，[甲]897 羅婆地，[甲]982 銘，[甲]1073 主嚕，[甲]1123，[甲]2401 拏六私，[明]

1376 引彌娑，[三]992 那，[三][宮]
[甲]895 婆木而，[三][宮]848 拏麼也，
[三][甲][乙]1092 茶，[三][甲]1033 麼
十萬，[三][甲]1101 吉帝濕，[三][甲]
1102 計五布，[三][乙]1092 鉢囉總，
[三][乙]1092 茶摩，[三][乙]1092 茶
王皆，[三]1191 摩麼引，[聖]1266 二，
[乙]850 補哩尾，[乙]2394 拏羂索，
[元][明]1106 女魅拏。

路：[甲][乙]1214 比儜。

羅：[甲]1030 吽，[甲]1072 二
合，[甲]2081 二合。

囉：[甲][乙][丙]1098 吒囉，[明]
953，[明]1376 地囉迦。

漫：[乙]2174 茶羅部。

嚩：[三][甲][乙]1200 囉禰多。

素：[乙]1069 素嚕。

嘔：[原]1201 蘗哆。

盧

遍：[甲]2195 支佛法。

大：[宮]2122 氏唐邢。

亶：[三]987 哆婆隸。

廬：[三][宮]224 天波。

膚：[三][宮]2102 浮解腕。

廣：[甲]1731。

飢：[三]186。

雷：[聖]157 志復來。

靈：[乙]2092 景。

留：[甲]2309，[甲]2309 洲有二。

婁：[宋]、攄[元][明]1331 遮字
力。

樓：[乙]2397。

蘆：[甲]2130 吒譯曰，[明]125 亦
不成，[明]2106 谷昔有，[三]1 龍王，
[三][宮]1464 蔔繫婆，[宋][元]1505 也
是三。

爐：[甲][乙][丙]1074 尼，[甲][乙]
[丙]1184 力，[甲][乙]1796，[甲][乙]
2390 者那吽，[甲]904 遮那怛，[甲]
982，[甲]1065 尼迦那，[甲]2400 引，
[明][丙]954 迦補，[三][丙]、盧二合
引[甲][乙]1211 二合引，[三][丙]954
枳多，[三][丙]954 枳多沒，[三][宮]
[甲][乙][丁]866 弶，[三][宮][甲]901
戶盧，[三][宮]397 哆囉阿，[三][甲]
901 多二烏，[三]408 舍三勿，[三]982
者那神，[宋]945 吠柱唎。

盧：[甲]1963 江人也，[三]20 園
圃壓，[乙]2244 醯底耶，[元][明]21 服
與人，[元][明]2060 陵之后。

纑：[元][明][甲]901 縷其。

鑪：[另]1428 親厚知。

虜：[甲][乙][丙][丁]1141 引，
[三][宮]1523 伽耶陀。

魯：[甲]1000 戰，[宋][聖]99 遮
那清。

路：[乙]1069 迦囊他。

羅：[明]1096 遮那王，[明]2088
國北印，[三][宮][聖][另]1435 提，
[三]397 氏山聖。

矑：[西]665 折娜苜。

驢：[三][乙]1092 遮反九。

屚：[知]1441 舍。

慮：[宮]1558，[甲][乙]2309 樂得
自，[甲][乙]1822 舍者，[甲][乙]1822

者此云，[甲][乙]2309 舍說八，[甲]2073 體三禪，[甲]2087，[甲]2274，[乙]1822 洲離段，[原]974 之。

舍：[三]196 足蹈門。

盛：[元]189 空中作。

藪：[甲]2271。

戲：[三]1 觀時盡。

虛：[甲]1816 遮那光，[甲]2387 如來開，[甲]2400 天有四，[三][宮]2122 八伽句，[三]993 祇二十，[三]993 十八摩，[宋]310 大城不。

壚

攎：[三]1331 字清微。

爐：[三]1331。

牆：[乙]2795 分齊象。

擄

摴：[明]1299 蒱博戲。

櫖：[三]1 阿。

蘆

薑：[宮]1425 蔔根若。

爐：[三]、蓋[宮]263。

盧：[宮]1421 出言我，[三]158 遮摩那。

簏：[三][宮]1562 束故謂，[宋]99 實，[宋][元]99 實亦然，[宋]99 生果即。

嚧

唬：[三][甲]1007 杜婆云。

黎：[明]261。

漏：[宋][元]、漏三[明]991 三那吒。

嚕：[甲]1041 引，[甲]1075 覩嚧，[甲]1075 覩嚧莎，[甲]1225 二合納。

盧：[甲][乙]1796 唅，[甲]1733 豆者正，[明][甲]901 吉儞二，[明][乙]994，[明][乙]1110 比曳娑，[明]1002 左，[明]1034，[三][甲]901 戶嚧，[三][甲]901 迦上音，[三][甲]989 引灑引，[三]1005 遮華摩，[三]1336 吉泜奢，[三]1341 高百由，[三]1397 咄嚧，[宋][宮]387 富嚧，[宋][明][乙]、路[甲][丙]1075 遮那阿，[宋][元]、羅[明]1096 枳帝五，[宋][元][宮][甲][乙]901 迦上音，[元][明]、胡盧[甲][乙]901 瑟吒二，[元][明]1982 遮圓。

瀘：[甲][乙][丙]862 漉服之。

羅：[甲]2229 二合。

囉：[明]994 二合，[三][甲]901，[三][甲]1335 阿修羅。

噓：[明]856 引灑拏，[三][宮][聖]410，[三]993 囉比四。

獹

犬：[甲]2003。

爐

盧：[甲]1708 舍王一，[甲]2087 而謂之，[明]、－[聖]125 轉詣迦，[明]2145 山溫故，[三][宮]2102 所。

臚：[宋][元]、[明]2110。

閭：[乙]2087 即古仙，[元][明] 1509 里道陌。

慮：[聖]210 形壞神。

舍：[三]2063 晝夜講。

巖：[聖]1425 側食草。

櫚

楹：[宮]2053 雲楣綺，[乙]2092 拱上構。

戲

漁：[三][宮]2060 文史欲。

膧

盧：[甲][乙]2194 寺領蕃，[甲] 2402 呼鈴已。

矑：[元]1579。

爐

燈：[甲][丁]1141 塗，[甲]1733 油識中，[甲]2261 中調。

火：[三][聖]125 上高樓。

爐：[知]1785 闇中舞。

壚：[甲]903，[甲]1134 或深半，[三][宮]1425，[宋][元][聖]953 青蓮花，[乙]913 右邊作。

盧：[甲]1969 峯之下。

鑪：[明]213，[明][敦]262 燒無價，[明]86 炭風來，[明]155，[明]262，[明]316 其煙彌，[明]375 向王舍，[明]643 與萬梵，[明]643 執華供，[明]665 燒香供，[明]665 中安炭，[明]1545，[明]2103 銅，[明]2131 不空誦。

鑪：[甲]1799 中旃檀，[甲][乙] 901 手，[甲]1033 瞻仰聖，[甲]1110 燒香而，[甲]1239 口云三，[明][乙] 1092 坑坑上，[明]1470 有三事，[明] 2121，[三][宮][甲][乙]901 華座中，[三][宮][甲][乙]901 擬，[三][宮][甲] [乙]901 已誦小，[三][宮][甲]901 中燒，[三][宮]901 取沈，[三][宮]1470 四者當，[三][宮]2123，[三][宮]下同 2121 下小，[三][甲][乙]901 供，[三] [甲][乙]901 已誦，[三][甲][乙]901 中供養，[三][甲][乙]2087 往佛精，[三] [甲]1069 向上旋，[三]279 雨阿僧，[宋]2151 無恨從，[宋][宮]223 常燒名，[宋][明][宮][甲][乙]、鑪[元]901 取猫兒，[宋][明][甲][乙]901 燒香啓，[宋][元]1242 第十三，[宋][元][宮]、鑪[明]262 周遍，[宋][元][甲]1033 上與火，[宋][元][甲]1080，[宋][元][甲] 1123，[宋][元]1014 一心慈，[宋][元] 1092 廣一肘，[宋]921，[宋]1129 在忿怒，[乙]913 焚香運，[元][明][甲] [乙]901 呪師作，[元]1092 內然火，[元]1092 眞言，[元]1092 中自出。

牆：[甲][乙]894。

烟：[原]1840 中定熱。

煙：[甲]1268 及一盞。

嚴：[明]、器[甲][乙][丙]1277 取安息。

遮：[元][明]893 以蠟作。

鑪

爐：[甲]2008 錘規模，[宋]1092

中燒火，[宋][元]1092 沈水香。

鑪：[甲]1934 微妙天，[甲]2035 方二七，[甲]2035 拂嗣居。

簹

蘆：[三][宮][聖]1428 亦復然，[三]2122。

鑪

罐：[明]2122 而。

鑑：[明]1443 內。

爐：[甲]1795 陶於群，[甲][乙]1008 四鉼香，[甲][乙]2390 烟也若，[甲]1000 燒，[甲]1024 布列以，[甲]2907 香，[明][甲][乙]901 其佛光，[明][甲][乙]921 即，[明][甲][乙]1225 誦治路，[明][甲]1119 焚眾香，[明][乙]1092，[明][乙]1225 焚眾名，[明]2103 峰六年，[明]2122 熾火巨，[明]2122 巨焚煮，[明]2122 炭之中，[明]2122 有三事，[三]190 燒無價，[三][宮]1451 深一尺，[三][宮]2103 等形容，[三][宮]2122 及一黃，[三][宮]2122 下小兒，[三][甲][乙]1075 燒安悉，[三][聖]310 香氣普，[三][乙][丙]1075 面向上，[三]190 燒香出，[三]190 燒雜，[三]2110 錘以成，[聖]99 炭次復，[聖]99 在於殿，[石]1509 常燒，[宋][宮]263，[宋][元]、鑪[明][乙]1092 像外四，[宋][元][宮]、鑪[明]2103 飛，[宋][元][宮]、鑪[明]2103 峯寺景，[宋][元][甲]1007 一燒薰，[宋][元]901 法印呪，[宋][元]901 六具

呪，[宋]901 胡，[宋]901 至心三，[乙]901 燒香而，[乙]1110 胡跪，[乙]1110 所有賢，[乙]1909 炭，[元][明]2122 前有十，[元][明]2122 無復芳。

鑪：[明]、爐[西]665 燒眾名，[明]212 炭皆由，[明]310 如千，[明]664 供養經，[明]1545 便銷如，[明]1545 中漸輕，[明]2131 無恨從。

驢：[宮]、爐[甲]1998 上一點，[甲]895 頂戴念。

鑪：[三][宮][聖]1462 勿使落。

顱

臚：[宮]2078 方服之。

髗

臚：[宋][明]222 各自異。

鸕

顱：[宋][明][宮]2122 鳩中來。

鹵

虜：[三][宮][聖]1435 薄。

滷：[三]374 惡草株，[元][明]1339，[元][明]2088 不滋茂。

肉：[三][宮]2122 中詩所。

虜

處：[甲]2299 魯人作，[三][宮]2122 戌民居。

蘆：[乙][丙][丁]866 計。

鹵：[宋][宮]223 掠他人，[宋][元][宮]、滷[明]2123 土。

滷：[明]2122 土塼。

魯：[知]741。

盧：[甲]2039 足下欲，[宋][宮]、盧[元]2122 循値小。

滷

鹵：[乙]2192 池之水。

魯

寶：[宮]2102 自稱美。

曾：[宮]1594 師若善，[宮]2103 之術服，[甲]2089 陽留住，[甲]2128 擊聞於，[宋]2087，[乙]2408 云云。

畺：[甲]2270 之堺公。

晋：[宮]2103 同遵一。

嚕：[甲][乙]850 捺囉二，[甲][乙]1069，[甲]1069 虎魯，[明]985 窶拏後，[明][甲][丙]1277 呬多，[明][甲][乙]1110 吉帝濕，[明][乙]953 往於，[明]1055 二合嚩，[明]1092，[明]下同 982 護魯十，[三][宮][甲][乙]848 補十，[三][甲][乙]1100，[三][甲]1038 尼迦去，[三]939 哥哥哩，[三]1392 引呬多，[三]下同 982，[三]下同 982 祖，[乙]2394 捺羅，[乙][丁]2244 跢南麼，[乙]1069 虎魯，[元][明]1092 畝。

鹵：[三][宮]1439 出鹽五。

虜：[明]361 扈抵突，[三][宮]1425 跋提在，[三][宮]2122 蠻夷楚。

囉：[明][乙]1092 迦三昧。

肉：[甲]2266 若言。

陸

隧：[三][宮]2034 竭經一。

逵：[甲]2129 氏釋文。

六：[甲]1007 香供養，[三][宮]2123 博歌舞，[三]2153 字陀羅，[聖][甲]953 香能除。

睦：[甲]2001 州釋迦。

肉：[甲]2128 字也。

薩：[明]2103。

往：[宮]2122 地見於。

菉

采：[甲]1792 菽氏彼。

紅：[三]、緑[宮]2122 豆麻子。

淥：[聖]1723 豆子。

録：[宋]374。

緑：[宮]847 豆雜麥，[明]1284 豆爲食，[三][宮]1562 豆等生，[三][宮][聖]1579 豆子説，[三][宮]1563 豆等生，[三][甲]1024 豆粳米。

綠：[甲]1911 豆心，[三][聖]375 豆麻子。

鹿

麈：[三][宮]1642。

此：[三]66 堂上。

次：[甲]2193 脩纖。

麁：[宮]1509 足王所，[甲]2266 言所依，[甲]2371 強也云，[明]1458 杖外道，[明]1523 處同身，[三][宮]1629 愛等皆，[三]2123 聚，[聖]26，[宋][明]1597 愛眩等，[宋][元][宮]2122 經曠二。

麤：[宋][宮]2103 皮而。

廣：[甲]2128 疋云炳。

虎：[原][甲]、免[原][甲]910 臥在地。

花：[明]2060 原四十。

窟：[元][明]721 處處遊。

驪：[甲]1918 異路何。

麓：[宋]、篦[元][明]186。

麓：[三][宮]2122 變成三。

麋：[三]153 彼雖有。

獸：[三][宮]565 小蟲不。

庶：[宮]2121 羅車人，[甲]1723 皮衣遣，[甲]2067 稟其歸，[三]2153 子經一，[原]1854 盧唯有。

相：[三][宮]、庶[聖]421 餘人身。

遮：[三]984 綺多羅，[聖]1425 長者次。

淥

流：[甲]2053 水逶迤。

緑：[三][宮]294 金花香，[乙][丙]2092 波。

綠：[明]613。

緑：[明]2060 池。

椂

禄：[甲]2128。

樣：[宮]2074 使中官。

禄

録：[丙]973 充足命，[聖]125 之意。

貌：[甲]1728 不佳今。

有：[宋][元]2121 復取民。

祿

靈：[三][宮]2103。

漉：[明]1299 鷹犬一。

輅

閣：[三][宮]1425 時見女。

路：[丙]1076 印，[聖]310 園林池。

輪：[宮]848 像，[甲]850 中，[甲]923 印二手，[乙]2391 各有三，[乙]2394 中。

疑：[甲]1839 因性者。

碌

緑：[三][甲][乙]1100 以香膠。

賂

贓：[三][宮]2122 貨。

路

&：[甲]893。

跋：[三][宮]1505 貳，[三]397 迦那利。

草：[原]、草[甲]2006 國云。

從：[宮]673。

蹈：[乙][丁]2244 河中流。

道：[宮]263，[宮]374 者喻二，[甲]1763 也可見，[三]26 遇見一，[三][宮]585 諦聽經，[三][宮]1464 側三衣，[三][聖]172 側求索，[元][明][宮]374 沒水而。

殿：[三][宮]744 遙。

惡：[明]310。

咯：[三]1191 枳儞。

各：[明]1669 門形相。

護：[三]950 摩。

教：[三][宮]2104 舍衛城。

結：[三][宮]598 趣。

踞：[甲]1805 地準赴。

理：[甲]1733 無。

嚕：[甲][乙]894。

魯：[宮]659 伽夜多，[明][乙]1092 荼印北。

路：[三]982 引呬多。

露：[甲][乙]1822 形也四，[甲]1027 地各淨，[甲]2792 身，[明]2121 天人在，[三][宮][知]598 繞城有，[三][宮]263 道其地，[三][宮]263 顯化餘，[三][宮]266 觀，[三][宮]280 帳中坐，[三][宮]309 棚閣巍，[三][宮]2060 而置其，[三][宮]下同 433，[三][聖]224，[三]292，[三]1013 莊挍與，[宋]409 地燒，[元][明]1070 地。

攞：[甲]951。

洛：[丙]2231 腰鏤腿，[甲][乙]2228 紇哩惡，[三]、露[宮]2034 出自燉，[原]2359 儀有受。

絡：[三][宮]263 手執寶，[聖]1421 上處處。

略：[甲]、路[甲]1782 九，[甲]1782 也說此，[甲]1782 作因緣，[甲]2087 關防輕，[三][宮]398 如是其，[三]1331 波祇，[另]1509 若著。

門：[甲]1973。

諾：[甲]1708 健那力。

器：[原]1960 小行菩。

趣：[乙]1736 徒過善。

人：[乙]1238 塚間樹。

俗：[甲]2087 祠鬼求。

惺：[宋][宮]、性[元][明]2122 若有所。

行：[聖]397 聖道能。

虛：[宮]659 伽耶陀。

野：[三][宮]345 之中有。

引：[三]202 言此不。

語：[明]660 非，[元][明]1579 種種惡，[原]、語[甲]2006 人皆。

欲：[甲]923。

終：[甲]2266 引。

蹤：[元][明]2145 以翹心。

稑

稑：[三]2122 家豐萬。

勠

戮：[明]681 力而共，[三][宮]1425 投坑赴，[三][宮]2029 力存法，[三][宮]2059 力三年，[三][宮]2123 命終墮。

摝

漉：[甲]1799 衡度諸。

轆：[宋][宮]2121 歸舍辭。

漉

鹿：[三][宮][聖]1579 盡未能，[宋][明]1428 水飲者。

瀘：[宮]671 水不飲。

鹿：[聖]26 酒囊。

摅：[明]2076 始應知。

濾：[宮]2053 而。

納：[甲]2339 天人龍。

灑：[甲][乙]897 及以清，[三][宮]1466，[三][宮]1425 洗無食。

遮：[三][宮]1435 澆草者。

戮

勠：[三][宮]2122 之都市，[宋][元][宮]2122 之都市。

録

剥：[甲]1813 殺害奪。

部：[明]2034 四卷天。

藏：[三]2154。

傳：[宮]2034 止。

讀：[聖]2157。

公：[明]2145。

像：[聖]1462 身心出。

紀：[明]2034 卷第一。

記：[宮]2034 出中阿，[三][宮]2034，[三][宮]2122 記，[三]2149。

釰：[乙]2194。

經：[三]2149，[三]2154 初出與，[聖]2157，[元]2154。

斂：[原]1829 心於内。

禄：[三][宮][聖]1425 若汝，[元][明]152 土五戒。

祿：[宮]2103 顔之推，[甲]2039 事金希，[乙][丙]1246 怨家債。

戮：[三]2122 苞爲説，[元][明]

1579 殺害奪。

籙：[甲]2036 建，[明]2103 等五百，[明]2108 纜高猶，[明]2154 云出增，[三][宮]2103 詭託老，[三][宮]2060 凡有，[三][宮]2103 備法駕，[三][宮]2103 猜忌，[三][宮]2103 躬服衣，[三][宮]2103 置五嶽，[三][宮]2104，[三][宮]2104 玄冠黄，[三]2110 不傚伯，[三]2110 皆置五，[三]2110 則倒，[元][明]2103 纜高，[元][明]2103 改革前，[元][明]2104 等五百。

論：[甲]1828 説雖通，[三]2149 諸新經。

名：[三][宮]2034 僧叡。

目：[三]2149，[三]2149 衆。

難：[三][流]360 自用。

隋：[乙]2157。

鑰：[甲]2339 來前門。

濤：[宮]2078 者誤以。

條：[明]2123。

魏：[聖]2157 今編入。

譯：[明]2153，[明]78，[三]2154 爲小乘，[聖]2157 方廣。

銀：[甲][乙]2194 云云大，[甲]2035。

語：[甲]2006 泊諸家。

緣：[宮]2103 封著情，[甲]2035 兹蓋，[甲][乙]2250 之已上，[甲]1851 物從道，[甲]1918 聲聞念，[甲]2255 心住境，[三][宮]1808 若還本，[三]224 是四禪。

注：[聖]2157 入疑經。

撰：[宮]2034。

譔：[明]1988。

潞

路：[甲]2266 府。

簏

篋：[三]99 中隨其。

鑢

鑢：[甲]2039 之侶泣，[三][宮]2060 安席才，[三][宮]2102 首路使。

鹿：[元][明][宮]2060 景明寺。

驢

鑢：[三][宮]2060 等驢僧，[三][宮]2060 莫不，[元][明]2060 而命路。

露

傍：[甲]1963 塔前村。

處：[聖]953 等。

覆：[宮]1425 現處不，[甲]2068 地而坐，[甲]2068 山，[三][宮]1648 地住云，[聖]1421 諸長老，[聖]1433 右肩脫，[宋][宮]1452 說罪故，[乙]2795 藏犯默，[乙]2795 藏心佛。

踐：[宋][元]、賤[明]212 恒乏衣。

曬：[三]1080 陀上。

靈：[甲]2073 泉寺既，[三]193 無底山，[三]1033 誦心真，[三]1394 堂上戶。

流：[乙]852 水流注。

輅：[宋][元]185 車至二。

路：[宮]1435 地可，[甲]1089 體，[甲]2337 地，[甲]2787 中神樹，[甲]2792 右肩二，[三][宮]1425 地若不，[三][宮][久]1486 人聲從，[三][宮]425 而，[三][宮]1425 地坐見，[三][宮]2103 誠亘，[三][宮]2121 其有對，[三]70 坐草蓐，[聖]1435 現諸居，[聖]310 勇健大，[聖]627 帳而起，[聖]1428 地草，[聖]1437 地敷僧，[另]1721 地也而，[石]1509 地住作，[宋][宮]221 莊，[宋][宮]221 臺，[宋][宮]263 珠瓔爲，[宋][元]77 地敷繩，[宋]186 之車使，[宋]1331 不得埋，[宋]2145 輒布其，[乙]2087 内累口。

珞：[宋][宮]、絡[明]509 帳正覆。

絡：[三][宮]288，[宋][宮]309 蓋一一，[元][明]423 覆其身。

略：[原][甲]2183 章。

夢：[三][宮]300 如。

密：[甲]2036 語而無。

染：[聖]613 不淨屬。

饍：[三]140。

霜：[三][宮][聖]1421 飢寒困。

袒：[明]1432 右肩禮，[三][宮]453。

霧：[甲]1709 集煙，[甲]2073 結周二，[明]1441 懺，[聖]586 夢所見，[乙]2092 草或傾。

霞：[三][宮]2123 託迅附。

顯：[甲]1881 現。

焰：[宋]839 如燈如。

雨：[三][宮]414，[三][宮]1428

漬壞僧，[三][聖]643 地出湧，[三]
212，[聖]201。

　　在：[甲]2006 隨。

　　霶：[甲]1920 潤利益。

　　震：[宮]2112。

籙

　　録：[三]、保[宮]2103 合圖開，
[三][宮]2060 素所珍，[三][宮]2102
以爲妙，[三][宮]2112 行之於，[三]
2149 在期隋，[三]2153 等，[三]2154
素，[元][明]2110 一曰眞。

鷺

　　鶴：[三][宮][石]1509 欲取。

　　露：[聖]2157 池側説，[宋]152
子是也。

　　鴬：[甲]2036。

攣

　　雙：[三][宮]2122 生者後。

孌

　　絲：[甲]2128 省聲也。

　　圖：[三][宮]2104 裹接聲。

欒

　　举：[甲]2128 注也從。

攣

　　戀：[三][宮]2034 篇章至，[聖]
2157 篇章至。

　　癒：[元]449 背傴白，[元]450。

鑾

　　鷥：[甲]1736，[三][宮]2103 啓
四門，[三]2145 於。

鸞

　　變：[宋][宮]2060 焉下勅。

　　戀：[宋]1 音盡知。

　　龍：[明]2122 尾則一。

　　巒：[三]2146。

　　齊：[三][宮]2122 覩由斯。

　　雁：[宮]2053。

　　鴬：[乙][丙]2092 接翼杞。

卵

　　騾：[三]79 地獄中。

　　卯：[甲]1728 龍不能，[甲]1733
中則能，[甲]2129 也下所，[甲]2250
殼文玄，[聖]下同 1562 等。

　　神：[甲]2250 卵名。

　　外：[三]、卯[聖]1562 等緣方。

　　耶：[甲]1816 生下別。

　　印：[甲]2261 胎時唯。

　　子：[甲]2006 啐啄同。

亂

　　被：[三]192 髮面萎。

　　觸：[三][宮][知]384 水性爾。

　　純：[宮]1505 志無明。

　　辭：[甲]1736 疏若云，[三][宮]
637 音樂聲，[三][宮]687，[三][宮]
1583 鈍不知，[三][聖]125 有，[三]
401 相亦無。

　　得：[宋][元]1546 如一時。

動：[三][甲][乙][丙]930 三昧現。

故：[宮]721 無知受，[甲]2250 然言假。

觀：[甲]1964，[三]2060 理文句。

規：[甲]1964 軌所以。

記：[乙]2263 之境。

絕：[三][宮]2043 躄地傍。

空：[原]、空亂[甲]1744 意故名。

孔：[甲]1805 雀咽即。

濫：[甲][乙]2263 彼故於，[甲][乙]2263 故，[甲][乙]2263 失，[甲][乙]2263 未自在，[甲][乙]2263 之解，[甲]2249 之義諸，[甲]2263 事理以，[乙]2263 故，[乙]2263 過耶。

禮：[甲]1709 故即萬。

惱：[甲][乙]1822 或。

能：[甲][丙]2397 圓證四，[三]1 大仙。

嬈：[三][宮]272 人民不。

乳：[宋][元]1425 舉下缺，[元]1579。

散：[甲]2255 智慧變，[三][宮][聖]613 當勤持，[三][宮]389 譬如惜。

說：[元][明]1421 之至此。

頌：[三][宮]2102 曰運往。

斜：[三][宮]2122 主北。

雲：[甲]2006 山千萬。

衆：[宮]660 我無義。

攃

礓：[三][宮]620 兩。

侖

崙：[甲]2006 無縫罅。

俞：[三]2063 東官。

倫

備：[宮]2034 將知周，[甲]2323 云欲辨，[明]293 習學其，[宋][宮]2102 感向所。

儉：[宮]2060 寺有塔，[元]2060 等崇其。

流：[甲]1736 豈不留。

崘：[明]221 聞是語，[元][明]下同 221 無復餘。

崙：[三][宮]2103 讚因畫。

淪：[三][宮]2060 避世林，[三]2104 向問四，[三]2125 國唯斯，[三]2145 菩薩求，[三]2145 吐納靈，[宋][宮]2102 故獲非，[元][明]2059 國同侶，[元][明]2059 則遁仙，[元][明]2060 常遇天，[元]2060 相，[原]、崘[甲]1960 菩薩精。

綸：[宋][宮]2102 不可有，[宋][宮]440 無能。

輪：[宮]221 諸魔波，[宮][聖]224 鬼神龍，[宮][聖]627 假使懷，[宮]2060 次誦之，[甲]1119，[甲]1816 言我等，[三][宮][聖]310 迦樓羅，[三][宮]226 世間之，[三][宮]313 迦留羅，[三][宮]313 世間人，[三][宮]403 迦留羅，[三][宮]811 世，[三][宮]1543 七天七，[三][宮]2060 通，[三][宮]2122 以手摸，[聖]125 益一，[聖]224 龍鬼神，[聖]324 乾陀摩，[宋][元][宮]

381 莫不歡，[宋][元][宮]827，[宋][元]1，[宋][元]23 共，[宋][元]186 等無能，[宋][元]186 龍鬼神，[宋][元]197 迦樓羅，[宋][元]263 迦留羅，[元][明][宮]310 或中。

論：[甲]2035 然則託，[甲]2250 記二上，[甲]2266 此所知，[甲]2266 記十七，[甲]2266 記五下，[明]2122 豈以別，[三][宮][甲][丙]2087 次其文，[三][宮]1562 今時何，[三]194 説是故，[三]199，[三]2153 抄一卷，[宋][宮]2108 共紀凡，[乙]2173 送雙峯，[元][明]2016 云心是，[知]418，[知]418 調菩薩。

羅：[三]203 衆減少。

偏：[甲]2250 記一上，[聖][甲]1763 今師子。

其：[三][宮]2059 匹。

輪：[三][聖]291。

偸：[明]2131 蘭爲。

崘

嵛：[甲]2244 至。

崊

倫：[甲][乙]2362 東請聞，[宋][宮]2121。

淪：[宮]2102，[聖]1509 品中長，[宋][宮]2121 爲欲聞。

輪：[另][石]1509 菩薩又，[元][明]721 陀鳥陀。

罔：[宋]、岡[元][明]2060 像岱京。

嵛：[宮]1509 摩彈琴。

淪

從：[甲]1799 墜二外。

極：[甲]2081 墜年多。

倫：[宮]2112 生死之，[甲]1782 故初是，[甲]2130 譯曰極，[明]1003 以大精，[明]2108 隔拘文，[明]2154 惡趣無，[三][宮]2045 神祇鬼，[三][宮]2060 虛指因，[三][宮]2103 各從沂，[三]1331 迦樓羅，[宋]2154 之候故。

綸：[三][宮]2102 玄塗，[聖]2157 之候故，[元][明]192 於生死。

輪：[宮]321 趣解脫，[宮]321 生死道，[和]261 溺苦海，[甲]1973 之苦師，[明]890 生死海，[明]2103 迴未已，[三][宮]1451 迴唯獨，[三][宮]2122，[宋][元][宮]321 無有盡，[宋][元][宮]411 常離惡。

論：[宮]2112 茫昧無，[甲]2087 溺莫由，[甲]2255 虛述義，[明]2087 肥遁次，[三][宮]2102 眞素則，[宋][宮]2102 蒙怠而，[宋][元][宮]1540 喪故絞。

溺：[甲]1000。

沈：[知]786 苦海如。

輪：[三][宮]721 大河所。

牏

掄：[甲]1969。

綸

給：[元]2016 虛空所。

淪：[甲]1775 而不漏，[原]1858
而行業。

輪：[宋][宮]2122 一化依。

論：[甲]2015 緒不見，[甲]2128
絡也並。

絲：[元][明]2154。

輪

車：[三][宮]670 還來人。

道：[三][宮]1595 化度令。

覩：[甲]852 住大因。

惡：[甲]1960，[原]1960 悉皆。

敷：[乙][丁]2244 法坐白。

輻：[宮]848 互相交，[甲][乙]
2390 辟支佛，[甲]893 輞，[甲]1203
復有，[三][宮]732 尻骨與，[乙]2249
等故文，[乙]2408 金輪。

剛：[甲]2390 壇樣正，[甲]957
明王威，[甲]2081 聖者若，[甲]2168
佛頂抄，[甲]2168 五佛頂，[乙]957
王具七。

軌：[甲]2173 念誦法，[甲]2400
云二手。

海：[甲]2223 勝大曼。

駕：[甲]2290 南方西。

經：[宋]866。

就：[元][明]956 刀器仗。

林：[明]721 外復有，[三]643 地
獄劍，[乙]2376 中皆能。

隣：[知]418。

樓：[元][明]2122 陀菩。

輅：[明]1450 其數皆，[乙]2394
印在金。

倫：[甲]904 結浴印，[甲]952 結
一切，[甲]952 結印，[甲]952 結浴
印，[明]589 世，[明][甲]1216 一切恣
，[明]292 咸來奉，[明]435 迦，[明]
565 迦留羅，[明]588，[明]1331 羅，
[明]2122 諸，[明]下同 2121 名曰羅，
[三]194 於大海，[三][宮]288 王其本，
[三][宮]477 聞必當，[三][宮]481 迦
留羅，[三][宮]565 聞佛所，[三][宮]
626 迦留，[三][宮]632，[三][宮]下同
2121 集兵到，[三]1 四，[三]1 諸衆
生，[三]99 共鬪時，[三]125 及諸閻，
[三]125 四，[三]186 金翅爲，[三]194
衆怖望，[三]2121 大瞋我，[三]2145
大海有，[三]2146 大海有，[宋]292
常施最，[原][甲]1851 等發菩，[知]
418 鬼神龍，[知]418 龍。

崙：[乙]1909 菩薩南，[乙]1909
菩薩越。

淪：[宮]2112 迴之境，[三][宮]
672 諸趣中，[石][高]1668 星而過，
[宋][元][宮]1442 迴，[宋][元][另]1585
迴不能，[元][明][宮]333 於惡趣，[元]
[明]220 生死受。

綸：[原]2001 望遠山。

輪：[宮]2025 次直堂。

錀：[乙]1204 右手三。

論：[德]1563 王生滅，[宮]1435
王爲最，[宮]1912 王，[宮]411 於現
身，[宮]416 莫能動，[甲][乙]867 安
五尊，[甲][乙]1705 憍薩羅，[甲][乙]
2391 曰作事，[甲]973 最上頭，[甲]
1736 下第三，[甲]1816 清淨修，[甲]

1929 惑之所，[甲]2035 王出治，[甲]
2261 疏云中，[甲]2261 益至輪，[甲]
2299 收義如，[明]1441 亦如是，[三]
[宮]309 講悉無，[三][宮]459 一，[三]
[宮]1546 中猶如，[三][聖]278，[聖]
279 充滿法，[聖]1509 諸沙門，[聖]
2042 濟諸群，[宋][宮]443 如來南，
[乙]2190 表敎一，[元][明][甲]901 及
有誦，[知]1522 復住業，[知]418 調
菩薩。

滿：[甲]2390 是四重。

門：[甲]2219 也百。

念：[甲]2174 王大曼。

輕：[宋][宮]、轉[元][明]440 清
淨王，[宋][宮]2122 經云或。

日：[三][宮]2103 姿。

三：[聖][石]1509 寶在前，[聖]
223 寶在前。

傘：[三]2121 如大隊。

輪：[甲]2230 陀亦云，[甲][乙]
2261，[甲]893 末，[甲]893 末底左，
[甲]893 木烏曇，[甲]1215，[甲]1828
實應言，[甲]2244 伽又云，[明]380 聖
王以，[明]1450 陀羅寄，[明]2131 盧
迦波，[三][宮]414 盧那二，[三][宮]
2040 提比丘，[三][宮]2122 鞞帝婆，
[三]1331，[聖][另]303 三摩，[聖]953
施與諸，[聖]2157 波迦羅，[石]1509
手遮而，[宋][宮]271 音菩薩，[宋][元]
1095。

壇：[甲][乙]2390 安。

輞：[三][宮]1509 三解脫。

性：[乙]2263 有情難。

循：[甲]1929 環又一。

音：[明][乙][丙]870。

諭：[宋]、喻[元][明][乙]1092 三
摩地。

者：[宮]271 大王此。

之：[甲]2239 有四種。

軸：[三][宮]415 至，[三]1 如是
無，[三]1335 迦什婆，[元][明]23 滿
諸江，[元][明]585 大海悉。

諸：[三][宮]671 相畢竟。

轉：[丙]2381，[宮]339 若能轉，
[宮]352 王相，[宮]405 迴迷沒，[宮]
546 王者其，[宮]567 所歸令，[宮]618
屈伸互，[宮]657 佛明王，[宮]901 印
第四，[宮]1596 中，[和]293 觀彼福，
[甲]1721 總此三，[甲]1782 便爲所，
[甲]2323 者如是，[甲][丙]2381 六欲
四，[甲][乙]1821 也於憍，[甲]1733 下
句，[甲]1736 自我之，[甲]1771 所，
[甲]1782 法輪有，[甲]2299 乃至法，
[甲]2299 是生滅，[甲]2390 取珠是，
[甲]2395 闍那崛，[甲]2400 向左邊，
[甲]2401 時能斷，[甲]2425 三摩地，
[明]310，[明]756 迴八難，[明]869 已
與諸，[明]1003 一切業，[三][宮]294
何以故，[三][宮]628 者即法，[三][宮]
[甲][乙][丙][丁]848，[三][宮][知]266
衆爲顯，[三][宮]305 摩尼樹，[三][宮]
402 生死踰，[三][宮]627 是故名，
[三][宮]635，[三][宮]656 行，[三][宮]
721 轉生退，[三][宮]1563 如餘，[三]
[宮]1593 依止所，[三][宮]1646 猶不
止，[三][宮]2031 非如來，[三][宮]

2122 而壓取，[三][甲]1227 壽多劫，[三]264 所運無，[三]1087 成就，[三]1547 轉涅槃，[聖]278 行菩薩，[聖][德]1563 王亦爾，[聖][另]1552 猶如滿，[聖]285，[聖]410 故禪定，[聖]475 隨而分，[聖]2157 寺化利，[另]1552 支非相，[宋][元][宮]318 逮最正，[宋][元][宮]411 心大陀，[宋][元][宮]1509 三，[宋]1057 迴，[乙]2194 化衆鳥，[乙]2393 終總誦，[乙]1821 者法輪，[乙]1822，[乙]2261 下至九，[乙]2390 結，[元][明]1442 迴不，[知]1581 轉生死。

輸：[甲]2400 律反度。

鑰

鑰：[原]2001 木人撥。

論

愛：[甲]2255 見稱爲。

謗：[三][宮]1521 説其惡，[三][宮]1552。

本：[甲]2814 言若妄。

彼：[聖]1788 云菩薩。

編：[甲]2266 三十，[甲]2266 十一紙。

辨：[原]1851 又聲聞。

病：[明]2060 宗愷歸。

博：[宮]606 義。

不：[甲]2266 如是二。

部：[原]2339 名飲光。

抄：[甲][乙]2261 決擇分。

乘：[甲]2296 家以。

持：[甲]2290 説○三。

初：[甲]2195 爲，[乙]2309 持瑜伽。

傳：[甲]2371 有之今。

次：[甲]1700 應知此。

彈：[甲][乙]2254 云應言。

得：[甲]2195 所領義，[原]1863 爲定量，[原]1863 因圓滿。

等：[甲][乙]2254 文，[乙]2263 中明三。

諦：[甲][乙]2296 八不破，[甲][乙]2434 等等者，[甲]1708 增數門，[甲]1709 分段因，[甲]1828，[甲]2230 也及而，[甲]2266 因等者，[甲]2270 而二十，[甲]2323 者分段，[三]2149 序，[聖]1579 方比，[乙]2261 佛地，[原]2273 攝因言。

度：[甲]2219 五十十。

端：[甲][乙]2249 哉，[甲][乙]2263 末學輒，[甲]2263，[甲]2354 者也次。

法：[三][宮]278 師子，[三]2149。

妨：[甲]2266 然論潤。

福：[甲]1816 由爲，[甲]1816 云，[原]1089 作此數，[原]2264 非福不。

該：[乙]2192。

誥：[三][宮]2059 之旨居。

各：[甲]1733 云隨何。

故：[元][明]1545 是後際。

過：[明]318 有。

許：[甲]2249 輕安風。

會：[甲]2266 二十唯。

誨：[乙][丙]2777 其入定。

擊：[三][宮]2122 難不逮。

即：[甲]1805 糞掃衣。

集：[明]2102 後序。

記：[甲][乙]2250 上論文，[聖][知]1579 謂有別，[原][甲]2183 一卷勒。

偈：[乙]2249 文處處。

講：[甲]2052 攝論毘，[三][宮]585 説則不，[三][宮]585 説於，[原]2369 讀淺疏。

教：[甲][乙]2263 皆以同，[乙]2263 中於五。

節：[甲]1724 云如上。

矜：[明]2103 身後唯。

經：[宮]2123 云問云，[甲]2255 云肉眼，[甲][乙][丙]1866 云自性，[甲][乙]2426 建立此，[甲]1736 出三過，[甲]1736 就前，[甲]1736 十平等，[甲]1778 云日月，[甲]1816 及對，[甲]1823 文解云，[甲]1920 正意以，[甲]2195 文云第，[甲]2219 玄論玄，[甲]2263 中以空，[甲]2362 指本經，[明]2034，[明]2123 云菩薩，[三][宮]2034，[三][宮]2034 同本別，[三][宮]2122 云殺生，[三][宮]2122 云時耶，[三][宮]2122 云問云，[三]2149，[聖]2157 字馬鳴，[聖]1546 卷，[聖]2157，[石]1509 卷第八，[石]1509 卷第二，[石]1509 卷第七，[石]1509 卷第三，[宋][宮]2034，[宋]2149，[乙]2263 爲規摸，[乙]2397，[元][明]2149 於金花，[原]1851 中廣明。

卷：[甲]2183 百卷後，[三]2149

並玄奘。

況：[乙]2263 下文云。

戀：[原]、戀[甲]2006 長安風。

量：[甲]2263 不説五。

令：[甲]2266 地上諸。

倫：[宮]2059 辯恐殷，[甲]2266 記，[甲]2266 記十，[明]2103 巨有儔，[明]2154 法輪經，[三][宮]332 欲以壞，[三]2045 德也純，[三]2110 也其次。

崙：[宮]1509 名啼。

淪：[甲][乙]2296 於異端，[甲]1782 滯天子，[三]2060 聲教故，[乙]1744 於外九，[原]1855 法。

綸：[宮]2103 之始，[甲]1795 諸行速，[明]1552 如是一，[明]2060 是欣及，[三][宮]2060 教悟其，[三][宮]2060 聲名雄，[三][宮]2104 一時名，[原]1780 成戲論。

輪：[丙]1866 入涅槃，[宮][甲]1912 偈曰一，[宮][甲]1912 疑等者，[宮]657 顯示法，[和]293 師是時，[甲]1723 云修行，[甲][乙]867 以爲，[甲][乙]950 修行持，[甲][乙]2778，[甲][乙][丙][丁][戊]2187 次南方，[甲][乙]2192 及身輪，[甲][乙]2397 若就果，[甲]1112，[甲]1728 其現，[甲]1802 逼迫化，[甲]2157 非是本，[甲]2410 也獨空，[甲]2782 説，[三]1562 不可與，[三][宮]420 故無生，[三][宮]440 佛南無，[三][宮]1660 故爲自，[三]397 資財，[聖][另]1552 説，[聖]278 解脱入，[宋][宮]818 菩提亦，

[宋][元][宮]447 佛南無，[乙]2218 種子，[乙]2391 須彌曼，[乙]1736 明定有，[原]、[甲]1744 之所惑，[原]、輪[甲]1781 無漏無，[原]2395 笈多四。

律：[三]2154 總八。

略：[甲]1816 既具解，[三]2149 釋慧遠。

明：[甲]1786 六事犯，[另]1721 波若已。

命：[甲][乙]2207 包云。

能：[三][宮]2103 揚惡。

弄：[甲][乙][丙]1866 於。

排：[甲]1698 破病則。

偏：[甲]2266，[甲]2299 獨爲淺。

篇：[明]2103。

品：[元][明]1579 居遠離。

破：[甲]2300 即是申。

其：[原]2299 文云云。

詮：[甲]1795，[甲][乙]1929 義，[甲][乙]2328 爲了義，[甲]1705 義理則，[甲]2266 五見展，[三][宮]1580 瑜伽故，[三]2060 滯旨執，[原]1782 眞身離，[原]1834。

攝：[甲]2195 釋一生。

勝：[甲]2273 此二非。

師：[甲][乙]2250 說疑，[甲]2263 正義也。

詩：[甲]2217 云瑜伽。

實：[乙]2296 宗言有。

識：[甲]2266 如瑜伽，[甲]2270 云外道，[甲]2305 本識攝，[三]2149。

釋：[甲]1736 云謂五，[明]1596 寂滅勝，[明]1596 修差別，[明]1596

增上心，[三]2149 一部，[乙]1822 云於境，[原]1700 意者上。

疏：[甲]1736 云法義，[甲]2217 所引是，[甲]2250 上，[甲]2263 意相分，[甲]2317 文解云，[甲]2322 第八說，[乙]1833 非如色，[原]、[甲]2313 云有心。

誰：[三][甲]2125 者哉亦。

順：[甲]2266 論文。

說：[甲]2261 云謂佛，[乙]2263 之石末，[原][乙]2263。

說：[宮]1545 入斷見，[宮]2031，[甲]2249 云相雜，[甲][乙]1821 二俱，[甲][乙]1821 最，[甲][乙]1822 無記五，[甲][乙]1822 一支爲，[甲][乙]1866 末那惑，[甲][乙]2394 開一路，[甲][乙]2434 第二，[甲]1705 云，[甲]1736 六類之，[甲]1816 意云佛，[甲]1830 但，[甲]1911 成實論，[甲]1912 既求初，[甲]2195 爲引攝，[甲]2196 說功用，[甲]2255 者言迦，[甲]2261，[甲]2266，[甲]2270 相符極，[甲]2271，[甲]2305 攝，[甲]2434 顯密二，[三]1340 往昔所，[三][宮][甲]2053 亦呑爲，[三][宮][聖]1563 或説法，[三][宮][聖]2034 道理論，[三][宮]1451 火生長，[三][宮]1546 得問曰，[三][宮]1546 十五心，[三][宮]1546 事必聞，[三][宮]1546 一句答，[三][宮]1546 曰此六，[三][宮]1546 云何世，[三][宮]2123 如涅槃，[三]209 便言我，[聖]125 也是時，[另]1721 之，[宋][乙]2087 師，[宋]1563 曰内五，

[乙]1736，[乙]2396 說自性，[元][明]1646 者言迦，[元]1602 名七易，[原]、[甲]1744 法身身，[原]1851 數非數，[原]2271 三釋不。

訟：[別]397。

頌：[甲]1736 云隨煩，[原]2263 於安惠。

誦：[甲]2299 師者辨，[元][明]322 三品經，[原]2339 宗已上。

雖：[甲][乙]1822 意大種，[甲]2195 有二釋。

談：[明]2087 更相議，[乙]2263 常時，[乙]2263 時教約，[乙]2263 之是初，[乙]2263 之者執。

通：[聖]1851 緣見無。

爲：[甲]2266 我不執，[甲]2266 也若准，[甲]2299 一質或。

謂：[宮]1604 具足，[甲][乙]1833 諸根大，[甲][乙]2254 前說巳，[甲][乙]2254 隨繫事，[甲]1736 各據聞，[甲]1736 慳悋者，[甲]1786 明三種，[甲]1839 汝外人，[甲]1839 有動搖，[甲]2266 師多製，[甲]2337 對迦陀，[三][聖]125 此耳佛，[乙]2263 之西天，[原]2248 律中兼，[原]2196 智境故。

文：[原]、－[甲]2339 云依何。

問：[甲][乙]1822 既此說，[甲][乙]1822 云如是，[明]2123 云飲酒。

相：[聖]272 想於。

消：[甲][乙]2263 之此。

邪：[甲]1816 定故若。

信：[三]2137 受外曰。

須：[甲]1268 日月。

言：[甲]1728 等此解，[甲][乙]1822 然不說，[甲]1775 之夫如，[原]1764 長者莫。

驗：[三]203 其實明，[宋][元][宮]、論曹思文[明]2102。

依：[甲]1736 交徹亦。

譯：[甲]下同 2386 曰於一，[三][宮]2103 云。

議：[三]125 之。

又：[宮]2102 云三丁。

於：[甲]1828 諸。

瑜：[甲]1828 伽彼。

餘：[宮]1571 作如是，[甲]2266 世間所。

諛：[三][宮]632 五者口。

語：[甲][乙]1705 言放汝，[甲]866，[甲]1785 者，[甲]2087 而，[甲]2130，[三][宮]882 輪戲論，[三][宮]1646 者乃可，[三][甲]1442 罪訖，[三][宮]2041 即增樂，[三][甲]1003 詞韻清，[三]156 善友太，[三]186，[三]202，[三]2110 絕百非，[聖]189 議，[聖]1475 事，[乙]2087 及火煙。

喻：[甲][乙]2259 答論文，[甲]2196 說廣，[三]1454 說我諸，[三][宮]2121。

論：[甲]2038 僧純一，[甲]1735 已見升，[甲]1863 文滅定，[甲]2261 決擇或，[明]1809 世俗事，[宋][元]2061 曰師何，[宋]1562 不樂聽。

約：[甲]2266 能所合，[甲]2434 之名相。

云：[甲][乙]1822，[甲][乙]1822 謂傳生。

章：[甲]2181 四卷惠。

者：[明]1632 者内實。

眞：[原]1851 體常寂。

諍：[甲]2274 假，[甲]2274 聲無常，[甲]2274 五句外，[甲]2323，[甲]2371 之但於，[明]310 由無見，[原]2339 分二。

證：[甲]1717 初譬中，[甲][乙]1821 故唯擇，[甲][乙]1822 説用相，[甲][乙]1822 同異者，[甲][乙]1822 文和合，[甲]1717 故爾，[甲]2167 決一卷，[甲]2305 文云又，[甲]2390，[甲]2397 云發，[三][宮]1584 世盡頂，[乙]1822 論若，[乙]2249 人，[乙]2296 得阿耨，[乙]2396 三性三，[原]、論説[甲]2434 耶答今。

之：[甲]2259 不同罷。

至：[甲][乙]1822 彼。

終：[甲][乙]1822 如是所。

軸：[甲]2400 壇外賢。

諸：[宮]1559 由約，[宮]2047 師沙門，[甲][乙][丙]2286 家目録，[甲][乙]2259 色分，[甲]1709 有二義，[甲]1816 初文爲，[甲]1841 文故不，[甲]1863 釋乘一，[甲]2163 師註疏，[甲]2255 師三義，[甲]2266 説於大，[甲]2266 文麁重，[甲]2266 文皆説，[甲]2266 心，[甲]2271 定所以，[甲]2290 開者禪，[甲]2337 縁起法，[三][宮]1536 學處不，[三][宮]1536 言説故，[三]125 有漏盡，[聖]1509 者合

因，[宋][宮]1545 師數過，[宋]204 善人耳，[乙]2261 此通教，[乙]2261 中據自，[乙]2261 中依世，[乙]2296 鈍根聲，[乙]2396 衆生進，[原][甲]1851 義同一，[原]2339 法縁起。

宗：[甲][乙]2261 唯約見，[甲]2271 德句言。

纂：[甲]2317 文然按。

螺

軻：[宮]263 演時法。

贏：[明][乙]1092，[明][乙]1092 中高樓。

羅：[甲]2130 譯曰。

騍：[三][宮]1509 龍是如。

蠃：[三][宮]2102 負之況。

頗：[別]397 果。

羅

阿：[元][明]、囉[甲]1227 木作伽。

鉢：[甲]2130 多羅譯。

單：[三]1336 利。

闍：[三][宮]901 上十。

伽：[聖]1354 伽或娑。

官：[元][明][宮]2122 四王地。

國：[明]1509 論議，[三]982 住。

漢：[甲]1736 仙人二。

呵：[三]993 闍羅六。

訶：[聖]222 天。

和：[甲]2897 菩薩漏。

華：[三][宮][博]262 值佛復，[三]264 今日乃，[聖]663 摩訶曼。

霍：[原]2339 爾。

雞：[三][宮]1442 池水之，[三]1341 居盧薩。

迦：[宮]721 村陀佛。

經：[甲][乙]2297。

淨：[三][宮]721 餓鬼中。

究：[三][甲]1335 摩陀顛。

羂：[甲]1788 索端正，[甲][乙]1072 索阿婆，[甲]1802 長者以，[三][宮]896 網傷害，[三][宮]1435 學入，[三]2123 雁墮其，[乙]2394 索印如，[元][明][宮]1579 於彼不，[元][明]772 網。

空：[宋][元]2061 曰借尊。

賴：[丙]1823 藍乃。

賴：[甲]2263 耶識者。

蘭：[宮][另]1428 難陀比，[宮]1435 難陀少，[宮]1442 難陀，[明]1421 遮有諸，[明]201 那者非，[明]201 那者亦，[明]1421 遮若，[明]1421 遮若書，[明]1421 遮有一，[明]1435 難陀比，[三][宮]1421 遮諸比，[三][宮]1421 遮罪又，[三][宮][聖]1421 遮罪彼，[三][宮]1428 那一切，[三][宮]1428 難陀言，[三][宮]1435 難陀比，[三][宮]1435 遮非善。

爛：[原]2369 陀寺弘。

朗：[甲]952 反麼同。

牢：[宋][宮]2059 扛苦何。

勒：[三]157 又毘樓。

哩：[乙]1201 二。

梨：[宮]1509 訶。

璃：[元][明]579 寶八楞。

瞿：[宮]754 此罪鞭，[甲][乙]1909 其殃永，[明]262 其殃，[明]724 殃禍縣，[明]2112 殃咎逆，[明]2122 霜萎，[明]2122 殃禍，[明]2123 殃禍懸，[三][宮]2059 禍若幽，[三][宮]2103 矍遠見，[三][宮]2121 艱苦墮，[三]264 其殃，[三]2103 殃宋桓，[三]2145 遘百凶，[三]2145 戎狄孔，[乙]2393 授其雙。

離：[甲][乙]2223 別本云，[三][宮]2040 國摩竭，[三]152 斯患將，[三]984 吼，[宋]1539 諸不善，[宋]2150 長者。

利：[甲]1305 如法護，[乙]2408 者。

麗：[三][宮]671 侯，[宋][宮]671 波麗聞。

憐：[聖]223 尼門亦。

列：[乙]2092 兮草木。

隣：[明]154 迦醯止，[三][宮]221 尼，[三][宮]221 尼門諸，[三][宮]223 尼，[三][宮]223 尼何以，[三][宮]223 尼門學，[三]588，[聖][石]1509 尼大精，[聖][石]下同 1509 尼不知，[宋][宮]1509 尼。

樓：[明]99 陀語諸，[明]2122 陀語諸，[三][宮]657。

嚕：[乙]、[甲]894 吒莽吒。

盧：[宮]1425 在塔山，[甲]1717 遮那方，[明][甲]1177 胘，[明]1464 比丘尼，[三][宮]1464 難陀，[三][宮]2049 阿，[石]1509 比丘鞞，[宋]125。

嚧：[甲]923 二合引。

路：[甲]897。

輪：[元][明]313 世間人。

蘿：[宮]1421 果食飽，[甲]2095 玩猿鳥，[明]1435，[三][宮]1435 蔔葉胡，[三][宮]1435 勒葉雜，[三]984 毘扶說。

邏：[丙]1076 播引跛，[丁]2244 包布交，[丁]2244 仁王經，[宮]618 更有異，[甲][乙][丙]1141 上引，[甲][乙]1796 婆引利，[甲][乙]1821，[甲][乙]1821 至二智，[甲]1728 等惱毘，[甲]1821 遮，[甲]2087，[甲]2087 國，[甲]2087 國人也，[甲]2087 延天無，[明][甲]2131 多西域，[明]310 大王彼，[明]310 乃至化，[明]310 者謂是，[明]2087，[三]、一[宮][聖]1509 時知住，[三]220 剎娑等，[三]223 字門一，[三][宮]1545 剎娑居，[三][宮][甲][乙][丙]2087 國語言，[三][宮][聖]397 七鉢囉，[三][宮][聖]383 雞尸天，[三][宮][聖]1579 怗捉即，[三][宮][聖]下同 383 遮，[三][宮]271 關稅是，[三][宮]383 提婆那，[三][宮]397 囉，[三][宮]397 麼，[三][宮]397 摩羅拏，[三][宮]397 移五阿，[三][宮]443 泥，[三][宮]443 一達邏，[三][宮]620 尼翅矢，[三][宮]1425 此兒陰，[三][宮]1425 果此諸，[三][宮]1435 衣俱遮，[三][宮]1464 護人所，[三][宮]1509 迦秦言，[三][宮]1545 摩不命，[三][宮]1545 奢佉位，[三][宮]1597 藍更相，[三][宮]1649 作本乃，[三][宮]2053 伐底城，[三][宮]2053 國雪山，[三][宮]2060 城，[三][甲][乙]2087，[三][甲]982 引膳覩，[三][甲]1056 引跋馱，[三][甲]1124 娑，[三][甲]2087 僧伽藍，[三][甲]2087 延天祠，[三][乙]2087 月吠舍，[三]1 乾沓婆，[三]24 波吒，[三]397 鬪车邏，[三]984 奪呉，[三]984 世羅婆，[三]985 羅剎女，[三]991 一兮利，[三]1043 耽，[三]1043 面黑如，[三]1336 囉闍，[三]1357 郁，[三]1397 婆上，[三]1488 是人則，[三]2087 伐悉底，[聖]278 遮摩，[聖]371 花蘇樓，[聖]383 波尸阿，[聖]383 曼無干，[聖]383 遮羅，[宋][元]、囉[明][乙]1200 嚩二合，[宋][元][宮][敦]450 剎，[宋][元]26 那阿難，[宋][元]309 旃陀羅，[乙]2087，[乙]2087 國訛也，[乙]2087 門族姓，[元][明]397 醯怛，[元][明]1435，[元][明]下同 1439 中生惡。

籮：[甲]1007 末以新。

攞：[丁]2244 或蘋細，[甲]、囉[乙][丙]2397 惹約云，[甲][丙]1075 莎嚩二，[甲][乙][丙]1098，[甲][乙]867 亦如，[甲][乙]2228 法，[甲]867 及畫瑜，[甲]867 如佛眞，[甲]1156 唐云三，[甲]2135，[甲]2135 嚩，[甲]2211 即是眞，[三][丙]954 惹，[三][丙]954 馱迦馱，[三][丙]1202 迦那戰，[三]865 儞儞悦，[三]982 十三伊，[聖]1458 步弭迦，[宋][元][丙]954 入嚩二，[宋][元][甲]1092，[原]1149 反一摩。

囉：[丙][丁]866 鉢唎捨，[丙]1076 二合，[丙]2397 是不動，[丙]2397 馱羅，[丙]2397 字輪中，[丁]2244，[宮]2121，[宮]244 薩散撋，[宮]866 薩埵而，[宮]901 中心著，[和]293 提國房，[甲]、[丙]1184 寫，[甲]895，[甲]2400 引誐摩，[甲][丙]2397 四爾賀，[甲][丁]1222，[甲][乙][丙]1074 唎至二，[甲][乙][丙]2394 字門，[甲][乙][丙]2397 惹王怛，[甲][乙]850，[甲][乙]850 二合，[甲][乙]850 拏二合，[甲][乙]894 嚩二合，[甲][乙]981 字一遍，[甲][乙]1184，[甲][乙]1210，[甲][乙]1239，[甲][乙]1796 羅薩伐，[甲][乙]1796 是普遍，[甲][乙]1796 下也覩，[甲][乙]2223 杜閉者，[甲][乙]2228，[甲][乙]2228 引誐此，[甲][乙]2390 本二訶，[甲][乙]2390 二合研，[甲][乙]2390 乞叉二，[甲][乙]2390 十三鉢，[甲][乙]2394 字門遍，[甲][乙]2397 怛，[甲]850 二合，[甲]850 二合報，[甲]904 怛娜三，[甲]904 也莎訶，[甲]923 去時轉，[甲]957 二合，[甲]982 剎娑畢，[甲]982 剎娑若，[甲]997 抳二娑，[甲]1030 麗三莎，[甲]1033 也三娑，[甲]1042 二合達，[甲]1065 拏周，[甲]1075 迦，[甲]1098 伽宮持，[甲]1119 引伽二，[甲]1184 捺，[甲]1269 引，[甲]1280 二合鉢，[甲]1298 二合，[甲]1304 吽佉左，[甲]1335 王苦波，[甲]1709 嬭，[甲]1709 儞閉，[甲]1709 努囉嚩，[甲]1709 三步諦，[甲]

1733 此云，[甲]1796 儜饒益，[甲]2207 障礙，[甲]2207 此，[甲]2270 上轉舌，[甲]2394 奢或六，[甲]2397 皆是佛，[甲]2400，[甲]2400 二合計，[甲]2400 薩帝，[甲]2400 瑜，[甲]2400 字其色，[甲]2428 婆枳孃，[久]397 兮闇，[明]11266 施印以，[明]、羅摩囉麼[甲]893 摩，[明]1129 二合引，[明]1187，[明]1283 左里尼，[明]1403 沒哩二，[明][丙]1277，[明][丁]、羅焚拏[聖]1199 企孕二，[明][甲]901，[明][甲]1119 怛娜二，[明][甲][乙]894 薩羅，[明][甲][乙]901 可重八，[明][甲][乙]948 灑野句，[明][甲]901 法印印，[明][甲]901 提訶多，[明][甲]901 形北方，[明][甲]901 形形如，[明][甲]964，[明][甲]1000 尾瑟，[明][甲]1007 者母陀，[明][甲]1214 三矩嚕，[明][甲]1227 寧諸術，[明][甲]1227 奢子及，[明][乙][丁]1146 吽引，[明][乙]953 著濕衣，[明][乙]994 嬭然此，[明][乙]1086 二合吒，[明][乙]1092 八十八，[明][乙]1092 名一唱，[明][乙]1254，[明]25 宄留人，[明]190 辟支世，[明]259 儞沒，[明]261 揭諦三，[明]397，[明]882 野薩哩，[明]948 底瑟，[明]982 三十一，[明]997，[明]1005 眾普皆，[明]1033 伽等百，[明]1104 尾戌馱，[明]1129 燒安悉，[明]1147 二合波，[明]1191 難拏明，[明]1191 乙里乙，[明]1191 子穗子，[明]1234 麼囉嚩，[明]1235 喃俱嚕，[明]1257 木火炎，

[明]1272 嚕波吽，[明]1418 與佛像，[明]1579 說，[明]1636 底怛囉，[明]2131 資中曰，[三]2 聲，[三]25 闇者，[三]1096 尼已説，[三]1336 囉夜，[三][丙]866 引鞞伽，[三][宮]397 竪三十，[三][宮]824，[三][宮][甲[乙]901 唎至二，[三][宮][甲]901 波尼囉，[三][宮][甲]901 帝釋異，[三][宮][甲]901 揭帝三，[三][宮][甲]901 尼五莎，[三][宮][甲]901 毘，[三][宮][甲]901 薩囉二，[三][宮][甲]901 陀嚕羅，[三][宮][甲]901 遮，[三][宮][甲]901 質多印，[三][宮][久]397 牟寄遮，[三][宮][別]397 布疏波，[三][宮][聖]397，[三][宮][聖]397，[三][宮][另]410 閦，[三][宮]259 尼地里，[三][宮]397，[三][宮]397 阿囉，[三][宮]397 勒可反，[三][宮]397 舍婆六，[三][宮]397 勿檀泥，[三][宮]408，[三][宮]408 莫舍莫，[三][宮]443 毘迦囉，[三][宮]443 如來南，[三][宮]443 耶不囉，[三][宮]451 婁麼，[三][宮]646 尼華，[三][宮]649 遠離垢，[三][宮]848 二合底，[三][宮]1634 波羅比，[三][宮]1692 國，[三][宮]2122 坻，[三][宮]2122 離帝尼，[三][宮]2122 膩蘇婆，[三][甲]901 天蓮花，[三][甲]1227 惹火中，[三][甲][乙][丙]1056 二合，[三][甲][乙]950 波，[三][甲][乙]950 爾，[三][甲][乙]950 摩名洛，[三][甲][乙]950 三合跋，[三][甲][乙]982 麼嚕多，[三][甲][乙]1069 二合，[三][甲][乙]1092 三十，[三][甲]901，[三][甲]901 闍去音，[三]

[甲]901 二合，[三][甲]901 法印第，[三][甲]901 訶囉，[三][甲]901 婆，[三][甲]901 上音娑，[三][甲]901 十五室，[三][甲]982 摩嚕多，[三][甲]989 灑二合，[三][甲]1007，[三][甲]1007 功德略，[三][甲]1007 南，[三][甲]1024 九薩婆，[三][甲]1024 引喃二，[三][甲]1080 引二合，[三][甲]1227，[三][甲]1227 迦羅，[三][甲]1227 寧若解，[三][甲]1335 次名濫，[三][聖]190 尸棄恒，[三][聖][甲][乙]953，[三][聖][甲][乙]953 二合底，[三][聖]190 華樹檀，[三][乙][丙]954 二合馱，[三][乙][丙][丁]866 怛那阿，[三][乙][丙]954 二合𩢒，[三][乙]950 惹應用，[三][乙]982 幻，[三][乙]1092 𩚵娜二，[三][乙]1200 娑，[三]25 究留洲，[三]242 二合捺，[三]244 相寶鬘，[三]386 樹，[三]397 休十鼻，[三]865 二，[三]865 二合，[三]865 二合薩，[三]873 蜜多布，[三]882 怛那二，[三]890 虎摩引，[三]950 二合娑，[三]982，[三]982 鉢吒國，[三]982 嚩拏常，[三]982 四，[三]982 藥叉住，[三]982 子龍王，[三]985 鉢柁，[三]991 引僧伽，[三]993 他帝利，[三]999 儞醯麼，[三]1003 爾多此，[三]1005 多，[三]1005 蘗嚕拏，[三]1005 賽儞也，[三]1007 尼呪，[三]1018 延跋五，[三]1025 引七羯，[三]1033 花青蓮，[三]1038 弭，[三]1058 天神次，[三]1080 娑去囉，[三]1093，[三]1137 耶四十，[三]1147 尾儞野，[三]1236 二

合具，[三]1236 迦金剛，[三]1288 天醫主，[三]1335 頼提陀，[三]1335 摩泥摩，[三]1335 拏施，[三]1335 斯毘者，[三]1336 伽泥那，[三]1337 上伽上，[三]1337 夜，[三]1341 跋帝優，[三]1341 目羯多，[三]1341 毘羅眼，[三]1341 榆伽方，[三]1343 目呿波，[三]1354 跋帝，[三]1397 馱羅，[三]1409 二合三，[三]1579 怗，[三]2125 北方諸，[聖]397，[聖]397 一婆，[宋]1087 怛娜怛，[宋][明][宮][甲][乙]901 刹娑陀，[宋][明][聖]1017 羅坻娑，[宋][明][原]848，[宋][明]1017 陞七伊，[宋][明]1129 入噂二，[宋][明]1401 引曳引，[宋][元]、囉半[宮]848 二合迦，[宋][元][宮]2122 惰闍與，[宋][元][甲]901 薩羅，[宋][元][甲]1038，[宋][元][聖]190，[宋][元]25 究留洲，[宋][元]891 及諸魔，[宋][元]1057，[宋][元]1057 二合奢，[宋][元]1092 神前每，[宋][元]1185 尼，[宋][元]1227 木橛長，[宋][元]2125 于，[宋]848 引二合，[宋]866，[宋]1027 夜耶凡，[宋]1057 波尼寫，[宋]1092 入縛，[宋]1129 迦怛也，[乙]2397 怛曩二，[乙][丙]1184，[乙][丙]1246 末那耶，[乙][丙]2397 金剛薩，[乙][丁]2244 拏能持，[乙][丁]2244 南阿修，[乙][丁]2244 尾灑瑜，[乙][丁]2244 枳，[乙]850，[乙]850 怛，[乙]850 二合，[乙]850 三摩，[乙]852，[乙]917 二合，[乙]966 娑麼，[乙]1069，[乙]1069 二合，[乙]1069 麼躓馱，[乙]1069 三麼焰，[乙]1239 蘇，[乙]1796 二合薩，[乙]1821 迷，[乙]2207 此云盜，[乙]2207 正，[乙]2244 素，[乙]2391，[元]945 祕密伽，[元][明][宮][甲]901 右邊安，[元][明][甲]901 延提婆，[元][明][甲]901 娑囉二，[元][明][甲]901 印水自，[元][明][甲]901 自多前，[元][明][乙]、羅跋囉跋[甲]901，[元][明]244 薩喝薩，[元][明]310 嚩呬去，[元][明]397 毘姥六，[元][明]882，[元][明]885 等見如，[元][明]893 訖囉麼，[元][明]1096 神及毘，[元][明]1283 心眞言，[元][明]1336 夢浮阿，[元]945 訶帝三，[元]945 呪至第，[元]1092 跋二，[元]1092 柘羅。

麼：[甲][乙]1072 童子印。

門：[聖]1462 王等復。

彌：[三][宮]657 覆其上。

摩：[甲][乙]2394 尼珠住，[三]1335 支摩，[聖]375 頼。

嚩：[甲][乙][丙]1201 二合多，[甲]853 二合。

那：[甲]2130 婆譯曰，[甲]2130 婆者人，[甲][乙]2087 國屈居，[甲]2130 富羅譯，[甲]2130 摩佛譯，[甲]2130 尼羅翻，[甲]2130 婆，[明]1336，[三][宮]397 二盧遮，[三][宮]624 三披，[三][宮]1435，[三][宮]2122，[三]1331 摩龍王，[聖]440 佛，[聖]2157 儀則一，[元][明]1509 果四十，[原]2266 唐云字。

難：[宮]1425 米作飯，[明]202

漢者有，[明]1453 漢果悉，[三]1331 字弘聖，[宋][元][宮]1425。

婆：[宮][聖]410 閟，[聖][另]1463 偸蘭六，[宋]993 閣一薩。

佉：[元][明]1336 迦毘羅。

雀：[乙]1816 者目此。

灑：[原]1311 二合怛。

薩：[三]992 底耶余。

沙：[甲]2266 門姓也，[三]1331 字離邪。

山：[三][聖]278 諸龍王。

攝：[乙]1796 古云迦。

雖：[宮]744 閱祇，[乙]2261 唐言勝。

婆：[三][宮]586。

提：[三][宮]1435 帝。

陀：[明]157 山修毘，[三]1336 蛇那慕，[三][宮]657，[宋]375 論不不。

王：[明]221 於中使。

唯：[甲][乙]1816 漢見小，[明]2053 信重大，[乙]1816 分者此。

帷：[明][宮]2103 仁。

維：[宋][元]220 尼門非，[宋]99 陀比，[元][明]2110 衞託質，[元][明]2149 末。

無：[明]1435 夷得偸。

言：[三][宮]397。

陽：[乙][丁]2244 曘音胡。

耶：[三][宮]2040 國古仙。

夜：[宮]1425 提提舍。

儀：[元][明]244 儀軌分。

逸：[明]1425 提提舍。

雍：[宮]387 城中姓。

者：[三][宮]639 爲五一。

徵：[原]1074 上音二。

中：[宋][明][宮]、由[元]2122 來情性。

衆：[甲]2401 十私云。

准：[甲]1816 什文。

罪：[宮]638 迷惑諸，[宮]1459，[甲]1708 時不捨，[甲]1733 樹謂遶，[甲]2255，[三][宮]1451，[三][宮]1462 汝等自，[三][宮]1809 無問根，[三][宮]2104 天子未，[聖][另]1458 市迦爲，[聖]99 列狀如，[聖]190 栋國入，[聖]1425 比丘若，[聖]1429 提提舍，[聖]1509 蜜以方，[聖]1509 亦變爲，[宋][宮]736，[宋][宮]1425 呪屑末，[宋][宮]1435，[宋][元][宮]1442 心起此，[宋][元]742 漢之，[宋]1435 佛在舍，[乙]2261，[原]1251 天米得，[原]1724 中見大。

覯

覯：[三]2149 縷緝，[三]2154 縷緝。

騾

贏：[聖]190 形象形。

螺：[三][宮][聖]823 迦葉等，[三]354 果隨彼。

覼

羅：[宋][宮]263 縷解決。

儸

似：[宮]1521 未曾有。

蘿

羅：[三][宮][聖]1425 葡根葱，[三][宮]513 蔔食，[宋][元][宮]1425 蔔葱甘，[宋][元][宮]2103 樹之葉，[宋][元][宮]2122 託乎，[宋][元]1101 蔔，[原][甲]1851 散周法。

邏

還：[宮]397 闍窮脾，[甲]2250 藍識最，[甲]2261 多此言，[甲]2261 國當有，[聖]、羅[石]1509 求秦，[聖]1509 字即知，[宋]1335 羅闍，[元]1 提婆摩。

羅：[丙]1211，[宮][甲]848 字門一，[宮]721 龍王睐，[宮]1985 蹤人，[甲][乙][丙]973 慕，[甲][乙]1821 國諸師，[甲][乙]1822 剎私經，[甲][乙]2194 時之名，[甲][知]1785 時，[甲][知]1785 時爲，[甲]1232 三吽泮，[甲]1821 如前可，[甲]1911 時名字，[甲]2053 多唐言，[甲]2053 國人也，[甲]2087 周四十，[甲]2130 譯曰那，[甲]2250 者護謂，[甲]2261 多二室，[甲]2261 多已上，[甲]2266 藍更相，[甲]2396 字形或，[甲]2400 迦尸引，[甲]2400 引誐，[明]、邏上[甲][乙]880 字門一，[明]100 闍得阿，[明]158 延，[明]220 剎婆等，[明]1565 弟子意，[明]2053 故國又，[三]、那[甲]2087 國東西，[三]100 延斷人，[三]375 等稟承，[三][宮]1566 等言說，[三][宮][聖]383 呂耶反，[三][宮]223 字門諸，[三][宮]371 花摩訶，[三][宮]397，[三][宮]397 波履婆，[三][宮]397 哆尼十，[三][宮]397 二十四，[三][宮]397 婆呵六，[三][宮]397 五娑呵，[三][宮]618，[三][宮]721 伺便餓，[三][宮]1425 第二，[三][宮]1425 尼八名，[三][宮]1435，[三][宮]1435 伽波離，[三][宮]1546 時軟薄，[三][宮]1558 攙十跋，[三][宮]1562 摩子等，[三][宮]1566 闍唐，[三][宮]1566 延作如，[三][宮]1579 藍等名，[三][宮]1596 羯多，[三][宮]2053 胡國訖，[三][宮]2053 毘訶雖，[三][宮]2058 等大仙，[三][宮]2060 槃陀及，[三][甲][丙]1202 者驅使，[三][甲][乙]1008 大聚落，[三][甲]2087 國，[三][聖]26，[三][聖]26 村去此，[三][聖]26 經第二，[三][聖]26 五曰夜，[三][聖]375 時死則，[三][聖]375 五通仙，[三][乙]1075 耶莎，[三]1 野般，[三]26 阿修，[三]26 鞞，[三]26 鞞伽，[三]26 及薩哆，[三]26 經第九，[三]26 僧，[三]26 王迎佛，[三]100 邏闍說，[三]189 置人衆，[三]190 迦，[三]220 剎婆等，[三]375 等大，[三]618 境界安，[三]918 尼咀，[三]985，[三]992 遮佛陀，[三]1044 浮登伽，[三]1331，[三]1335，[三]1335 遮陀娑，[三]1336 伽羅酪，[三]1341 鉢茶犁，[三]1341 迦，[三]1341 那比利，[三]1521 天，[聖]354 婆迦

多，[聖]397 次名憂，[聖]1509 字門諸，[宋][元][乙]2087 之所建，[宋][元]26 巖山集，[宋][元]26 衣舍梨，[宋]374 等稟承，[宋]374 五通仙，[宋]837 十七伊，[宋]下同 374 時本無，[乙]2087，[乙]2393 字。

邏：[聖]2157 城隋云。

攞：[明][乙]1092 反下同，[三][甲]1024 跋，[乙]867 邏細。

囉：[甲]2128 字轉舌，[明][甲][乙]1110 訖，[三][宮]397 陛，[三][乙]1092 惹注囉，[三]873 引，[三]1080 野二，[三]1093 思一百，[三]1341 復有名，[三]1341 拏去聲，[三]1341 言世，[三]1341 耶婆，[宋][宮]、羅[元][明]443 哥邏，[宋][元]985 迷雉，[元][明]1341 磨阿犁。

通：[甲]2250 摩解正。

暹：[三]198 被王教。

欏

囉：[甲][乙]950 吽，[三][甲][乙]950 娑嚩二。

籮

蘿：[宋][宮]2059 大常坐。

鑼

羅：[宮]1998 裏滿盛。

倮

裸：[三]210 剪髮，[三]212，[聖]211 形而立，[聖]211 形求仙。

髁：[三]212 形露跣。

蓏

瓜：[宮]1670 盜者寧，[三][宮]1435 待比丘。

實：[聖]1462 如前所。

衣：[聖]1421 草木葉。

裸

果：[宮]1543 形村四。

粿：[三]、樺[宮]1546 皮處火。

贏：[聖]120，[聖]1436 形外道。

倮：[三]1 形以手，[三]209 形自餓，[知]1441 形與著。

糅：[三]1549 如。

體：[久]1488 無衣服。

雜：[三][宮]2123 非唯可。

蠃

螺：[宮]415 角貝鍾，[甲]1959，[三][宮]416 鼓鉦鐸。

攞

摧：[甲][乙]2391 王悉皆。

蘭：[原]1223 多詣娑。

離：[明]1243 引尾計。

羅：[甲][乙]2227 闍嚩引，[甲]982 引三計，[甲]1040 引鼻訖，[甲]1174，[甲]2135，[甲]2135 又，[甲]2135 遇抳，[明]、欏[宮]2122 床障塵，[明]1243 中，[明][乙]1092 者得受，[明]893 瓶印於，[明]1243 衆目，[三]、攞引夾註[甲]951 地瑟恥，[三]

[甲][乙]1125 引阿毘，[三][乙]1092
二摩攞，[三][乙]1092 反二，[三][乙]
1092 囉惹二，[三]873 引，[三]1014
者相好，[三]1058 八，[乙][丙]1246
和白，[乙]850 字爲廣，[乙]922。

攞：[乙]1069 三莽扇，[乙]1069
娑那嘮。

欏：[丙]1184 尾，[明]997 洗三
娑，[三]468 字出最。

攞：[丙]862 字色如，[明]261 哩
弭嚓。

囉：[甲]850，[甲][乙]、羅[丙]
973 無量壽，[甲][乙]981 娑嚩二，
[甲][乙]1211 吽癹吒，[甲]1735 多字
即，[明][丙]1214 嚕跛，[明][丙]1214
末弟，[明][丙]1277 跛囉訖，[明][甲]
[乙][丙]948 中有香，[明][甲]997 六
鉢囉，[明]1106 引九十，[明]1199 尾
羯囉，[明]1217 也二合，[三][甲]989
二合娑，[三][乙]1092 縒麼野，[三]
[乙]1092 二始契，[三][乙]1092 十二
跛，[三][乙]1092 野，[三]982 四，
[三]999 儞悉鈿，[三]1092 大眞言，
[三]1169 引野贊，[宋]1027 莽僧羯，
[宋]1170 野二百，[元][明]1009 字者
相。

嚩：[丙]2397 觀又光。

捼：[甲]2400 羅者月。

曳：[三]1056 反九。

攤：[三]1336 比守題。

虞：[宋][元]、處[明]、攞虞[甲]
[乙]1125。

洛

池：[聖]411 迦阿。

各：[元]2110 下造興。

活：[三][宮]1618。

酪：[甲][乙]850 無敢正。

路：[甲]、[乙]914 洛迦，[甲][乙]
1072 字又，[甲][乙]1822 迦印度。

羅：[甲]2263 種類不，[乙]2263
有多類。

落：[宮]2060 轉法通，[宮][聖]
660 迦及以，[甲]853 又普賢，[甲]
2084 梵德婆，[甲][乙][丙]1184 又一
度，[甲]1742 又爲一，[甲]2250 失之
久，[甲]2266 迦似那，[明]220，[明]
1153 又遍速，[明]下同 1591 迦波羅，
[明]下同 1591 迦喻答，[三][宮]1579
迦處諸，[三][宮]1602，[三][宮][甲]
[乙][丙][丁]848 又，[三][宮][聖]1602，
[三][宮][聖]1579 迦餘無，[三][宮]
[聖]1602 迦等，[三][宮]1443 迦僧
腳，[三][宮]2060 無他方，[三][宮]下
同 1602 迦，[三][聖]1579 迦等諸，
[聖]1602，[宋][宮]2034 邑少時，
[乙]2376 梵德婆。

絡：[三][宮]2060 攝論由，[宋]
[元]187 又諸天，[元]、終[明][聖]99。

雒：[三]、鎮[宮]2102 之渣糝，
[三][宮][聖]2034 陽爲宣，[三][宮]
2034 陽地伽，[三][宮]2034 陽明帝，
[三][宮]2108 陽，[三][宮]下同 2034
陽譯道，[三]2153 陽譯出，[宋][元]
2149 陽止白。

略：[宮]2122 陽，[甲]、落[丁]2092 索。

洛：[三]、治[宮]2060 州人也，[宋][元]2061 州刺史。

時：[三]2151 帝大悅。

俗：[三]2110 潛。

浴：[宮]1545 迦子即，[宮]2060 壽，[甲]2035 以火焌，[甲]2261 室，[甲]2392 水印即，[三][宮]1642 乞又其，[三][宮]2066 地隔天，[三][甲]1085 聖衆足，[三]99 誦三典，[元][明][甲]893 著白淨。

珞

瓃：[三][乙]1092 鐶釧天。

洛：[甲]2266 經至大。

絡：[宮]1911 經所言，[明]26，[三]1331 迦字自，[三][聖]190 懸衆寶，[三]26 覆，[聖]419 在衆，[宋][宮]、露[元][明]309 臺諸如，[宋][宮]866 裝掛樹。

悟：[元][明]、樂[宮]309 復有三。

珠：[甲]1274 環亦用。

落

百：[甲]2006 花枝。

躃：[三][宮]553 地而死。

踣：[明]2110 屍面上。

地：[元][明]1451 置鉢于。

等：[三]2103 表送奉。

斷：[甲]1795 滅無滅。

墮：[三][宮]2123 羸瘦僂，[三]202 法衣，[三]202 法衣著，[三]202

即成沙，[聖]1441 井，[宋][元][宮]2040 袈裟著。

海：[原]2006 白日繞。

壞：[三]99 十方尊。

聚：[三][宮]397 諸，[聖]310 白衣俗。

獵：[三]156 網中爾。

路：[宋][元][宮]、露[明]2121 人民在。

洛：[宮]2103，[甲]、路[乙]850 剎娑虛，[甲]1065，[甲][丙]1202 叉滿已，[甲][乙]950 叉遍遍，[甲][乙]950 叉是像，[甲][乙]1222 得迦唐，[甲][乙]2288 叉數事，[甲]1821 迦孫馱，[甲]2266 迦尋伺，[甲]下同 2230 叉遍，[明][乙]1092，[明][乙]1092 山觀世，[明][乙]1092 王毘那，[明]722 羅剎等，[明]1257 叉求尊，[明]2088 宮石室，[明]2088 迦山頂，[三]、一[甲]1080 王左右，[三]1579 迦身傍，[三][宮]676 迦，[三][宮]1545 女設芝，[三][宮]1579 迦苦十，[三][宮][乙]、治[甲]2087，[三][宮]1545 王住彼，[三][宮]1545 瑜四名，[三][宮]2059 度宣變，[三][宮]2103 神州界，[三][甲][丙]1202 叉已即，[三][甲][乙]1069 山，[三][甲]1171 叉遍，[三][乙]1092 山於虛，[三]984 叉波離，[三]1039 叉一一，[三]1080 宮迦樓，[三]1579 迦世界，[三]2122，[聖]189 袈裟著，[聖]223 事何以，[聖]1427 飯食應，[聖]1428 比丘得，[聖]1428 佛言，[石][高]1668 叉廣說，[石][高]

1668 迦藏怖，[石]1509 是故隨，[乙]
2228 叉爲一，[乙]2390 叉月等，[元]
[明]660 迦中復，[原]864，[知]384 入，
[知]1522 聚落等。

絡：[三]、給[宮]1463 縮若出，
[三][宮]745 我，[三]1 其身燒。

没：[另]1721 問何故。

擬：[三][宮]2103 天地不。

然：[三][宮]1425 不破壞，[三]
1426，[三]1427。

如：[聖]125。

薩：[甲]1512 陰身亦。

刪：[甲]2255 案碩疏。

苦：[另]1721 也即皮。

屬：[聖]2157 皆得其。

苔：[三]2145 合凡在。

頭：[明]2034 出家爲。

浴：[聖]189 袈裟著。

終：[三]194 隨彼界。

絡

紛：[甲]2266 之也。

綱：[三][宮]2103 懸持日。

格：[甲]1268 披脚踏。

各：[明]293 以眞珠。

給：[宮]1428 囊中若，[甲]1804
無有吝，[甲]2125 其襟不，[三][宮]
2053 多末知，[聖]1451 次第重，[宋]
152 以衆寶，[原]1781。

絳：[三]2110 子能見。

結：[明]2122 覆中。

酪：[明]1428 囊漉。

路：[宋]、露[元][明][宮]342。

露：[三][宮]433 其幡如，[聖]
157 寶網閣。

洛：[甲]1238 甲膊上，[明]187
叉天人，[三]、俗[宮]2060 三巴尚，
[三]、終[宮]2122 有聞王，[宋][宮]、
落[明]2060 古老百，[宋][宮]2060
有。

珞：[甲]1805 如頭如，[甲]1717
融通諸，[三]152 光目名，[三]186 諸
象象，[三]193 飾，[三]198 眞珠，[另]
1428 囊中貫，[另]下同 1428 囊盛鉢，
[宋][元]202 往白王，[宋]2058 徐行
詣，[元][明][甲]951 及諸衣。

落：[宮]2123 我身燋，[聖][知]
1441 囊世尊，[聖]1441 囊蒜剃，[另]
1428 著肩時。

略：[甲]1736 而合今。

聲：[甲]1839 爲常宗。

鍱：[三][宮]1509 腹自誓。

浴：[三][宮]1425 囊漉水。

治：[乙]897 量等量。

終：[宮]890 腋手持，[甲]923 不
爲汝，[甲]2087 髑髏以，[甲]2196 也，
[明]1451 次第盛，[三][宮]1579 迦契
經，[三][宮]2122 聞之令，[聖]125 盛
彼五，[聖]1451 腰條之，[元][明]220
之以迴。

雒

暎：[宋][宮]、睢[元][明]2122 陽
有韓。

洛：[宮]2103 或，[宮]2122 身死
因，[宮]2122 陽賈道，[明]2034 陽佛

入，[明]2063 陽城東，[三][宮]2122 州都督，[三][宮]2034 陽，[三][宮]2034 陽出僧，[三][宮]2034 陽明帝，[三][宮]2103 陽，[三][宮]2103 陽傾國，[三][宮]2122 達舊襄，[三][宮]2122 下齊城，[三][宮]2122 陽，[三][宮]2122 陽長舒，[三][宮]2122 陽大市，[三][宮]2122 陽道俗，[三][宮]2122 陽及升，[三][宮]2122 陽人，[三][宮]2122 陽寺，[三][宮]2122 陽有釋，[三][宮]2122 陽誅戮，[三][宮]2122 有人一，[三][宮]下同 2034 陽，[三]2034 陽胡相，[三]2122，[三]2122 害孝莊，[三]2122 汭之謿，[三]2122 陽伽藍，[三]2122 陽立白，[三]2149 濱上林，[三]2149 都譯，[三]2149 陽出見，[三]2149 陽地伽，[三]2149 陽譯，[三]2149 之初五，[三]2151 陽，[三]2153 陽譯出，[宋][宮]2122，[宋][明][宮]、陽[元]2122 州人王。

雖：[甲]2087。

滔：[宋]、洛[元][明][宮]2122 水卿但。

維：[元][明]2153 陽譯出。

雄：[三][宮]2104 伯電舌。

潔

濕：[三][宮]397 婆囉蜜，[三]2145 灰斯。

濼

泊：[宮][聖]397 乃至海，[宮]397 塚間樹，[宋][宮]2060 中。

囉

跛：[甲]1201。

悑：[乙][丙]873。

呵：[三][宮]402。

詞：[三][宮]848 囉。

吽：[明]1119。

絕：[甲][乙]2391 二合底。

刺：[甲]857 二合底。

喇：[三][甲]1024 底僧塞，[乙]867 囉悑，[乙]867 囉他。

嚪：[三][宮]、闌[西]665 滯郝羯。

朗：[甲]、[乙][丙]1056 二合引，[乙]867 二。

哩：[甲][丙]1056，[甲][乙]1072 二合娑，[甲]1030 伽摩，[甲]1112，[甲]1120 野三，[甲]1151 二合，[明][甲][乙]1260 灑引曳，[明]1153 二合，[三][甲]1124 二合抳，[三]1123 二合，[宋][明][甲][乙]921 二合七，[宋][乙][丙]873，[乙][丙]873 耶，[乙]867 二，[乙]2391 達。

唎：[三]、喇[甲][乙][丙]954 他二合。

罹：[元][明]1283 天帝釋。

隸：[乙]867 二合。

嗹：[甲][丙]1201 二合嚩，[甲][乙]894 二合儜，[三][甲]1200 二合。

嚕：[明]1283 閉祖摩，[明]1284 惹羅曩，[三][乙]1092 旇暮伽。

盧：[三][乙][丙]873 二合。

嚧：[乙]1171 二合底。

羅：[丙][丁]865 夜，[丙]862 二

合迦，[丙]862 迦嚩遮，[丙]973 二合，[丙]973 嚩二，[丙]1184 鉢，[丙]1184 二合，[丙]1184 微，[丁]2244 迦榛，[高]1668 囉，[宮][聖]397，[宮]303 青摩尼，[宮]397 婆毘，[宮]402 婆栖九，[宮]721，[宮]848 落吃灑，[宮]1683 鉢囉二，[和]293 麼爲一，[甲]11225 二合俱，[甲]、一[乙]850 鉢囉，[甲]、邏[乙]848 字門一，[甲]1065 乞叉囉，[甲]1123 底嚩日，[甲]1796 二合也，[甲]2129 上借音，[甲]2130 波帝夜，[甲]2399 字惠眼，[甲]2400 二合播，[甲][丙]1209 身，[甲][丙]1222 三囉，[甲][乙][丙]862 嚩日，[甲][乙][丙]1074 跢那二，[甲][乙][丙]1184 灑二，[甲][乙][丙]1184 拽，[甲][乙][丙]1246 闍陀羅，[甲][乙]950 伽等皆，[甲][乙]1037 迦囉，[甲][乙]1098 嚩迦聲，[甲][乙]1098 蘖嚕荼，[甲][乙]1220 二合藥，[甲][乙]1246 闍，[甲][乙]1306 吽，[甲][乙]1796 樹王根，[甲][乙]1796 嘔婆吠，[甲][乙]2223，[甲][乙]2223 阿囉，[甲][乙]2223 別本云，[甲][乙]2223 路計，[甲][乙]2223 囉怛娜，[甲][乙]2223 藥叉舊，[甲][乙]2228 誐第五，[甲][乙]2390 二，[甲][乙]2390 即，[甲][乙]2390 字爲，[甲][乙]2391 二合字，[甲][乙]2391 馱覩私，[甲][乙]2391 枳惹南，[甲][乙]2393 輪噁剎，[甲]850 二合野，[甲]850 娑麼二，[甲]850 引誐達，[甲]859 二合，[甲]

861 字於頂，[甲]895 之種彼，[甲]904，[甲]904 囉波羅，[甲]904 字以淨，[甲]908 先獻聖，[甲]970 底禰伐，[甲]982 三戟叉，[甲]1007 鉗苾虎，[甲]1007 他囉虎，[甲]1030 祇儞鉢，[甲]1030 訖㗚底，[甲]1080，[甲]1092 香烏施，[甲]1098 二合，[甲]1119 摩二合，[甲]1174 底女適，[甲]1209 二合引，[甲]1209 金剛作，[甲]1225 二合，[甲]1241 二合鉢，[甲]1246 訶神喝，[甲]1268 簡夜车，[甲]1709，[甲]1709 二，[甲]1733 其波吒，[甲]1796 點是極，[甲]2132，[甲]2135 底喻，[甲]2168 供養法，[甲]2196 摩此云，[甲]2223 邏誐，[甲]2223 住，[甲]2223 字等彼，[甲]2227 娑護，[甲]2231 等三行，[甲]2394 末利得，[甲]2400 二合底，[甲]2400 二合薩，[甲]2400 耶二合，[甲]2400 引二合，[甲]2401 大日，[甲]2401 薩伐底，[甲]2401 施譯云，[甲]2401 亦是旗，[甲]2402 二合怛，[甲]2404 字門遍，[別]397 那鞞，[明]11191 菩薩，[明]191 多王復，[明]261 身或作，[明]945 無上寶，[明]1242 木柴用，[明]1283 二合半，[明][丙]、攞[甲][乙]1214，[明][甲][乙][丙][丁]866 摩訶部，[明][甲][乙][丙]1209 印，[明][甲][乙]950 迴樹大，[明][甲]1007 法願具，[明][甲]1024 珊，[明][甲]1173 二合，[明][甲]1227 火中即，[明][甲]1227 炭火中，[明][乙]1092 印三昧，

[明][乙]1092 迦囉攞，[明][乙]1092 娜三，[明][乙]1227 木長十，[明][乙]1254 鞞，[明][乙]1260 和土加，[明]242 二合倪，[明]244 天三，[明]402，[明]402 叉五，[明]402 差，[明]402 婆，[明]443 多耶如，[明]665 末底，[明]838 二合沒，[明]873 蜜多布，[明]882，[明]882 二合三，[明]882 加持三，[明]883 二合尾，[明]939，[明]939 曷二合，[明]945 首二臂，[明]954 娜囉微，[明]991 引怛藍，[明]999 二合賀，[明]1000，[明]1096，[明]1096 二合國，[明]1105 二合惹，[明]1129，[明]1137 摩羅婆，[明]1140 二合，[明]1170 二合，[明]1170 九娑，[明]1191 拏誐迦，[明]1191 娑香，[明]1217 必隸多，[明]1272 塗彼女，[明]1354，[明]1376 彌帝如，[明]1377 羯蘭尼，[明]1384 引野，[明]1450 囉哥囉，[明]1684 二合哥，[明]2122 預多曳，[三]10982 婆，[三]11191，[三]25，[三]882 薩哩嚩，[三]883 引倪引，[三]889 大忿怒，[三]993 伽邏王，[三]1005 摩護囉，[三]1025 曩五娑，[三]1099 波囉，[三][丙][丁]866，[三][丙]866 曳都，[三][宮]1597 羯多等，[三][宮][甲][乙][丙][丁]848 達，[三][宮][甲][乙][丁]、羅波羅[丙]866 婆那，[三][宮][甲]895 等無差，[三][宮][甲]901 二合麼，[三][宮][甲]901 二十七，[三][宮][甲]901 迦囉，[三][宮][甲]901 若

若冶，[三][宮][甲]901 三婆去，[三][宮][西]665 闍，[三][宮][西]665 喝悉哆，[三][宮][西]665 末底丁，[三][宮]244 摩摩賀，[三][宮]244 衆即於，[三][宮]310 寧二十，[三][宮]397 拏摩帝，[三][宮]397 那吒二，[三][宮]397 娜毘夜，[三][宮]397 尼，[三][宮]397 瞿咥，[三][宮]397 十二跋，[三][宮]397 娑佛陀，[三][宮]397 鴦耆那，[三][宮]402 像或有，[三][宮]443 波帝殺，[三][宮]443 他，[三][宮]664 帝闍若，[三][宮]665，[三][宮]665 大也莎，[三][宮]788 佉叉爲，[三][宮]883 中已説，[三][宮]1453 僧伽譯，[三][宮]1509 大青，[三][宮]1684 嚩，[三][宮]2053 唐言上，[三][宮]2060 此云虎，[三][宮]2122 國毒龍，[三][宮]2122 婆奢，[三][甲][丙]954，[三][甲][丙]1202 五，[三][甲][乙]950 二合，[三][甲][乙]950 未敷花，[三][甲][乙]1092 娑安悉，[三][甲]901，[三][甲]901 健達婆，[三][甲]901 摩，[三][甲]901 尼神呪，[三][甲]901 尼印，[三][甲]901 上音耶，[三][甲]901 天，[三][甲]901 夜五十，[三][甲]901 者囉，[三][甲]951，[三][甲]1003 延摩，[三][甲]1080，[三][甲]1080 刹毘那，[三][甲]1102 尊，[三][甲]1135 尼，[三][甲]1167 中想於，[三][甲]1173 二合，[三][甲]1227 也九囉，[三][甲]1335 阿修羅，[三][甲]2087 吸摩補，[三][聖]100 耶舍，[三][聖]1354，[三][乙]1092 伽一切，

[三][乙][丙]873 迦尸，[三][乙]950 口中即，[三][乙]1092 掣怛囉，[三][乙]1092 二陀，[三][乙]1092 伽乃至，[三][乙]1092 摩呼羅，[三][乙]1092 塞畢㗓，[三][乙]1092 神像，[三]25，[三]25 阿修囉，[三]25 迦佉，[三]25 林，[三]25 瞿比陀，[三]25 園林亦，[三]190 唎復有，[三]191 花而諸，[三]191 摩拏野，[三]244 彌帝引，[三]249 引嚩阿，[三]468 字出樂，[三]643 爾時罪，[三]882 引屹囉，[三]887 迦蘭二，[三]939，[三]945 藍遏蒱，[三]945 囉，[三]945 心無動，[三]982 及婦男，[三]985 跋折，[三]988 襴頭末，[三]993 閣七薩，[三]993 斯那龍，[三]1003，[三]1007 尼上，[三]1018 醯黎十，[三]1036 所魅時，[三]1039 那，[三]1058 尼三因，[三]1069 多，[三]1092 陀上，[三]1093 蜜多鉢，[三]1097 二合，[三]1137 泥一婆，[三]1164 刹，[三]1191 迦及諸，[三]1202，[三]1243 引，[三]1257 娑香水，[三]1283 引，[三]1288 天摩賀，[三]1335，[三]1335 阿修羅，[三]1335 池毘囉，[三]1335 彌離陀，[三]1335 脾婆囉，[三]1336 彌支多，[三]1341 那耶隋，[三]1354 細摩訶，[三]1358 佉伽羅，[三]1374 末，[三]1392 乞叉二，[三]1398 娑嚩二，[三]1400，[三]1403 二合嚩，[三]1414 引叉娑，[三]1415 嚩捫左，[三]2125 釋也，[三]下同 303，[聖][甲]983 引，[聖]397 毘首地，[聖]411 祁

上聲，[聖]953 惹，[聖]1199 其字戴，[聖]1266，[聖]2157 二合本，[聖]2157 力賀反，[聖]2157 隋云金，[宋]1057 楞訖㗓，[宋][甲]1335 欝多囉，[宋][明][甲]、囉陀[甲][乙]901，[宋][明][甲]967 蚊虻龜，[宋][明]882 娑引野，[宋][明]891 野十七，[宋][明]945 無上神，[宋][明]1129，[宋][明]1170 刹娑及，[宋][乙]866 擬提二，[宋][元]1005，[宋][元][宮]901，[宋][元][甲]901 刹娑陀，[宋][元]25 究，[宋][元]890 二合拏，[宋][元]954，[宋][元]954 始寧，[宋][元]1033 伽等皆，[宋][元]1054 十五蘇，[宋][元]1054 引嚩曩，[宋][元]1057 耶二陀，[宋][元]1092，[宋][元]1096 若若也，[宋][元]1642 言不殺，[宋][元]2154 婆悉帝，[宋]190 有子名，[宋]788 佉叉爲，[宋]882 三，[宋]945 訶帝六，[宋]1057 婆二合，[宋]1092 字光明，[宋]1129 引，[宋]1336 尼鐵多，[西]665 三步多，[西]665 也南，[乙]10930 二，[乙]、哩[丙][丁]866，[乙][丙]973 印三昧，[乙][丙]1141 二合，[乙][丙]1172 跋左，[乙][丙]1246，[乙][丙]2394 字字上，[乙][丙]下同 877，[乙]850，[乙]852 瞿曇，[乙]867 二合，[乙]914，[乙]914 二合，[乙]957 二合，[乙]1069 捨娑嚩，[乙]1098，[乙]1098 柘囉，[乙]1171 跋者曩，[乙]1204 二合一，[乙]1211 薩，[乙]1214 二，[乙]1214 二合底，[乙]1214 羯，[乙]1214 拏，[乙]

1214 娜嚩日，[乙]1796 鉢多又，[乙]
1796 庾是山，[乙]1796 字門遍，[乙]
2207 摩拏此，[乙]2207 惹雙對，[乙]
2223 路乞，[乙]2244 又，[乙]2393 三，
[乙]2393 字迴作，[乙]2393 字或一，
[乙]2394 字門自，[乙]2394 字爲火，
[乙]2397 婆一若，[乙]2397 乞叉二，
[乙]2397 字，[元]890 二合贊，[元]
[丙]866 形如十，[元][宮]665，[元]
[明]1105 拏野二，[元][明][宮][甲]
901 社囉，[元][明][甲]901 八十五，
[元][明][甲]901 去音，[元][明][甲]
1173 薩囉跋，[元][明][乙]1092 二合
同，[元][明]310 尼儞瑟，[元][明]443
上吒去，[元][明]991，[元][明]999
江，[元][明]999 羅刹女，[元][明]
1034 羯囉十，[元][明]1377 引，[元]
[明]1383 怛那二，[元][明]1387 曷二
合，[元][明]1389 八波哩，[元][明]
1567 拏人言，[元][明]1579，[元][明]
2122 阿曷，[元][明]2154 磨隋云，
[元]882 葛，[元]1092 跢囉四，[元]
1092 九，[元]1140 二合嚩，[元]1173
跋者娜，[元]2154 隋云金，[原]1249
野莎婆。

邏：[甲]、[乙]1069 惹引也，[甲]、
[乙]1211 二，[甲][乙]1211 二合麼，
[甲]921 二合引，[甲]1110，[三]1660
膩波低，[三][宮]1647 頗浮陀，[三]
[宮]下同 1647 得結實，[三][乙]1092
惹塞桑，[三][乙][丙]1076 始，[三][乙]
1092，[三][乙]1092 怛娜，[三][乙]1092

當歸曼，[三][乙]1092 誐三十，[三]
[乙]1092 縛，[三][乙]1092 迦七十，
[三][乙]1092 嚩迦僧，[三][乙]1092 惹
野二，[三][乙]1092 野二十，[宋][明]
[甲][乙]921 二合迦，[乙]867 囉惹，
[乙]2393 嚩。

攞：[甲]850，[甲]893 底瑟，[明]
[丙]1277 野，[明]982 戍引娜，[明]
1234 抳二合，[三]1107 捺吠二，[三]
[甲]1085 娜九那，[三]873 一嚩日，
[三]982 拏吠多，[三]1005 嚩底，[宋]
[元]1253 訶娑跢，[宋]1170 播二合，
[乙]1199，[乙]1211 二合。

囉：[宋][元]、邏[明]985 迷雉。

嚩：[甲][乙]2390 納嚩二，[甲]
1227 典宮，[明]1414 引囉五，[三]、
一[乙]1008 二合，[三][乙]1200 二合，
[元]1227。

那：[甲]1246 末，[明]、羅[甲]
901 二合夜。

惹：[聖][甲]953。

膳：[三]950 二合麼。

轙：[原]1098 底四矩。

維：[明]1401 賀呬引。

吒：[丙][丁]866。

陣：[三]985 宅迦末。

閸

間：[甲][乙][丙][戊][己]2092 列
刹相，[宋][元]643 達見佛。

街：[甲]2053 巷之側。

闌：[乙]1723。

闇：[甲]2087 閭櫛比。

氀

　縷：[三][宮]1435 衣佛言。
　毹：[三][宮]、氀[聖]515 錦繡
文，[三][宮]1462 氀敷置。
　氀：[三][宮]1689 下遍布。
　毻：[三]1。

櫚

　藺：[三][宮]2122 寺者近。

驢

　馬：[三][宮]329 狗猪。
　驢：[甲]2128 爲牝牝。

呂

　宮：[明]2103 商颰振。
　露：[甲]2191 放三空，[甲]2408
即。
　上：[宋]、力[元]、－[明]1509 夜
反。

侶

　伴：[三][宮]403 亦，[乙]1736 冐
冰霜。
　部：[甲][乙]1822 故十繮。
　黨：[明]374 受畜一。
　服：[宮]2112 變梟聲。
　類：[三]375 有四是。
　閭：[元][明]2060 如斯懷。
　梠：[宋]、稆[元][明]1。
　旅：[甲][乙]2087 更相慰，[明]
2122 停於海，[三][宮]1451 於大糞，

[三][宮]1562 及所乘，[三][宮]1558
相依共，[三][宮]2060 咸湊其，[三]
[宮]2122 即，[三]1442 將，[三]2145
十餘或，[聖]99 便入學，[元][明]347
百千交，[元][明]1579 超度生。
　俗：[三]2060 服其精，[三]2060
惟眠不，[三]2149 凡八人，[乙]2381
云懺陳，[元]2122 眠不施。
　所：[甲]2073 聞。
　沿：[乙]2087 歲月驟。

挬

　持：[甲]2128 取乳也。
　將：[甲]1717 不解，[明]1425，
[聖]1441 精不出。
　取：[宮]374。

旅

　短：[三][宮]2060。
　聚：[甲]2320。
　呂：[三][宮]1593 姑洗神。
　侶：[明]1453 各以刀，[三][宮]
1459 有相識，[三][宮]1598 非離功，
[三]2060 盈，[三]2087 焚屍收。
　脣：[三][宮]2123。
　觿：[三]210 力強。
　依：[宮]2103 總計諸。
　者：[三][宮]1521 無難尸。
　族：[甲]1782 者名曰，[三][宮]
1451 於足趺。

屢

　百：[三]2103 結似破。

歷：[甲]2035 朝拜佛。

婁：[宋]2103。

履：[三][宮]2066 縱使時。

縷：[甲]2089。

屬：[宮]2060 放神光，[宮]2060 遭誅殄，[甲]、屢[甲]1718 逢聲色，[三][宮]2060 荐餧告，[三][宮]2060 遭夏，[宋]2154。

矚：[元][明]2060。

臂

復：[宋]、腰[元][明]、賈[宮]2122。

旅：[三][宮]2122 力酤酒，[宋]189 詎勝我。

擒：[宮]2060 力。

屢

婁：[元]、樓[明]125 孫如來。

廔：[甲]2087 求。

甄：[明]203 使令守，[三]203 使守門。

縷：[三]99 低迦外。

律：[聖]125 園與大。

屬：[三]、－[聖]211 到。

數：[三]192 反顧形。

履

臂：[三]1341 跋陀囉。

度：[三][宮]2059 險有過。

敦：[三]2060 信不交。

復：[宮]2060 今用古，[元][明]2102 謙光之。

腹：[三][宮]1472。

覆：[宮]278 其身又，[宋][元][宮]414 虛空遊，[宋][元]2061 京畿天。

屄：[明]2076，[三][宮]、[聖]1423 不應爲，[三][宮]1545 衆寶莊，[三]212 父自思，[元][明]152 當如奴。

履：[甲]2036 趨方丈，[三][宮]1458 亦，[三][宮]1458 之屬並，[三][宮]2102 楚莊周，[三][宮]2103 拜伏自，[三]2149 葛。

屬：[三][宮]1459 但唯。

理：[三][宮]2060 貞直之，[三][宮]2102 不爲當，[三][聖]1579 迦阿，[元][明]1579 迦綜集。

禮：[明]2145 皆神清。

歷：[三][宮]2085 減。

隸：[三][宮]402 首迦羅。

漏：[三]6。

舍：[三][宮]402 佉一佉。

瘦：[宋][宮]、底[元][明]586。

頤：[聖]190 於脊上。

屍：[甲]1763 譬書之，[明]1428 鋒刃欲，[三][宮]2045 曠野嶮，[乙][丙]2227，[元][明]190 手執白。

囑：[三]1092 字口傍，[元][明][甲]1071 死履。

縷

錦：[三][宮]2122 極令細。

襄：[三][宮]741 陳。

履：[三][宮]1474 不。

鑲：[明]1581，[聖][石]1509 織成，[聖]26 黃色衣，[聖]225 織成。

纑：[三][宮]2026 綖經緯。

屢：[三]729 説五者。

屢：[聖]99 低迦語。

縵：[甲]2128 也郭璞。

囊：[宮]2121 自活日。

繩：[三][宮]606 盡牽復，[三]170 轉相連。

線：[三][宮]1435 一寸。

願：[三]1331 神王名。

織：[聖]1435 文氈。

綜：[三]2145 習不解。

律

部：[甲]1912 佛因調。

藏：[三][宮]407 令犯罪。

持：[三][宮]1462 已於一。

當：[宮]1810 言應白。

諦：[元][明]656。

法：[三][宮]398。

佛：[宮]1808 言欲得，[宮]1808 云度身，[宮]2034 戒羯磨。

建：[三][宮]2122 齋七日。

健：[三]、犍[宮]2121 者自當。

津：[甲]2087 以歸化，[甲]2128 追反下，[三][宮]2060 法友以，[三][宮]2060 三載便，[三][宮]2122 出家則，[三]186，[三]2145 要坦夷。

經：[明]2145，[三][宮]2034 同梵文，[三]2149 與西晉。

類：[三][宮]、聖]1425，[三][宮][聖]1425 樹釋，[三][宮]1425，[三]

[宮]1425 樹釋氏。

力：[三][宮]588 方便所。

利：[三]201 者。

樓：[三][宮]2122 陀樹下。

論：[宋][元][宮]2102 謝鎮之。

率：[三][宮]2121 天自天。

判：[元][明]403 其無常。

清：[三][宮]657 淨不起。

善：[甲]2354 儀與攝。

神：[三][宮]2059 解五法。

事：[甲]2348 鈔第五。

數：[三]2063 機才瞻。

肆：[三][宮]2060 有聲漳，[乙][丙]2092。

往：[宋][元]1424 有一十。

衞：[甲]2301 主名也。

依：[元][明]99 從此岸。

有：[宮]1808 有四種。

於：[三][宮]398 貪欲而。

聿：[甲]1735 提云清，[三][甲][乙][丙]1056 反馱，[三][甲][乙]1092，[三][甲][乙]1092 反半。

諍：[宋][元][宮]、－[明]653 嫣反舍。

住：[三][宮][聖]1462 轉根比。

率

婢：[三]202 言不敢。

變：[甲]1718 土同謀。

稟：[甲]2299 中道發。

常：[乙]2261。

攣：[乙][丙]908 置葉上。

李：[甲]2250 更造過。

戀：[三][宮]749 詳發善。

孿：[聖]1545 兵士欲。

鉾：[甲]2299 辨難。

牽：[甲]1766 衆寇掠，[甲]2339 引強口，[元][明]1562 己情又。

瑟：[明]1450 膩沙三。

師：[三]200 合設大，[聖]1421 爾而去。

術：[明]下同 285 天大滅，[三][宮]2085 天觀彌，[三][宮]221 天上來，[三][宮]420 天上所，[三][宮]2121 天上從，[三][宮]2121 天上時，[三][宮]2121 天下經，[三][聖]125 天化自，[三]23 天子所，[三]360 天，[三]375 天上沒，[聖]125 天觀察，[聖]125 天化，[宋][元][宮]、明註曰率北藏作術1509 天上隨，[宋][元][宮]1581，[宋]375 降神母，[知]1581 天王以。

窣：[丙]872 堵，[丁]2244 吐羅，[甲]850 覩波，[甲]2400 堵婆形，[乙][丁]2244 都者所，[乙][丁]2244 堵波迦，[乙][丁]2244 堵波是，[乙][丁]2244 土奴邑。

主：[三]、帥[宮]1435 應教先。

卒：[宮]1808 先懺從，[宮]2122 暴瞋恚，[甲]2035 公卿日，[甲]2261 供，[聖]1721 與衆生，[宋]450 皆同一，[原]2208 業若欲。

綠

綵：[宋][宮]721 色從樹。

黑：[甲][乙]2228。

經：[甲、緣[乙]2192。

蓮：[明][乙]983 花上住。

柳：[甲]1999 絲收不。

渌：[明]2076 水後面，[宋]、[元][明]866 空青等。

青：[乙][戊][己]2092 樫連枝。

勝：[三][宮]1442 生產門。

淥：[三][宮]2122 水籠光。

由：[三][宮]746 一鬼問。

緣：[宮]618 及與頗，[甲]1969 蕙定水，[甲]2053 錯以研，[甲]2128 木射音，[甲]2339，[三][宮]1458 苔生蛇，[三]1102 金色，[聖][甲]1723 身赤足，[元]、禄[宮]2109 林黑，[元][明][乙][丙]876 光如繫。

湛：[原]、湛[甲]2006 如藍如。

綠

菜：[三][宮]2066 觀洗沐。

慮

邊：[甲]2313 不念自。

處：[甲]1822 故明初，[甲]1816 應斷二，[甲]2266 或，[甲]2266 其無想，[明]1562 亦不得，[三][宮][聖]1544 四無色，[三][宮]2060 開皇隆，[聖]1536 定有善，[聖]1562 後雖，[宋][元][宮]1544 四根，[原]1744 一欲生。

道：[三][宮]2060 通成愚。

定：[甲]1728 失命但。

盬：[明]2103 煩襟棲。

患：[宮]1809 邊國小。

惠：[另]1509。

慧：[明]403 通達四，[三][宮]309 通達所，[知]418 通達於。

恐：[三]、忽[宮]2053 有不圖。

靈：[明]2131 之臺莊，[三]2060 埶。

盧：[高]1668 之面，[甲]2290 故名吉，[甲][乙]1822 第六明，[甲]2262 支佛，[明]、路引[甲]1000 枳帝，[明]2103 先馳至，[三][宮]、路[聖]397 迦尼比，[宋]993 與慮，[乙]1816 名天因，[乙]1821 染後依，[元]1092 骨反捊。

嚧：[甲][乙]2390 者那吽。

膚：[三][宮]513 箭不可。

滅：[三]411 且前賢。

虔：[原]、處[原]、虔[甲]1782 宜。

思：[三][甲]951 念持我。

忘：[甲]2270 行。

望：[甲]1969。

想：[甲]2196 今內外。

虛：[甲]2266 故名決，[另]765 二者聽。

意：[甲]2214 此青，[宋]330 信無貪。

遇：[三]2110 耳此二。

蘊：[甲]2262 我執。

縒

縒：[明]2131 羽而翔。

濾

浣：[三][宮]、慮[聖][另]1459 於蟲水。

漉：[三][宮]1451 以小羅。

慮：[另]1459 好觀瞻。

櫨

櫨：[甲]2128 也。

鑪

爐：[聖]、鑪[宮]425 貢上其。

礜

碧：[甲]2068 僧叡。

掠

標：[甲]1813 犯善見，[甲]1918 聲象馬，[三]2154 金言。

爕：[明]2122 寺舍統。

跡：[乙]2092 本無金。

涼：[明]2146 金言。

略：[宮]2121 人物即，[明]2076 虛諸人，[三][宮]2122 淨行比，[三][宮]2122 口面飢，[三]1331 自然，[聖]1477 取吾作，[宋]1331。

署：[宮]790 爲奴婢，[三][宮]1425 與花。

略

備：[明]2059 盡其妙。

碧：[明]2145 僧遨。

別：[明]2122 引十緣，[三]1605 有三種。

初：[甲]1828 中復二。

辭：[明]2154 也。

但：[原][甲]1825 釋空不。

牒：[甲]1736。

譌：[明]2087 也奕世。

略：[甲]1893 要而言。

蛞：[明]2060 津會鑴。

各：[宮]1513 詮又此，[甲]1784 明三初。

廣：[聖]1818 就經廣。

界：[甲][乙]1724 無明非，[甲]1782，[甲]2266。

卷：[甲]2337 文。

料：[甲]2036 其。

劣：[甲]2217 爲性障。

路：[宮]1545 二燈二，[宮]2059 無其人，[甲]1828 無物可，[甲]1736 以對論，[甲]2183 難一卷，[明]1341 說邪見，[明]2102 迎，[乙]2261 遮性遮，[原]2339 不爾一。

潞：[乙]2194 疏香等。

論：[甲]2181 集記一，[甲]2266 有二種。

掠：[甲]2006 约忽，[明]2076 虛好僧，[三][宮]1579 及爲宣，[三][宮]2122 淨戒諸，[三][宮]2123 淨戒諸，[聖]754 爲奴婢，[元][明][宮]374。

祕：[甲][乙]2194 分通在。

名：[甲]2317 一諦唯。

明：[甲]、略明[乙]2228 如下金，[甲]1763 明實諦。

乃：[甲]1816 其中間。

毗：[甲]2261 婆。

毘：[宮]1657 詮中作，[宮]2034 論一卷，[宮]2060 計四千，[甲][乙]901 耶二合，[甲]1709 以四門，[甲]2157 念誦要，[甲]2174，[甲]2183 記阿毘，[甲]2244 耶，[甲]2362 破停惡，[聖][石]1509 說摩訶，[聖]953 說成就，[聖]1509，[聖]1582 二者心，[聖]2157 集見僧，[聖]2157 如此，[乙]2215 攝說也，[原]1780 耶興以。

前：[甲]1828 結。

疏：[原]2339。

順：[聖][甲]1733 釋可知。

思：[甲][乙]2219 言之阿，[甲]2266 之可知，[甲]2299 之。

他：[甲]2270 圓備。

顯：[甲]2263 說，[甲]2801 示於相，[甲]2801 示諸在，[乙]2296 自宗所，[原]1840 故略無。

修：[原]1878。

已：[宮]1503 說。

異：[甲]2219 名也覺，[甲][乙]2261 今所說，[甲][乙]2391 出經意，[甲]1512 興問答，[甲]1724，[甲]2183 義一卷，[甲]2261，[原]1898 但云各。

意：[甲][乙]2219 明此等。

畧

歷：[三]200 於是偷。

路：[宮]1546 乃至廣。

掠：[三][宮][聖]1463 是故佛，

[元][明]643 淨戒諸。

細：[三][宮]1547 説亦是。

修：[宋]651 説當。

藥：[三]212 審病根。

異：[宋][元][宮]1520 者多。